我還沒摁住她

01

星球酥——著
虫羊氏——繪

高寶書版集團

目錄
CONTENTS

楔子 一個梁子

下初春暴雨，四月的天被捅漏了，天暗得猶如個鍋底。

三十年高齡的校舍在梅子黃時雨中漫著股霉味，簡直不能住人。

三一二寢室裡，許星洲捧著筆電靠在窗邊，望著窗簾上灰綠的黴菌發呆。

她看著那塊黴菌，至少看了十分鐘，最終下了這是藍精靈的腳印的結論——一定是藍精靈陷害了窗簾。然後許星洲長長地打了個哈欠，把筆電一闔，站了起來。

程雁悠閒地翻了一頁書問：「下午三點鐘，學生會要開會是不是？」

許星洲揉了揉眼睛道：「是，會長換屆了，得去看看。」

「……新會長是誰啊？」程雁問：「我覺得妳還是別在學生會折騰了，整天這麼多活動，忙得過來嗎？」

「我本來就不怎麼去啦……」許星洲笑咪咪地伸了個懶腰：「我覺得學生會蠻好哦，還可以混活動分。總之是不可能辭職的，別的社團吧又不想去，只能在學生會混吃等死了這樣。」

她說著往身上披了件紅和風開衫，又將長髮鬆鬆一紮，露出一段白皙削瘦的脖頸。她一段脖頸白得像玉，長髮黑得如墨。

許星洲生得一身無關風月的美感，乾淨又明麗，猶如江水與桃花，笑起來格外好看。

「而且，」許星洲洋洋得意地補充：「而且我們譚部長那麼可愛，我當然要和她黏一生一世了！」

——好看，也僅限於不說話的時候。

許星洲實在是太浪[1]了，程雁死死忍住了吐槽的欲望。

下午兩點半，阜江校區天光晦澀。

春雨劈里啪啦，砸得行人連頭都不敢抬。來來往往的學生有的剛剛下課，還抱著本厚厚的大學英語課本。

許星洲在那傾盆的暴雨中撐著傘，拿著手機導航，自己哼著歌往學生會走。

她唱歌非常五音不全，哼著調跑到天上去的兒歌，走路的步伐輕快得像在跳芭蕾，並且和每個迎面走來素不相識的人微笑致意。

1 浪，指的是性格無拘無束、自由自在，也可指說話、舉止風流，什麼話都敢說、敢做。

有個小學妹耳根都有些發紅地問：「……學、學姐，我認識妳嗎？」

許星洲浪到飛起，笑咪咪答道：「我們今天就認識了，我是法學院大二的許姐姐。」

新聞學院的許星洲屁話連篇，笑容又春風化雨，小學妹頓時臉紅到了耳根，不敢和許星洲對視，連忙跑了。

學生會中，許星洲平時負責在部裡混吃等死，愛好是黏著他們部的萌妹部長，興趣是調戲小女生。

就這個混吃等死的人，除了宣傳部那幾個熟面孔，其他的人她一概不認識——包括新上任的學生會會長。

斜風驟雨天地間，遠山如黛。簷外長雨不止，喬木在雨中抖落一地黃葉。

許星洲走進上世紀日本人建的理學教學大樓後將傘一旋，抖落了傘上的水。

這所學校處處都是歲月的痕跡，猶如歲月和風骨凝出的碑。

新學生會會長即將上任，來來往往來開會的成員不少，許星洲順著風，也聽了一耳朵的八卦——「這次新上任的會長是公關部的？我好像都沒怎麼見過他……」

「公關部部長，性別男，數學科學學院大三。最可怕的是我聽說他ＧＰＡ是滿的，去年差點包攬他們院的所有獎學金……」

「……我靠居然是數學科學學院的ＧＰＡ四點零？還幹學生會，他簡直什麼都沒落下吧……」

許星洲聽到這裡，頓時對這位會長肅然起敬。

整個F大，但凡上過高數的人，都對數學科學學院的變態程度有著清楚的認知。

許星洲升學考數學考了一百四十三分，已經分數頗高，也不覺得自己是個蠢貨，但即使如此上學期數學科學學院開的線性代數A都差點脫了層皮——她對著他們學院的試卷時甚至懷疑自己智商有缺陷。更有小道消息說數學科學學院的必修課被當率高達百分之四十，每個學生都慘得很。

這裡卻有個GPA四點零的。

他頭上還有頭髮嗎……許星洲有點苦哈哈地想著，鑽進了教學大樓。

下午兩點五十五，教學大樓五樓，許星洲把自己的小花傘往會議室門口一扔。

走廊來來往往全都是來開會的。這次會議事關換屆，頗為重要，副部以上職位都要到場：他們要和新學生會會長見一面，以防哪天走在街上還不認識對方。

會議室裡，他們的萌妹部長譚瑞瑞早就到了，一見到許星洲就笑道：「星洲，這裡！」

譚瑞瑞應是已到了一段時間，連位子都占好了。她個子一百五十五，是個典型的萌妹，笑起來兩顆小虎牙，特別甜。

許星洲跑過去坐下，譚瑞瑞笑咪咪地對周圍人介紹：「這就是我們傳說中的，節假日從來找不到人的許星洲許副部。」

許星洲點點頭，衝著那個人笑得眼睛彎彎，像小月牙。

那人瞬間臉就紅了。

「許副部一到節假日，不是跑到那裡玩就是跑到這裡玩……」譚瑞瑞小聲說：「可瀟灑了，我是真的羨慕她，我就不行……」

這邊譚瑞瑞還沒說完，前會長李宏彬便推門而入。

譚瑞瑞豎起手指，噓了一聲，示意安靜開會。

前會長一拍桌子，喊道：「安靜——安靜！別鬧了！趕緊開完趕緊走！」

趕緊開完趕緊走……許星洲一手撐著腮幫，發起了呆。

話說以前好像從來沒見過這個剛當上會長的公關部部長。

聽說他是學數學的，到底禿沒禿呢？如果他是禿頭的話千萬要忍住，千萬不能笑場……

如果留下壞印象就完蛋了，怕是要被針對一整年。

許星洲胡思亂想道。

「秦渡——」一個人大喊。

李宏彬對門外喊道：「——進來吧，和大家問個好！」

秦渡？這是什麼名字？怎麼莫名的預感有點不太對……許星洲疑惑地撓了撓頭，探頭往門口看去。

接著，會議室的前門吱呀一聲響，那個神祕的新會長走了進來。

走進來的那個青年人個子足有一百八十五，套著件飛行外套，肩寬腿長，渾身上下透著股硬朗囂張的感覺。他周身充滿侵略的張力，猶如一頭危險而俊秀的獵豹。

但那種氣息只一瞬，下一秒他收斂了氣息，那種危險氣息頓時蕩然無存。

「大家好，」那青年掃了會議室一眼，平平淡淡地道：「我是前公關部的部長，數學科學學院大三的秦渡。」

譚瑞瑞看了他很久，讚嘆道：「……真他媽的，我還是覺得他帥。」

「他和我見過的理工男完全不一樣……」譚瑞瑞小聲對許星洲的方向八卦道：「理工男哪有這種衣品，聽說成績也相當厲害……」

然後秦渡轉身在黑板上寫了行手機號碼和名字，示意那是他的聯絡方式，有什麼事可以用手機號碼找到他。

譚瑞瑞趁機傾身，小小聲地問：「……這麼優秀的學長，妳有沒有春心萌動……咦？」

許星洲人呢？位子上空空蕩蕩，人怎麼沒了？

譚瑞瑞低頭一看，許星洲頭上頂了張報紙，裝作自己是一朵蘑菇，正拚命地往圓桌下躲。

譚瑞瑞定了定神，溫柔地詢問：「……星洲，妳怎麼了？」

譚瑞瑞：「……」

許星洲往譚瑞瑞懷裡躲，拚命裝蘑菇，哽咽不已：「救、救命……怎麼……」

譚瑞瑞：「……？」

接著，許星洲絕望哀號：「怎麼會是這個人啊……！」

——這件事情的起因，還要從兩週前講起。

第一章　宇宙第一紅粥粥

兩週前。

三月玉蘭怒放，春夜籠罩大地，白日下了場雨，風裡都帶著清朗水氣。

那個週的週二，許星洲打聽到附近新開了家很嗨的、十分有趣的酒吧。

它特別就特別在它是上世紀二三〇年代美國禁酒令時期的風格，連門口都不太好找——外面是個長得平平淡淡的食品雜貨商店，還矖了些臘肉，甚至還有個守門的。裝作是個食品雜貨商店的樣子，可裡面卻是個嗨得很的酒吧。

許星洲一聽就覺得好玩，就在一個冷雨紛紛的夜裡偷偷溜出了宿舍，特地噴了點香水，還拖著程雁一起——美其名曰幫程雁買單，讓她順便體驗一下資產階級腐敗的生活。

許星洲的人生信條就是「生而為人即是自由」，其次是「死前一定要體驗一切」，她的座右銘是活到八十就要年輕到八十。

去一兩次酒吧，在她這都不算什麼。

酒吧門口「1929」的牌子在夜風裡晃晃蕩蕩，天剛下了場雨，石板路上映著燈紅酒綠、水光山色。

那酒吧十分好玩，且富有年代感，照明還用了上世紀流行的霓虹燈管。它為了掩蓋自己是個酒吧的事實甚至還在店裡掛了一堆香腸，許星洲捏了下，裡面灌的是貨真價實的火腿。

「食品雜貨商店」櫃檯後一扇綠漆破木門，長得猶如儲藏室，十分欲蓋彌彰。

程雁站在門前十分扭捏：「我不想進去……」

許星洲怒道：「妳就這麼沒有出息嗎程雁，妳都快二十了！連個酒吧都不敢進！妳是因為害怕妳媽嗎！」

程雁：「我媽確實很可怕好吧！」

許星洲不再聽程雁彆彆扭扭，硬是將比她高五公分的程雁拖進了小破門。

那扇破門後彷彿是另一個世界，裡面燈光昏暗絢麗，音樂震耳欲聾。紫藍霓虹燈光下，年輕英俊的調酒師西裝革履，捏著調酒杯一晃，將琥珀色液體倒進玻璃杯。

程雁終於擺出最後的底線：「我今晚不喝酒。」

許星洲甚是不解：「嗯？妳來這裡不喝酒幹嘛？」

程雁說：「萬一斷片了不好辦。我們得有一個人清醒著，起碼能收拾亂攤子。我覺得妳是打算喝兩盅的，所以只能我滴酒不沾了。」

許星洲眼睛一彎，笑了起來，快樂地道：「雁雁，妳真好。」

他們所在的酒吧燈光光怪陸離，她的笑容卻猶如燦爛自由的火焰，令人心裡咯噔一響。

程雁腹誹一句又跟我賣弄風情，陪她坐在了吧檯旁邊。

程雁要了杯沒酒精的檸檬茶，許星洲則捧著杯火辣的伏特加。程雁打量了一下那個酒瓶上赫然在列的「酒精濃度四十八點二度」——幾乎是捧著一杯紅星二鍋頭。

程雁：「妳酒量還行？」

許星洲漫不經心地說：「那是，我酒量可好了，去年冬天去俄羅斯冰川漂流，在船上就喝——喝這個。」

許星洲又痛飲一口，毅然道：「我一個人就能——能喝一瓶！」

程雁：「……真的？」

許星洲怒道：「廢話！」

那杯伏特加許星洲喝了兩口，就打死都不肯再喝，畢竟那酒實在是辣得人渾身發慌。於是許星洲把杯子往旁邊推了推，靠在吧檯邊一個人發怔。

程雁在旁邊打了個哈欠，說：「這種酒吧也蠻無聊的。」

許星洲盯著酒杯沒說話，沉默得像一座碑。

程雁知道她有時候會滾進自己的世界裡待著，就打了個哈欠，將自己那杯檸檬茶喝了乾淨，到外面站著吹風去了。

紫色霓虹燈光晃晃悠悠，像是碎裂的天穹。

許星洲坐在燈下，茫然地望著一個方向，不知在想什麼。

片刻後，調酒師將冒著氣泡的玻璃杯往許星洲面前一推。

調酒師禮貌地道：「一位先生點給您的。」

許星洲低下頭看那杯飲料，是一杯檸檬和薄荷調的莫希托。她又順著調酒師的眼光看過去，吧檯外鬧騰著、黑壓壓的一群人，角落裡有個頗高的、男模般腿長的身影，大概就是調酒師嘴裡的那個冤大頭。

許星洲的視線燈紅酒綠，模模糊糊，一切都猶如妖魔鬼怪——她使勁揉揉發疼的眉心，強迫自己清醒。

調酒師以一塊毛巾擦拭酒瓶，說：「杯子下面有他的手機號碼。」

許星洲在杯子下面看到一張便條紙，上面寫了行電話號碼和潦草的字——她盯著那張紙看了一眼，就將它一捲，扔了。

調酒師被那串動作逗得微笑起來，對許星洲說：「祝您今晚愉快。」

許星洲嗯了一聲，迷茫地看著那群紅男綠女。

她根本沒把那個點酒給她的人當一回事，只漫不經心地掃視全場。許星洲面孔清湯寡水，眼角卻微微上揚，眼神裡帶著種難以言說的，因活著而熱烈的味道。

調酒師頗投她的緣，隨口問：「妹妹，妳一個人來喝酒，又有什麼故事？」

許星洲沒回答。

突然，酒吧那邊傳來推搡之聲。

「讓妳過來妳不來……」一個男人的聲音不爽地道：「他媽的躲在這裡幹嘛？看妳哥我

不順眼是不是？」

許星洲眉毛一動，朝那個方向看去。

調酒師莞爾道：「別看了，小情侶吵架而已。」

許星洲：「……」

角落裡那女生十分抗拒，拿著包往那男的身上拍，那男的大概喝的也有些多，牛脾氣上來了，直接拉著女生往隔間裡扯。

那個隔間裡，恰好就是非常鬧騰的、燈紅酒綠的那一群人，裡面大半都是女孩。

許星洲盯著那個方向，危險地瞇起了眼睛。

「在外面這樣好看嗎？有什麼事不能回去說？」那個女生一邊尖叫一邊拿包抽那個男生：「陳兩蛋你他媽的是個死流氓吧！我不想和你們待在一起了！你聽到沒有——」

許星洲沒聽見別的，只聽見了「流氓」二字，登時熱血上頭。

許星洲對調酒師說：「你問我有什麼故事？」

「——我的故事太長了，一時說不完。」

許星洲停頓一下，嚴肅地對調酒師道：「但是你要知道的是，今晚也會成為我的傳奇的一部分。」

然後她站起了身。

時間撥回現在。

雨氣刷然吹過，F大理學教學大樓，五樓會議室。

會議室裡足足幾十人，傳奇女孩許星洲低著頭，裝作自己是朵蘑菇。

——沒人會分神關心一個想找時光機的許星洲，大家都忙於自己的破事，新學生會會長將任務一個個地安排下去，譚瑞瑞在一旁奮筆疾書，記著這週的工作安排。

許星洲以頭髮遮了大半面孔，冒著生命危險偷偷瞄了一眼——那叫秦渡的青年人個子足有一百八十五，目光鋒利卻又有種說不出的野性，像一頭獨行的狼。

鬼能猜到這居然是他們學校的……學生。

許星洲思及至此，簡直悲憤至極。

他應該沒注意到這裡吧？反正先熬過這幾分鐘，等散會了我就要逃離地球……許星洲亂七八糟地想，他肯定沒注意到我，大概第一眼也認不出來我是誰，畢竟那天晚上的燈光那麼妖魔鬼怪。

這邊許星洲絞盡腦汁思考怎麼逃脫，那邊終於散會了，譚瑞瑞將宣傳部的工作內容整理完畢，本子往桌上一磕，對許星洲說：「副部，結束了，走了。」

許星洲如蒙大赦，當即拿了本子站起身。

譚瑞瑞將許星洲往旁邊一扯，小聲問：「妳和秦渡有什麼恩怨……」

她聲音特別小，秦渡卻抬起了頭，漫不經心地朝她們的方向看了過來。

許星洲立即低頭躲開了他的目光。

譚瑞瑞見狀，越發確信他們中間一定有過什麼不可見人的骯髒故事。她瞥了秦渡一眼，秦渡漫不經心地玩手機，渾不在意這邊發生了什麼事。

譚瑞瑞狐疑道：「妳和他到底有什麼恩怨？妳見了他怎麼跟耗子見了貓似的？」

許星洲道：「耗子見了貓不過是見了天敵，我見了他等於見了我不能直面的過去！妳每一次提起他的名字都是對我的二次傷害，並且令我身處被淩遲的危險之中，請妳不要說了。」

譚瑞瑞由衷嘆道：「妳怕的東西居然是秦渡！服了，秦渡到底對妳做了什麼？什麼時候和秦渡結的梁子？」

許星洲連著被戳了心窩三次，說：「妳這個問題，問得不對。」

譚瑞瑞吃了一驚：「哈？秦渡對妳用刑了？」

許星洲被戳心窩第四次，戰戰兢兢地說：「妳得問……」

她身後的暮色中，秦渡終於將手機一放，沉沉地看了過來。

許星洲渾然不覺，小聲咬耳朵道：「——妳得問，我對他，做了什麼。」

譚瑞瑞：「……」

譚瑞瑞眼神飄了——許星洲狐疑地看著譚瑞瑞的眼睛——她似乎不想再和許星洲扯上關係。

許星洲只覺得自己清白受辱，壓低了聲音：「我知道妳在想什麼！我沒上他！」

譚瑞瑞艱難道：「我不是……」

許星洲氣憤地說：「我也沒餵他避孕藥！」

譚瑞瑞：「那個我不是……」

許星洲怒道：「妳的眼神出賣了妳！妳在控訴我！我不是拔屌無情的渣男！」

譚瑞瑞有口難言：「我……」

許星洲輕輕拭去眼角的鱷魚淚，悲傷地捏著蘭花指說：「部長、部長！我的茱麗葉！妳明明知道我這一生只鍾情於妳，妳就像我維洛那花園的玫瑰，我如何容忍我的心被別的野男人染指……」

譚瑞瑞：「……」

譚瑞瑞說：「會長，下午好。」

然後譚瑞瑞摁住許星洲的肩膀，將她轉了個身，迫使她面對世界真實的一面。

春雨黃昏，數十年的教學大樓潮濕昏暗，許星洲身後站了個青年。

青年一頭棕髮向後梳，穿了雙拼色ＡＪ，夾克上一個針繡的虎頭，顯得極為玩世不恭、浪蕩不馴。

那個青年人——秦渡一揉眉骨，不走心地點點頭表示知道，繼而朝許星洲走了過來。

許星洲大腦瞬間當機。

許星洲猛然之間毫無遮掩地面對秦渡，險些慘叫出聲！原本心裡那點「可能認錯人」的僥倖蒸發得一乾二淨，他絕對認識自己！她此時滿腦子只剩求生欲，簡直想要落荒而逃。

「這就是——」秦渡道：「宣傳部的副部長啊？」

又一道晴天霹靂，將許星洲劈得焦糊漆黑。

那天晚上許星洲的確喝了酒，卻沒喝斷片，發生的一切仍歷歷在目——那個羞恥、中二且找揍的夜晚給她留下了難以磨滅的印象，以至於她這幾個星期連「酒」字都看不得。

秦渡以手抵住下頷，手裡還拿著本講義，沒什麼表情地問：「副部妳大幾？什麼學院的？叫什麼名字？」

三連問。

許星洲一心想著甩鍋，連腦子都沒過就信口胡謅：「法學院法學三班，因為是大二……」

「所以名字叫鄭三。」

下一秒，講義啪一聲砸了她腦門。

許星洲捂著額頭，嗷嗚一聲，她浪了一輩子，第一次被人拿拓撲學講義拍臉，疼得齜牙咧嘴。

秦渡冷漠地又抖了抖凶器——講義——抱著雙臂道：「別以為我不打女的。」

許星洲怒道：「打我幹嘛！自我介紹有錯嗎？」

「我這有學生會成員的資料，」秦渡眼睛危險一瞇：「妳的班級姓名錯一個字妳被我拿書抽一下怎麼樣？」

許星洲：「……」

許星洲早預料到了秦渡有很大機率不買她的帳，但沒想到是這種程度。

秦渡漫不經心地摸出手機，問：「說不說？」

譚瑞瑞在一邊頭疼道：「說實話。否則秦渡真的會抽妳。」

許星洲委委屈屈地說：「許星洲。」

秦渡眉毛一動，極具侵略性地望了過來。

「新聞學院新聞學系……」許星洲憋屈地說：「三班的，大二。」

她又問：「要我報學號和GPA嗎？」

秦渡沒說話，只盯著她，眉峰不置可否地上挑。

平常人這時候多半會被嚇死，許星洲就不一樣了，她敏銳地嗅到了秦渡想找她算帳卻又不知從何算起的氣息——他居然連從何找碴都沒想好！這時候不溜更待何時！

許星洲當機立斷，拉著譚瑞瑞，溜得連影都不剩。

春夜的雨不住地落入大地，秦渡在窗邊看著許星洲落荒而逃的背影，摸了根菸叼著，黑暗中他的打火機一撥，火光微微亮起。

他咬著菸，在明滅火光中，看著那背影，嗤笑了一聲。

許星洲逃命時沒拿自己的小花傘，一出大樓就覺得不對勁，但又不敢上去再面對秦渡一次。她只得冒著雨一路風馳電掣狂奔回宿舍，到宿舍時連頭髮都淋得一綹一道地貼在臉上。

程雁茫然地問：「這是怎麼了？」

許星洲痛苦抓頭：「在教學大樓見鬼了！靠北啊真的過於刺激！雁雁我洗澡的籃子呢？」

程雁：「廁所裡。妳要去澡堂？我跟妳一起？」

許星洲說：「沒打算對妳裸裎相見，大爺我自己去。」

程雁：「……」

「我得用冷水沖頭冷靜一下……」許星洲擰了擰自己頭髮裡的水，將裝著身體乳和洗髮精的籃子一拎，咕咚咚咚地衝了出去。

程雁：「？？？」

片刻後許星洲又衝回來拿毛巾，又雞飛狗跳地跑了。

程雁：「……」

程雁一頭霧水，只當許星洲腦子進水了——這種事情並不罕見——於是她在椅子上翹了個二郎腿，打開了學校論壇。

論壇新文章裡赫然一篇：『有沒有人認識新聞學院許星洲？』

程雁更摸不著頭腦，點開文章看了看。

她們新聞學院的學生一個比一個的愛看論壇，裡面回覆的幾乎都是和許星洲一起上過課的人，一樓就問：『是不是那個大一下學期去和西伯利亞熊搏鬥的那個？』

程雁：「……」

二樓的人：『以前一起上過通識課哈哈哈哈特別好玩的一個漂亮小學妹。』

LZ回覆：『她是新聞系哪個班的？』

二樓又回：『新聞一五〇三班。你應該不會去殺她滅口之類的吧？』

LZ道：『不會……』

程雁坐直了身子，咬著美粒果果汁鋁箔包的吸管，又點了一下刷新。

二樓回覆道：『那就好。去吧少年(＞人＜;)許星洲小妹妹算是我院高嶺之花。』

LZ：『好，謝謝。』

程雁關了文章，覺得一切都透著股詭異的氣息。

有點分不清到底是許星洲的春天來了，還是她要倒楣了。

兩天後，清晨，晚春梅雨未散，滿城煙雨。

吳江校區仍未放晴，鬱金香在雨中垂下頭顱，飛鳥棲於第六教學大樓簷下。

當代大學生，最痛苦的就是期末考試，其次就是週一第一節課。週一的第一節有課就已經十分痛苦，更痛苦的是週一第一節上數學。

許星洲打著哈欠，睏得眼淚都出來了，拎著應用統計學的課本和一杯甜豆漿朝第六教學大樓二〇六教室走了過去。在路上她看了時間一眼，早上七點四十。

應用統計的老師比較惡毒——誰能想到學新聞居然還要學統計呢？總之倘若有人在他的課上遲到的話，要站在講臺上唱歌，還得全班起立鼓掌，羞恥得很。

許星洲爬上二樓，木樓梯吱吱嘎嘎，潮潮的，她今天穿了條紅裙子，腰細腿長肌膚白皙，一頭黑髮在腦後鬆鬆紮起，站在昏暗的樓梯口，猶如霧雨裡的月季，像個畫境。

她的同學笑咪咪地和她打招呼：「洲洲早上好呀。」

許星洲笑得眼睛彎彎，像小月牙，開心地和她們揮了揮手。

「別遲到，」那個女孩溫和地提醒：「早餐不要帶進教室，在外面吃完，否則會被罵。」

許星洲撓撓頭，笑著說：「好呀。」

然後許星洲左看右看，周圍同學來來往往，沒人注意這地方，就樂滋滋地蘸著水在窗臺上畫個笑臉。

一個笑臉還不夠，許星洲畫完還是覺得手癢，又在旁邊一口氣畫了五個火柴人，火柴人在窗臺上蹦蹦跳跳，活生生的五隻過動症猴。

然後許星洲開心地一拍手，把指頭上的水在裙子上抹了抹，回過頭——

那一瞬間，簡直是命運的相遇。

一個意料不到的人——秦渡——雙手插口袋站在教室門口，套著件 supreme 休閒衣，散漫道：「早上好啊。」

許星洲：「……」

「來看看妳呀——」秦渡漫不經心地站直，說：「洲洲。」

許星洲：「……？？？」

許星洲瞠目結舌地道：「你叫誰洲洲？你這個人？你誰？我都快把你忘了你居然還會追到我們教室門口？！」

秦渡臉不紅心不跳地道：「——我叫妳洲洲，有什麼問題嗎？」

許星洲差點嘔出一口心頭血。

「你們課程又不是祕密。」秦渡不甚在意道：「應用統計對吧？我來旁聽。」

許星洲那一瞬間腎上腺素急速攀升，剎那間氣得耳朵都紅了！

「我幹了什麼？你居然來教室蹲我？」許星洲小姐出道多年，終於體會到了被氣哭的感覺：「你能不能滾回去睡覺！週一早上的課你都來，你是不是人了！」

秦渡：「叫師兄。」

許星洲：「……」

「要叫秦師兄，」秦渡悠閒地道：「我大三，妳大二，見面叫師兄，學校裡的長幼尊卑呢？」

許星洲幾乎就在氣哭前一秒了：「我叫你師兄你就回去？」

秦渡揶揄地說：「這——不行。」

「我還沒找夠碴呢……」他敲了敲窗臺，漆黑的眼睛盯著許星洲：「妳可別忘了妳幹了什麼。」

許星洲有口難辯：「我……」

「……妳可他媽，搶了我的女人。」

春花探進木窗，花瓣落入窗臺上星洲以水描的小猴，有種寧靜如詩的春意。

許星洲沉默了足足三秒鐘：「……」

接著許星洲絕望大叫：「我不是我沒有！我沒有搶成功好嗎！少空口白牙汙我清白！我喜歡撩妹但我也尊重女生的意願……」

秦渡磨牙道：「妳等著就是。」

許星洲幾乎是膽小兮兮地道：「我、我那天晚上真的沒想到會和你再見面，不是說我能接受和你約架……我小身板不行，打不過的，沒有練過跆拳道……」

「妳不是和我叫囂妳練過跆拳道和柔道嗎？」秦渡不以為意道：「會柔道也不算我欺負妳。」

許星洲：「……」

許星洲絕望地想起，自己的柔道好像是在幼稚園才藝班學的……跆拳道是拿著程雁的黑帶自拍過……但是這也太傻了怎麼能說出口……

許星洲心虛至極：「那、那是當然！」

「我從小可就是柔道小公子，西伯利亞大白熊認證過的。」許星洲道：「約架的事情萬不會賴帳望你知！到時候別被我打哭就行，醫藥費請你自己負責我這個月窮得很。」

秦渡從善如流地比了個ＯＫ，說：「那就約個時間？」

「……」

許星洲想了不到半秒，立即一扯自己的帆布包，拔腿就衝進了二〇六教室！裡面老教授剛到，正在電腦上看教學軟體——經濟學院的這個老教授酷愛板書，黑板上赫然一列「參數估計與檢驗」。

許星洲判斷自己已經安全，哼了一聲：「約個屁。」

「也不嫌丟臉，」許星洲嫌棄地自言自語：「都這歲數了還要和人約架，十年長八歲。歲數都活到娘胎裡去了。」

程雁早上痛經沒來上課，許星洲剩下的兩個室友念書積極性則非常高，此時就坐在第一排的正中間——敢坐這位子的人都相當有種。許星洲解決完了人生危機，當機立斷坐在了最後一排。

最後一排人跡罕至，許星洲懶洋洋地打了個哈欠，攤開統計課本。星星點點的金光穿過雲層，窗臺上盡是雨水，一隻胖麻雀棲在窗外，許星洲被吸引了目光，好奇地打量窗外一小團麻雀巢。

那隻小麻雀胖得像顆糯米團，好奇地對著許星洲歪了歪頭。

胖麻雀圓滾滾一隻，又騙我養麻雀！許星洲心裡頓時樂開了花，小心翼翼地也對著麻雀歪了歪頭。

「浪貨。」秦渡的聲音響起：「連麻雀都撩？」

許星洲：「……？？哈？」

接著她旁邊的桌椅板凳一震，秦渡一屁股坐了下來，又一手勾住了她的肩膀，使勁拍了拍。

許星洲像吃了坨難以言喻的屎：他居然進來了？來聽這門課幹嘛？！閒得沒事做了嗎？

秦渡看起來實在不像個國內大學生——別說大學生，他連學生都不像。這個青年氣質閒散且頹廢，捲髮遮著眼睛，一身潮牌，像個玩世不恭的、英俊的流氓，這種人往教室裡一坐，有種說不出的礙眼。

許星洲怒道：「別碰我！」

秦渡二話不說，啪地拍了下許星洲的腦袋：「妳再說一遍？再說一遍我今晚就叫人堵妳小巷子，拿美工刀劃妳書包。」

許星洲被打了額頭，又被脅迫一把，連吱都不敢吱一聲。

他到底哪裡像學生啊！鬼都猜不到他居然是個學生好嗎。

她往旁邊一看，胖麻雀已經飛走了，只剩個空蕩蕩的巢。

秦渡惡意道：「虧了麻雀有腦子沒跟妳私奔。」

許星洲：「……」

許星洲沒辦法解釋自己是想和麻雀對話，因為這原委比撩麻雀還蠢，只能不再說話，心裡給秦渡記小本本。

不是說這個人事情很多嗎……許星洲心塞地想，這麼大一個學校的學生會會長，能不能滾去忙學生事務，哪怕去和學校高層拍著桌子吵架也比來蹭新聞學院的統計學要好啊。

要知道統計學這種東西，和應用統計系的高標準嚴要求不一樣，他們的課程水[2]得很，期末考試時平時成績占比能到百分之三十，就為了拯救一群連t檢驗都搞不好的文組生的GPA，好把他們該送出國的送出國，送不出國的保研，只要別在出了問題後把師父供出來就行了。

這大概就是一流學校的非重點必修課吧，許星洲咬了咬鉛筆的木頭，在筆記本上寫下：

2 水，網路用語，指課程虛有其表，內容不充實、實用性不強。

「96%信賴區間。」

旁邊的數學科學學院神人：「……」

許星洲走著神抄板書。她有點近視，坐在最後一排什麼都看不清，只能憑著一股渾水摸魚的勁往上寫，還沒寫超過三個字，許星洲就覺得自己對統計學的愛耗盡了。

老師在臺上拿著粉筆一點一點地講：「在滿足常態分布的前提下，95%信賴區間的計算公式是，$\mu \pm 1.96s/\sqrt{n}$……」

許星洲長長地打了個哈欠。

然後，她從自己的包裡摸出個 Kindle，上面被她貼滿了星星月亮的小貼紙，又滿是劃痕，顯然是已經用了很久了。

秦渡眉峰挑起。

許星洲的帆布包上印著《薩爾達傳說：曠野之息》的林克，別了許多花花綠綠的小徽章。她身上的每個地方都色彩斑斕，細白的前臂上還貼了個幼稚的、妙蛙種子貼貼畫，也難怪會把 Kindle 貼成那個鬼樣。

許星洲身上到處都透著對生活的喜愛，猶如吹過世間的、繽紛的風。

「看什麼？」秦渡問：「什麼書？」

許星洲一怔，道：「《高興死了》。是一個憂鬱症、焦慮症、迴避型人格障礙、自我感喪失症的樂天派女人的自傳。」

秦渡盯著螢幕看了片刻，嘲諷道：「樂天派和憂鬱症有什麼關係？這種都能出版，還翻譯成多國語言，服了！還有人買帳。」

許星洲霎時一腔柔軟情懷一掃而空，覺得不能和理工男溝通！可是她命門還被人攥手裡呢，簡直敢怒不敢言。

如果小時候真的學了柔道就好了，許星洲心想，可以現場就把秦渡這個混蛋打趴在地。

秦渡感應到什麼似的嘲道：「對師兄尊敬點，要不然晚上堵妳小巷子。」

許星洲又氣又怒，都快帶哭腔了：「你不要欺人太甚了！」

「我可沒欺負過妳，」秦渡懶洋洋地往後一靠，盯著許星洲的眼睛，慵懶地說：「是妳主動要和我約架的，師兄只是提醒妳我們有個約定而已。」

許星洲有口難言：「我……」

秦渡瞇起眼睛道：「不是妳說的嗎？」

「這些小女生就由我帶走了，」秦渡不經心道：「想找爸爸我算帳我隨時奉陪，爸爸跆拳道黑帶柔道精通！只要你能找到我，約個時間，我一定讓你……」

「好好出……」秦渡朝椅子上一靠，頗覺有趣地盯著許星洲的眼睛，一字一句地說完那段羞恥的臺詞：「這、一、口、惡、氣。」

秦渡一邊念，一邊意識到這女孩生就了一雙乾淨執著的眉眼，猶如寒冬長夜中不滅的火光。

他看著那雙眼睛變得水汪汪的。那女孩眉毛一抽一抽，嘴唇發抖，臉蹭地漲紅，幾乎要被他逗弄哭了。

「你……你……」

許星洲羞恥到想殺人，一早上秦渡用約架、用柔道、用跆拳道和「師兄」二字折磨她脆弱的神經，終於碰及了她兩週都不願回想的、羞恥且中二病的過去——

「——你他媽給老子滾！」

許星洲怒吼著，抄起那本快有一公斤重的應統課本，在課堂上朝秦渡師兄劈頭蓋臉地砸了過去。

天氣放晴，榆樹枝頭喜鵲啁啾，燦爛的春光灑進上世紀八〇年代的教室。

「年輕嘛，」老教授寬容且慈祥地說：「我完全理解同學們上了大學之後日益增長的交配需求。」

下面爆發出哄堂大笑。

許星洲雖然慣於做最特立獨行的野雞，卻這輩子都沒出過這種洋相：她居然和另一個、完全沒人認識的秦渡一起站在教室前排。許星洲亂七八糟地想起這位老教授睚眥必報，連上課遲到都得站在講臺上高歌一曲「起來不願做奴隸的人們」。在課堂上鬧出這種亂子來，老教授多半要扒她一層皮。

「但是暴力是不對的，」老教授道：「我強烈斥責許同學訴諸暴力的行為！擾亂課堂秩序尚在其次，在公共場合侵犯同學的人身權利，甚至讓我覺得我們的教育出了問題。師者教書育人，我希望妳在這裡對這位……」

老教授看著秦渡，讓他自報家門。

秦渡從善如流地道：「秦渡。老師，我是數學科學學院大三的。」

許星洲一聽頗想現場嘔血，老教授說：「好。我希望妳在這裡對妳的秦師兄說一聲『對不起，師兄，我不應該打你』。」

他是故意的！這個老教授絕對是故意的！

許星洲眼淚都要噴出來了，求救地望向自己剩下的兩個學霸室友……學霸室友不為所動，甚至舉起雙手，做好了鼓掌的準備。

人間沒有真情。

許星洲只得認清形勢，屈辱地道歉：「……對不起，我不該打你。」

老教授正準備點頭讓他們滾下去，秦渡卻告狀道：「老師，許同學沒有叫我『師兄』。」

許星洲：「……」

老教授訝異地問：「你想讓她叫你一聲師兄？」

秦渡看了許星洲一眼，繼而十分凝重、萬分正式地點了點頭。

許星洲十九年人生，歷來都擔任著食物鏈頂端的討厭鬼的角色，她堪稱一位混世大魔王，卻又從來沒人對她生氣——畢竟她充滿了美色和欺騙性，加上又很「跳」，大家都對她寬容得很。

而如今這位混世魔王，終於遇上了自己的天敵。

老教授沉思片刻，道：「確實，要對師兄有應有的尊重。」

許星洲：「那個老、老師……」

秦渡立即道：「謝謝老師。她對我沒大沒小很久了。」

下面登時一陣能掀翻屋頂的笑聲，甚至有男生大喊道：「許星洲妳為什麼對他沒大沒小！」

許星洲在心裡給秦渡和起鬨的狗東西上了一車人身攻擊，羞恥得簡直想把秦渡的脖子擰斷——然而擰斷他脖子是不可能的，這輩子都不可能。

她蚊子般嘀咕了一聲：「……對不起。」

秦渡不置可否地挑起眉頭，透過遮眼的捲髮望向那個女孩。

然後許星洲屈辱地說：「師、師兄。」

秦渡終於滿意了，對老師微一欠身，表示感謝。

老教授道：「行了，散了吧。下次別在課堂上打架。」

於是鬧劇暫時告一段落，教授又重新開始講課，陽光灑進八點鐘的教學大樓，在黑板上投出斑駁的光影。許星洲這下簡直是耗盡了渾身的力氣，回自己的位子上就砰地栽進了課本，埋在裡面不肯抬頭了。

秦渡翹著二郎腿，大馬金刀地坐在許星洲旁邊。陽光在他身周鍍出明亮的光圈，一枝山櫻探入窗中，將青年襯得猶如漆畫。

三分鐘後，許星洲不動聲色地遠離了漆畫十公分。

秦渡抬起眼皮，看了她一眼，許星洲挪了挪屁股之後，不再挪動，彷彿無事發生過。

秦渡終於出聲提醒道：「我要是妳，我現在不會不聽課。」

許星洲趴著，憤怒一捶桌子：「關你屁事！我沒有力氣聽！」

「行。」秦渡閉上眼睛，說：「反正我已經提醒過了。」

喜鵲在榆樹上駐足，許星洲趴著看窗外的鳥和花。團團簇簇的花猶如染紅的雲，又被陽光映得透明，樓外的林蔭道上，大學生三三兩兩去蹭教職員工餐廳的豆漿。

「……吃完飯打遊戲吧超哥！」

風中傳來他們的聲音：「反正今天那個老師也不點名……兩百人的大課……」

他們遠去，世界安靜了片刻，只剩風吹過花葉的聲音。片刻後樓下有師生急切地爭辯著什麼：「……老師，可是人的社會性決定了其媚世的特徵……」

他們爭論的聲音逐漸遠去，過了一下，有女孩激昂道：「我認為這樣評價康德對形而上學的看法是一種謬誤……」

許星洲在樓下鼎沸的人聲中，閉起眼睛，任由春風吹過。

天剛下完雨，陽光卻露出了頭。

圍著籃球場的鐵絲被扯斷了，學生餐廳菜香媚媚。講臺上的教授白髮斑斑，世上的年輕人卻熱烈而嘈雜。

能活著真好啊，許星洲天馬行空地想，這世上大概不會再有什麼，比在春日早晨的應統課上閉眼小憩更舒服的事了。

「……我們下面的這道例題，」教授拍了拍黑板：「還是老規矩，找個同學告訴我們答案。」

許星洲左耳進右耳出，愜意地滾了滾，把包墊著，打算正經地睡一覺。

教授翻出花名冊，沉吟道：「我看看，到底是叫哪個倒楣蛋呢？」

大家又開始笑，許星洲也覺得好玩。他們這位老教授曾是國內第一批海歸，非常能接受新鮮事物，而且確實挺與時俱進——他好像還有社群帳號，在社群上也相當活躍。

「學號53結尾的——」教授念出萬眾矚目的倒楣蛋的名字：「許星洲同學。」

許星洲臉上還都是趴出來的印子，一臉茫然地抬起了頭：「……？？哈？？」

什麼還有例題嗎？我怎麼不知道還有例題？這門課這麼喜歡講例題的嗎？例題是什麼？例題在哪裡？許星洲一時間甚至不知該從何問起，簡直是又嘗到了天打五雷轟的滋味。

秦渡慢吞吞地睜開眼睛，道：「許星洲，我提醒過妳了吧？」

許星洲：「……」

許星洲一上午吃癟吃到傻眼，簡直懷疑秦渡這個人是不是挾著她的水星逆流而上三千尺了。事到如今只好憑藉聰明才智口算！她瞇起眼睛朝黑板上看，終於看到了一行每個字都認識、拼湊在一起就變成天書的例題。

那句話怎麼說的？在國二的第一節數學課上撿了一下鉛筆，這輩子就沒再聽懂過數學課？

當了十年資優生的許星洲，居然在大二這一年，深切體會到了這種苦痛。

老教授嚴厲地質問：「許同學，妳不會惹出這種亂子都不聽課吧？」

許星洲難以啟齒：「老師……」

老師我沒聽講，這句話怎麼能說出口？

秦渡欠揍道：「我會，跪下求我。」

跪你媽！許星洲內心怒火噴湧而出，簡直想要出錢僱喜歡的作者把秦渡寫進抹布文[3]拋棄一萬遍啊一萬遍！

秦渡抬起眼睛，看著許星洲，很跩地重複了一遍：「——跪下求我。」

許星洲又被老教授一斥，徹底沒轍了。

一上午的周旋終於以許星洲的三連敗告終，許星洲蒼白地道：「……跪著求你。」

3 抹布文，意思就是主角有跟非主要角色、無名或是路人有身體關係的小說。另有意思指那些愛得無怨無悔，為了愛情寧願犧牲自己的事業、青春，全心全意幫助愛人成功，最後卻被拋棄的悲劇主角的小說。

秦渡洋洋得意地說：「妳叫我什麼？」

許星洲絕望道：「……秦師兄。」

那聲秦師兄叫得實在是太絕望了，簡直有種賣父求榮的感覺，像是薛西弗斯受諸神懲罰推石上山，又像大饑荒窮人易子而食，更如簽訂喪權辱國條約像李鴻章一樣遺臭萬年……

秦渡頗為滿意地一點頭：「這不是會叫嗎？」

然後他撕了張便利貼，在上面寫了兩個數字，手指點了點紙條說：「念。等等記得兌現妳跪我的諾言。」

他是心算的嗎？那麼長的公式和已知數據？心算？許星洲第一次接觸數學科學學院出乎意料的技能，簡直驚了。

然而那股震驚感還沒過去，秦渡兩指推著那張便利貼，頗為猶豫地道：「有點後悔。能改成磕頭嗎？」

許星洲：「……」

許星洲一股邪火瞬間直衝天靈蓋：磕你親爹！

許星洲拿著那張黃黃的便利貼，終於意識到自己那天晚上惹的，是一個比自己惡劣一萬倍的人渣。

自許星洲有記憶以來最慘痛的一節課，隨著刺耳的下課鈴落下了帷幕。

她捂著飽受折磨的心口收拾包包，把課本夾著筆闔上裝進包裡，桌上滿是陽光和花枝的影子。然後秦渡拿起了她的Kindle，掃了一眼。

『我仍會連續數週躺在床上，就因為有時候我連起床都難以做到。每當嚴重的焦慮襲來而我甚至無法站著與它搏鬥時，我會躲在辦公室桌子底下。』

螢幕裡那本書這樣寫道。

『可一旦我有力氣起床，我會再次讓自己瘋狂地高興起來。這樣不僅是為了拯救我的人生，更為了構築我的生活。』

……這是什麼書？秦渡懶得往下看，不置可否地將閱讀器遞給許星洲，許星洲嘀咕著道了一聲謝謝。

秦渡說：「妳不是要跪著跟我道謝嗎？」

許星洲二話沒說，將包砰地放下，兩隻小手指彎成膝蓋，砰地砸在了另一手的手心中間。

「正式給您下跪，」她情真意切地說：「還能給您磕頭。」

說著她還讓手指小人伸出剩下的兩根手指頭，板板正正地磕了個頭，又認真地問：「三跪九叩要嗎？」

秦渡盯著那隻小賤爪看了一下，若有所思地問：「妳什麼時候和我約架？」

許星洲毫不猶豫：「再說吧，你做好心理準備再來！」

「自報下家門，」秦渡漫不經心地道：「我沒妳那麼厲害，沒學過格鬥，只是從十五歲開始堅持健身而已，六年。」

許星洲十分冷漠：「哦。」

然而許星洲心裡流著寬麵條淚想，一看你的體格就知道你很能打啊！她思及至此又把兩週前瞎撂狠話的自己在心裡暴打了一萬頓。

常在河邊走哪有不濕鞋，沒事幹嘛要去英雄救美啊！

秦渡想了想，又戲弄道：「對了。」

許星洲頑強道：「你說吧。」

「我的朋友也都很想找妳聊聊。」秦渡慢吞吞地說。

許星洲似乎想要發問，接著秦渡一抬手制止了她，說：「別誤會，不是帶妳去讓他們見嫂子。」

許星洲：「我沒有──」

「是我那群，」他打斷了那個女孩的辯解，簡直忍不住幸災樂禍：「那天晚上和我一樣，被妳搶了女人，目送妳帶著一群女生揚長而去的朋友。」

秦渡說完端詳許星洲如遭雷劈的表情：她那一瞬間毛炸了，滿頭亂糟糟的毛，眉毛要哭似的皺了起來。

媽的，秦渡只覺得自己幾乎瘋了，這女生有點可愛。

暖陽燦爛，將葉子映得發光，人間四月，花和草葉聯合昆蟲王國攻占了人類的城市，而天上的白鳥就是這聯盟軍的斥候。

許星洲強自鎮定地道：「你們是真的很閒嗎？」

「閒倒是不閒，」秦渡閒適道：「只不過對妳格外有時間罷了。」

許星洲：「……求求你們忙起來吧！大學生當為國為民，承擔起自己的社會責任感好嗎！」

她的位子非常尷尬，階梯教室的桌椅向來都是一體的，秦渡站在靠走廊的一側，將許星洲的出口堵得嚴嚴實實。

秦渡朝前一步，把出口一堵道：「關我什麼事？」

許星洲說：「魯迅先生就說了！願青年都擺脫冷氣，只是向上走，你倒好……你能不能讓一下？你是覺得找我碴很有趣是不是？」

秦渡：「是挺好玩的。妳再讓我折磨一下，我與許就不揍妳了，也不堵妳小巷子了。」

許星洲：「……」

許星洲心想你是變態吧！

然而許星洲接下來還有事情要做——不僅有，而且還要趕時間。目前她首要任務就是擺脫面前這個爛人學長——於是下一秒，許星洲敏捷地一撩裙子，單手撐桌，翻桌一躍！

秦渡：「……」

許星洲像隻潑猴一樣跳下桌子，拍了拍桌面上的鞋印，抬頭看了看監視器，雙手合十道：「老師對不起。」

「我比你忙多了，」許星洲說：「我後面還有事呢！」

秦渡瞇起眼睛，許星洲將包往肩上一拽，喊道：「約架就等下輩子吧——」

然後她一提自己的裙擺，轉頭跑了。

秦渡：「妳等下……」

許星洲高聲喊道：「我是傻子嗎我等你？！做你晴天白日大美夢去吧！讓我們下輩子再見！」

秦渡提高了聲音：「我說……」

吱嘎一聲，許星洲滑樓梯扶手，跑了。

於是偌大的一百二十人座教室裡只剩秦渡一個人，和他手裡那個貼滿星星月亮貼紙的Kindle。

秦渡漫不經心地說完那句話：「……妳掉了妳的Kindle。」

窗外的鳥啾啾地叫了兩聲，人間無人應答。

那一瞬間窗外大雁穿過雲層，花和蜜蜂以陽光為掩護，嗡嗡地討論著如何推翻人類占山為王——畢竟這是植物和小昆蟲最好侵略人類的時候了，每個人都放鬆成一隻睡鼠，在風和日麗的季節裡準備著一場春天的重逢。

秦渡晃了晃那個貼得不認爹娘的小閱讀器，轉身走了。

秦渡那天晚上沒住在宿舍。

狡兔有三窟，秦渡有五個。一是他就是上海本地人，二是他們院分到的破宿舍實在是太破了，大概是因為院裡領導都是老實人，搶不過其他院的人精。畢竟秦渡第一次見他們院院長時，五十多歲的老年人髮型極為奇詭，根根朝上，而且忘了梳頭，看起來像是倒立著睡了一晚上。

總之，秦渡在學校三站路外的院裡有間改造的樓中樓——他媽媽買了上下兩間房，把它打通了——秦渡平時就一個人住在這。

外面夜色深重，城市裡的燈光猶如打碎的銀河，秦渡懶洋洋地把計算的筆和紙推了，擰開了夜燈。

夜燈光芒溫柔地亮起。秦渡的捲髮遮了下視線，他把頭髮隨意地往後一捋，兩腳夾住個靠墊，往後倒在了軟凳上。

而後秦渡摸過長桌上的手機，看了看，沒有訊息。

……這姓許的是傻子嗎，秦渡想，現在都沒發現自己少了個東西。

過了一下，他又有點懷疑許星洲是不想再見到他，寧可豁出去這個小 Kindle 不要了都不打算再見他一面了。

而這結果顯然不存在，秦渡還沒找夠碴，逃是逃不掉的。

小夜燈燈光柔和地映亮了這個廣闊的客廳，在藤蘿葉上停留片刻，滾落了下去。秦渡打了個哈欠，拿起小 Kindle，打開了螢幕。

螢幕上仍是那本書，秦渡往後翻了翻，裡面的字一團一團的不知所云，是一段絮絮叨叨胡言亂語的，文青騙稿費湊字數的書。

「……在鬧鬼的旅館裡偷偷溜進別人的浴室……」秦渡瞇起眼睛念道：「當一個對睡在市政廳裡的野貓彙報工作的政治獨裁者……」

秦渡又翻了兩頁，判斷自己看不懂文青的無病呻吟，冷漠道：「什麼傻玩意兒。」

然後他退出了那書，回到首頁，Kindle 書櫃首頁在黑暗裡發出螢光。

那一瞬間，他的手機螢幕嗡地亮起。

秦渡：「？」

他看了螢幕一眼，是來自通訊軟體的一則好友申請。

——『『宇宙第一紅粥粥』請求加您為好友，您是否同意？』

長夜之中，秦渡嗤地笑了一聲，拿起了手機。

許星洲頭上都要急出汗來了。

事情是這樣的，她一摸口袋發現小閱讀器沒了，差點嚇死，晚上八點鐘跑回育幼院去找院長問有沒有撿到它。院長說沒有，妳再回去好好找找。

許星洲在區育幼院做了一下午的義工，帶著一群或多或少有些身心障礙的孩子讀書認字——認字。這群孩子認字。許星洲心裡的酸爽無法言說，就衝這群孩子認字這件事，那個Kindle就是死也不能落在這群孩子手裡。

然後她在回校的公車上，終於想起了秦渡。

秦渡當時在教室裡，手裡是不是拿著什麼東西……

……靠！Kindle好像在他手裡！

許星洲反應過來，當即心裡冰涼得猶如十二月寒冬，在校門口路燈上靠著，雙手發抖地跟譚瑞瑞部長要了秦渡通訊軟體的好友，傳送了好友請求。

所幸秦渡並沒有讓她等很久。

秦渡的頭貼是個人黑白的背影，大概是他本人——頭髮微捲，個子一百八十多，背景應該是在白金漢宮門口。

秦渡連好友申請都沒通過，直接回覆，問：『妳誰？』

『對方還不是你的好友，已開啟朋友驗證。』

許星洲：「……」

螢幕上赫然一句這種話……太過分了……起碼通過一下好友啊！

許星洲低姿態地說：『我是今天應統課上，坐秦師兄旁邊的，新聞學院小師妹。』

秦渡那邊過了一下回道：『坐我旁邊的師妹多了，妳哪個？』

許星洲：『搶你女人的那個。』

秦渡：『封鎖了。』

許星洲簡直嘔出一口血，連忙打字：『你別！！！別！！！』

好在秦渡還沒來得及封鎖她，許星洲艱難地道：『師兄，是這樣的請你千萬原諒我大放厥詞……我沒有任何不敬的意思，師兄您看什麼時候有空您把我那個小破 Kindle 送回來？』

秦渡大方地回覆：『小事。下輩子再見吧。』

許星洲立即在心裡，把秦渡踩了一千腳一萬腳。

許星洲只覺得他真是自己的剋星，常言道「你若安好就是晴天」，有秦渡在時多半是「秦渡若在就是水逆」。

夜風溫暖掠過天地之間，露出雲層後滿天繁星。

今夜偏知春氣暖，蟲聲新透綠窗紗——這是許星洲在高中一個溫柔的夏夜裡學的一句詩，現在想來，大約就是形容這樣的夜晚。

許星洲為了方便穿著平底鞋，卻也貨真價實地跑了一天，在育幼院做義工不僅是和孩子們相處，更是幫了那些老師許多瑣碎的小事。她在校門口的花壇邊坐下，活動自己的腳踝。

腳踝骨骼咯嘣一聲彈響，許星洲終於放鬆地嘆了口氣，摸出了手機。

螢幕上是秦渡的訊息——他還是沒通過好友申請——他說：『白天不在？』

許星洲說：『我去年申請了一份義工的工作……今天忙得頭都飛了，一整天都沒看包包，所以剛剛才發現我掉了那個閱讀器。』

她猶豫了一下又道：『你、你能不能……』

秦渡：『？』

許星洲絕望地抓住最後一根稻草：『你別翻……翻它，算我求你。』

許星洲太累了，傳送完訊息就咕嚕往後一仰，栽進了花叢裡。

繁星春水，路燈下柳絮飛揚，春風吹起女孩的裙角。許星洲抬起一隻手比量天上的星星，這是今天一個小男孩教她的。

「牧夫座……」許星洲手指劃了一下，嘀咕道：「應該是它吧。」

秦渡這個壞蛋依然沒有通過好友申請，對她說：『再說吧，以後我們漂流瓶聯絡。』

許星洲：「？？？」

她立即道：『別啊嗚嗚嗚——』

——『訊息傳出，被對方拒收。』

這個混球還是把自己封鎖了！許星洲如遭雷劈，簡直想拆了秦渡的宿舍大樓。

的。

當夜，凌晨時分。

秦渡洗完澡，赤腳圍著浴巾走出浴室，拿起手機時又看到了許星洲的頭貼。

她的頭貼是一個字，黑體加粗的「帥」，但是明顯感覺那頭貼被封鎖之後，顯得挺委屈的。

窗外的風吹過，春夜的風令人心底發癢。秦渡端詳了一下她的頭貼，看著那個堂堂正正的「帥」字，覺得這狗東西厚顏無恥，卻又覺得有點莫名地喜歡。

秦渡靠在沙發上，半晌滿懷嘲笑，把許星洲從黑名單裡放了出來，同意了她的好友申請。

『您已添加了宇宙第一紅粥粥，現在可以開始聊天了。』

小夜燈仍亮著，光影溫柔。凌晨一點多，那個在外面做了一天義工的浪蹄子多半是睡了，螢幕上還有封鎖前的聊天紀錄。

其中最醒目的是，許星洲苦苦哀求他別翻那個小閱讀器。

秦渡一邊擦著頭髮一邊翻，越想越覺得神奇，一是不理解為什麼許星洲居然強調一遍勾起他的好奇心，二是不曉得那個小 Kindle 裡到底有什麼，死不悔改的小浪蹄子竟然肯乖巧無比地喊一聲師兄。

秦渡顯然不是能忍受好奇心的人，秦師兄實踐能力顯然不是蓋的！他立刻翻出小閱讀器，打開看看裡面到底有什麼。

他一摁開，裡面整整齊齊排了兩排電子書：《強制發情》、《絕對侵占（幹死老闆）》、《激愛小神父》、《運動褲下的祕密》……

口味還他媽挺全的。

第二章　不缺錢的公子哥

許星洲在那之後的好幾天，都沒見到秦渡的影子。

但是她第二天起床之後，發現秦渡通過了她的好友申請，可見他也不是真的打算和許星洲下輩子再見。

而許星洲一開始還戰戰兢兢「他到底有沒有看我的藏書」，但是在這種念頭折磨了自己兩分鐘之後，許星洲立刻進入了佛系破罐子破摔模式，畢竟看色情文學有錯嗎？沒有啊！

✧

時間一晃，六天的時間彈指而過。

清明節前的週五。下午近五點，天陰沉沉的，外面颳著大風，許星洲和程雁坐在一起，苦大仇深地上大眾媒體課。

新聞學院終究還是比外面那些「野生的」學院有錢一些——畢竟他們校友遍布大江南北，且不提自身盈利的能力，光是每年知名校友捐款都相當可觀。

因為有錢，新聞學院教室每個桌子上都配了插座，許星洲大一第一次見到時很是感慨了一番人性化的設計，但是大二之後她開始上院系必修課，立即就發現了一件事：這些插座沒電。

窗外雨點劈里啪啦地落了下來，許星洲闔上本子，有點期待地望向外面細密的春雨。屋裡漫著股濕氣，螢光燈將講臺上年輕女專家映得猶如雕像。

「我們這一節課還是討論了自媒體，」那個女專家慢吞吞地道：「以後你們在從業的過程中一定會發現其重要性。所以我現在安排一個課題給你們，清明節回來我要看看進度。」

許星洲摘下眼鏡，揉了揉睛明穴。

她們這門課歷年都是由外聘專家帶，每年代課人選都有變動。今年由院長出面，聘了一個他們學校七年前的畢業生，二〇一六年新銳記者花曉。

這個花記者堪稱傳奇，今年才二十八，去年一年業界內沒人沒聽過她的名字，也沒人沒看過她的深度採訪。許星洲在上課之前一直當她是個健身系女強人，沒想到一走進來居然是個肩不能提手不能扛的文青。

她皮膚呈健康麥色，長相猶如溫柔的春花，穿著無印的條紋襯衫和闊腿褲幫他們講課，說話溫柔，舉手投足卻又有種難言的冷淡。

誰能想到這種風一吹都能倒的小體格，居然經歷了那麼多事情……許星洲一邊走神一邊想。

「給你們一週時間，」花記者在燈光下溫和地說：「我不管你用什麼方法，給我看一篇你經手的、轉發破百的貼文。」

許星洲對程雁嘀咕道：「……這還不簡單？貼文轉發抽獎，抽兩百三十三塊錢，轉發至少能破一千。」

程雁：「投機倒把狗滾。」

花記者看著許星洲，溫和地說：「所以我的要求是，轉發抽獎除外。」

許星洲不服道：「可是這樣不是最簡單的嗎！老師妳這個作業實在是——」

許星洲：「……」

花曉撐著講臺，說：「貼文內容應完全原創，字數不限。你們是剪影片也好，剪鬼畜[4]也行，攝影作品、段子[5]、虛構的假新聞、哪怕你們去寫十八禁同人文——」

下面笑了起來，花記者溫柔地等他們鬧騰完，帶著笑意說：「反正我都不管，你們都成年了。我只要求你們那篇貼文轉發破百，一週。不難吧？」

一五〇三班的學生拖了長腔，喊道：「好——的——」

花曉老師笑道：「好就行，下課吧，大家假期快樂。」

4 鬼畜，是一種聲音剪輯的藝術創作形式，從各種音訊或影片中收集聲音素材，完全分割並重新剪輯之。
5 北方許多曲種如各種大鼓、相聲、評書等可以一次表演完的節目稱為「段子」。

許星洲出來時，天已近黃昏，春雨和花瓣細細密密地落滿了天地。

程雁和許星洲分道揚鑣，去外面吃黃燜雞米飯——許星洲上次吃黃燜排骨吃傷了，打死都不肯跟著去，就和程雁說了拜拜，一個人朝宿舍的方向走。

遠處路燈幽幽亮起，燈火黃昏，照亮滿地山櫻花瓣。往日靜謐的林間小徑變得鬼影幢幢，猶如勇者走向居住著惡龍的城堡的道路。

許星洲：「……」

許星洲作賊心虛地左看看右看看，確認同學都走光了不會有人多管閒事，路上也沒幾個人，應該不會有人主動過來英雄救美。

接著許星洲把小星星傘往包裡一放，踩著涼拖鞋，不撐傘頂著雨跑了。

前面的華言樓就是惡龍的城堡。

路邊法國梧桐正在變成荊棘，白袍巫師立於鋼筋水泥的高樓之上，長袍在風中獵獵作響。百年老校搖搖欲墜，年邁力衰的校長苦苦等待著她，以賜予她「鬥龍勇士」，一把咒語長劍。

她經過了許多人，可沒一個人知道許星洲腦子裡想什麼，所有人只以為她沒帶雨傘，正在跑回宿舍。

許星洲不同情這些想像力匱乏的人。

這世上人們可以付出無數種代價來長大，以變成無數種大人，可這些吃驚地看著她的人，卻不約而同地在無數種代價中選擇了「變得無趣」。

而許星洲則付出了巨大的代價，保留了自己的一顆赤子之心。

她仍想體驗一切嘗試一切，對於生活熱愛到無以復加。她想在八十歲那年登上月球，想在五十歲那年成為一顆星星的擁有者，她想去山區支教，想去宇宙的盡頭，想在浩渺繁星中尋找小王子和黑洞。

許星洲用盡全力，帶著她所有的想像和臆想中的怪物奔跑。

猶如雨裡跳躍的火焰。

天如同潑了墨，悶雷陣陣，滿地零落成泥的花葉。

許星洲跑到華言樓前時已被淋得透濕，頭髮一綹一綹地黏在臉上，她扶著牆往後扒拉頭髮，只覺得人確實是老了跑不動了。

再年輕點時也是能從三站路外跑著回家不帶喘氣的，許星洲氣喘吁吁地扶著牆想，現在就不行了。

許星洲嘆了口氣，擦了擦臉上的水，回頭一看。

——大樓門口來來往往的學生，都在用看流浪漢的眼神看她。

華言樓電梯裡。

「秦學長，今天趙老師提的那個 Teichmullar 空間我沒怎麼搞懂……」

電梯一路往下，張博又困惑地說：「我們課程還沒講到那裡。今天他說的我基本都沒怎麼聽懂，重點全都一片一片散著，學長你什麼時候有空跟我講一講吧？」

秦渡一點頭說：「大三這樣正常，連入門都還沒入呢。東西不太難，我手頭有一本講義，你參考一下就會了。」

電梯叮地一聲響，到了一樓，外面大廳燈火通明，學生來來往往，有研究生甚至穿著拖鞋下來拿外送。

秦渡看了他們的外送一眼，問張博：「學生餐廳怕是沒飯了吧？」

張博道：「肯定沒了，雜糧煎餅的話可能還有。」說著他話鋒一轉：「話說剛剛我在華言樓門口看到一個特別漂亮的女生躲雨……挺可憐的，可惜我也沒帶傘……」

秦渡說：「漂亮也得淋雨。你幫不了的人多了，我先回家。」

張博悻悻地說：「這倒是……」

一樓玻璃門外，夜色深重，遠處雨水連綿地親吻群山。

張博突然喊了起來：「學長，你看那裡，她還在躲雨呢！」

秦渡順著張博手指的方向看了過去，玻璃門外站著一個窈窕的女孩。

張博難過地道：「太可憐了吧。這麼久都沒人送傘給她，可惜我還是沒有傘！不然我不介意送給她，讓她回宿舍……」

秦渡立即從那句話判斷，張博大概會單身到博士畢業。

張博又說：「確實不錯吧學長？從背影都覺得是個美人，正面更是！簡直出乎意料！我懷疑女人都沒辦法抗拒她那模樣……」

那個氣質很好的女孩頭髮漆黑，淋得像一隻落湯雞，狼狽得很，卻有種難言風月的美感。

看起來，還挺可憐的。

許星洲在華言樓門口當了十幾分鐘流浪漢，終於休息夠了。在她摸出雨傘打算走的時候，背後突然傳來聲音：「怎麼淋成這樣？」

許星洲剛在腦海裡酣暢淋漓地冒險一通，心情高昂得很，也沒聽出來是誰，頭都不回地說：「我在雨裡跑了一圈，沒事。」

可是聲音好耳熟啊……許星洲思索了一下，終於辨認出這是秦渡的聲音。

然而她的心情簡直是晴空萬里，連聽到秦渡的聲音都影響不了心情！她回過頭對秦渡笑咪咪道：「在雨裡跑步還是挺好玩的。」

「我明白了，」秦渡點了點頭，伸出手道：「雨傘。」

許星洲一怔，將小星星雨傘拿起來晃了晃，道：「我有的，沒事，你的自己留著就……」

秦渡漫不經心地重複：「把雨傘給我。」

許星洲不知為什麼，在人來人往的華言樓門口覺得有點羞恥，遂不好意思地說：「一定要這樣嗎？」

秦渡：「傘給我。」

許星洲：「好、好吧……」

許星洲只覺得有點頭疼，把傘遞了過去，小聲嘀咕：「但是我很不喜歡麻煩人……還是比較想自己走，你要是執意要送我的話也行……但是我們宿舍很遠的。」

秦渡雨傘到手，終於充滿刻意和壞水地反問：「妳的意思是我拿傘送妳回去？」

許星洲：「……嗯？」

然後秦渡誠懇地說：「想什麼呢，許小師妹——」

「我是要回家啊。」

許星洲：「……」

天上咕隆一聲響雷，漆黑的夜裡，雨水瓢潑而下。

許星洲簡直都語無倫次了，簡直不敢相信：「你……你人怎麼能這麼爛……」

秦渡禮貌道：「過獎，謝謝妳的傘。」

簷下燈火通明，許星洲憋屈地看了他片刻，把黏在額頭上的濕頭髮往旁邊撥了撥。

「妳又不撐傘，」秦渡揶揄地說：「我會好好用的。」

許星洲想了一下，自己確實也是在「雨中環奈」跑了半天，傘也的確是個擺設，一時實在也想不出什麼別的理由反駁他。

她想了一下，心塞地說：「好吧，回頭這把傘和那個閱讀器……我回頭去找你拿……」

冷風一吹，許星洲下意識地摸了摸自己濕漉漉的手臂和衣服，初春的天氣，還真是有點冷。

秦渡說：「好，沒問題。」

然後秦渡撐開傘，走進了無邊的雨裡。

許星洲愣怔地目送他，然後發現秦渡單手撐著傘，摸出把車鑰匙，接著外面一輛車嗶嗶一聲亮起溫暖的光。

許星洲：「……」

這人根本就有車好嗎！他平時開車來上學的？有車還要搶傘？話說這人也太糟糕了吧！

許星洲簡直覺得不可理喻，她甩了甩頭，只得將其歸類為瞎把妹的報應，然後衝進了雨裡。

常言道春雨如酥，但夜裡的春雨卻猶如冰水，淋在身上頗為要命。許星洲在雨裡跑了兩步就有點想追上去扎秦渡輪胎。但是她轉念一想，那車看起來好像不便宜，還是改為每天在他擋風玻璃上畫雞雞吧。

畫雞雞是不是又有點限制級……最近還在嚴厲打擊刑事犯罪活動，應該不會被保全大叔罵一頓吧……許星洲一邊想一邊踩進雨裡，還有什麼方法能報復秦渡嗎？

雨水沖走路上花瓣，下一秒，身後雨突然停了。

許星洲回頭一看，秦渡撐著傘，道：「我送妳回去。」

許星洲簡直感動得無以言表。

可見這人還沒這麼垃圾！

然後許星洲感動地說：「不麻煩你了，學校的夜路沒這麼不安全，我自己就能回去。」

秦渡：「哈？」

秦渡嫌棄道：「和妳走夜路有什麼關係，別感動自己了吧。我送妳回去，拿妳的傘回家而已。」

許星洲也不惱：「可是……」

——可是你不是有車嗎，你開車回家不就好了……

許星洲終究沒把那句話說完，說不定是他的車壞了呢？按以往和直男打交道的經驗來看，如果打開了這個話題，大概一路上就得和他聊車了……

同撐一把傘和直男聊車！許星洲想到這場景，立即一個寒噤。

「謝謝你，」許星洲斬釘截鐵地說：「那我就恭敬不如從命了。」

雨水敲打著傘面，許星洲被風一吹還是覺得冷，她抱著手臂抬頭看傘面，路燈映著傘上金黃的星星，像是雨夜僅剩的星空。

「……妳宿舍在哪裡？」秦渡問：「南苑？」

許星洲冷得嘴唇有些發青，點了點頭。

路燈將雨絲映亮，春夜的雨水讓許星洲有些昏沉。夜色裡秦渡撐著傘，手指修長有力，妖風吹過時傘都穩如泰山。

秦渡將傘交給星洲，道：「拿一下。」

許星洲嗯了一聲，接過了傘柄，秦渡將自己的外套脫了。

「下週還我。」秦渡把外套遞給許星洲，威脅道：「不准沾上飯味，尤其是蒜。」

許星洲也不伸手接，打著哆嗦道：「算、算了吧……我渾身都濕透了，不過好處是我不容易感冒。」

秦渡：「妳以為我願意給妳啊？」

他把外套丟給許星洲，又威脅道：「弄上蒜味我就揍妳。」

許星洲：「……」

許星洲一向不喜歡受男生照顧。

以她從小到大的色相，本來應該是可以活在異性的簇擁裡的，但是十九歲的許星洲人生卻和這種簇擁沒半點關係。她常年只和女孩廝混在一起，不談風月，仍像是個孩子的心性。

秦渡看了她一眼，只看到那女孩眼睫纖長，猶如盛夏葡萄藤的樹影。她嫌棄地看著那件湖藍的外套。

秦渡看著她，只覺得心頭忽而熾熱，像是春夜燃起的篝火。

他們兩個在傘下並肩而走，許星洲好奇地張望外面的雨，過了一下又伸出手去接，張著手，任由冰冷的雨水在手裡匯聚。

那個幼稚的動作許星洲做的是如此自然，絲毫沒有媚世的意思，也半點不顧忌別人的目光。

許星洲突然道：「我還以為你今天晚上會揍我呢。」

秦渡：「揍妳幹嘛？」

「你不是一直想和我算帳嗎？」許星洲滿不在乎地說：「我剛剛都想好了，你如果揍我我就撒腿朝樹林裡跑。」

秦渡眼皮都不抬，啪嘰一聲，拍了她額頭一巴掌。

許星洲：「你幹嘛！」

秦渡：「欠收拾。」

秦渡拍完，還在許星洲衣服上擦了擦手。

許星洲簡直毫無反抗的餘地。

秦渡一手撐著傘，一手在許星洲衣服上擦完，還是覺得不乾淨，就直接去翻她的包找衛生紙，把手擦了。

許星洲不敢反抗，只敢小聲嘀咕：「可是你有什麼資格收拾我！搞清楚這一點好嗎？」

秦渡撐著傘，擦著手漫不經心道：「國家講究天地君親師，師兄占了個師字。」

許星洲：「……」

許星洲簡直想打他：「誰是我師兄，你？你除了比我大一屆還有什麼我必須尊重你的理由嗎？」

秦渡：「妳可以不叫。不如說，妳叫過嗎？」

許星洲一時接不上話，只能和他並肩走在雨裡。校園最老的建築矗立數十年，前方南苑宿舍區的燈溫柔地亮起。

秦渡突然道：「我其實挺羨慕妳的。」

許星洲：「哎？」

「……我和妳不太一樣。」秦渡終於看了許星洲一眼，說：「我沒有妳這種生活的激情。」

許星洲一愣：「我大概是因為……」

我大概是因為我太珍惜生活了，許星洲想。因為生活於她而言，太容易破碎。

然而還沒等她認真回答，秦渡就欠揍道：「不用因為了，因為妳沒我有錢。」

許星洲：「？？？你？？」

你根本就是來找碴的吧！許星洲憋都要憋死了。

許星洲決定不再跟他討論這個鬼生活激情不激情的問題，甚至都不打算理會秦渡這個小肚雞腸的槓精[6]了。

過了一下，許星洲又覺得不能把人想得太壞，要以善意度人。她和秦渡相處遇上的問題終究是自己先撩者賤，她不分青紅皂白在酒吧把人數落一通，還拽跑了那群人的女人，他對自己有意見也正常。

可是他還會送自己回宿舍！

她頓時被秦渡的人設感動了，小聲問：「實話說，你其實沒打算尋仇是不是？」

秦渡挑起條眉毛。

許星洲撓了撓頭，靦腆地補充：「對吧，所以我覺得你人不壞，就是嘴硬。雖然你總說要揍我，但其實心裡也沒記恨我搶你女人……」

沉沉的黑暗中，秦渡說：「許星洲。」

許星洲喊道：「在！」

秦渡：「妳是準備現在被我揍一頓？」

許星洲：「……」

6 槓精，喜歡挑刺而爭吵、唱反調的人。

許星洲慘叫一聲：「你當我沒說！」

秦渡直接把許星洲送到她宿舍樓下。

要走到位於南苑的、許星洲的宿舍大樓，要穿過一片滿是香樟的小樹林。林中一條幽長小徑，下雨時漆黑一片，雨勢漸大時影影綽綽，頗有幾分嚇人。

秦渡突然問：「這裡平時蠻多情侶吧？」

許星洲：「……哈？」

「單身狗路過這裡心裡應該不太舒服，」秦渡意有所指地說：「一看就是適合情侶約會的樣子。」

許星洲想了想道：「有可能，不過我不太清楚。」

秦渡眉毛微微揚起：「妳有男朋友？」

許星洲：「……」

許星洲裹著秦渡的外套，迷惑地問：「……你怎麼得出這個結論的？無論我有沒有都和你沒什麼關係吧。」

秦渡不再回答，雨水敲著傘面，叮叮咚咚的，猶如協奏曲一般。

在漫天大雨中，許星洲突然說：「不過我不談戀愛。」

秦渡：「……」

秦渡砰地一拍許星洲腦門，惡劣道：「誰問妳了嗎？妳以為誰對妳有想法？妳談不談戀愛關我屁事，我們連帳都沒算清。」

又是赤裸裸的羞辱和威脅。

許星洲慘叫道：「你大爺的！我不借你傘了！話說這把傘本來就是我的吧，你能淋著雨滾回去嗎！」

秦渡說：「妳確定？我很小肚雞腸的。」

許星洲：「……」

許星洲斬釘截鐵地說：「傘送您了。」

秦渡十分欣慰：「這還差不多。」

秦渡一路將許星洲送到她宿舍樓下，許星洲那時候身上已經乾了大半，拖著小鼻涕跟他揮了揮手，然後躲瘟神似的拔腿一溜煙跑了。

秦渡撐著許星洲的傘，站在雨裡。

那把傘甚至很有主人的特色，漆黑傘面上印著一顆顆五角星，路燈照在星星上時猶如隔絕了世界，走在星河燦爛的夜裡。

下一秒秦渡的手機鈴聲響起，他一怔，把手機摸了出來。

是他朋友陳博濤的來電，秦渡接了，問：「什麼事？」

陳博濤那頭道：『你今晚怎麼了？傳訊息也不回，哥們兒幾個下雨想聚聚，晚點約個燒烤，你來不來？』

秦渡說：「去。我剛沒看手機，送那個女生回宿舍。」

陳博濤：『……』

陳博濤難以形容地說：『……靠，不會還是那個……你真……』

『你又跟人上課，又……』

秦渡抬起點傘簷，在重重雨幕中望向女生宿舍。

許星洲火紅的身影跑過樓梯間，他遙遙地目送那個女孩。黑長髮，裙子顏色鮮豔，脊背挺直，如果說雨裡將有火，那必定是她那樣的火焰。

「這些怎麼了？」秦渡看著她的方向說：「我就是抗拒不了這種類型。」

陳博濤那邊又說了什麼，十分的義憤填膺，語氣裡簡直把秦渡當成傻子。

秦渡聽了一下，尷尬地說：「……老陳，我們就別提在酒吧那天晚上，她扔我聯絡方式那事了吧……」

「太丟臉了。」

四週前的那天晚上。

那個女孩當時靠在吧檯旁邊，只一道亮色背影。吧檯邊燈光耀得秦渡眼睛發花。他點了一杯莫希托給那女孩，附了張寫著他手機號碼的紙條。

那是個經典的搭訕方式。

他清楚地看到那女孩拿起莫希托和紙條看了看，繼而回頭看向他的方向。

那一瞬間，說實話，秦渡呼吸都窒了一下。

——她對自己滿意嗎？

秦渡自認自己是個很能拿得出手的人，長相身材家世能力無可挑剔，但那瞬間只覺得一陣難言的緊張，甚至想到了今晚自己香水噴得不對，香味太花了，會留下壞印象。

然後——

那個小混蛋連看都沒看，就把紙條丟了。

許星洲不怕淋雨，敢在雨裡跑的原因，不是因為智商有問題，而是她太強健了。和小說裡那些女主角不同，許星洲皮糙肉厚耐摔打，堪稱一代鐵人，絕不可能怕一場淋雨，連西伯利亞漂流都去了，一場雨算什麼！

許星洲回去沖了個熱水澡，立即滿血復活，打開了一罐牛奶，修禪似的在寢室裡入定了。

小長假前一天寢室裡的空氣鬆懈得很，她那兩個早五晚十一遊蕩在外的學神室友都插著耳機看電視劇，不時爆出一陣大笑。

許星洲抬起頭喊道：「青青，妳打算做什麼課題？」

李青青——學霸之一，從美劇裡抬起頭，隨口道：「不曉得，大概整理一下近期讀的書摘。」

許星洲：「……」

「怎麼說也有個三四十本呢，」李青青拿杯子喝了口水道：「掛個厲害點的名字，什麼『閱讀平臺不會告訴你的四十五本好書』啊什麼的，投給行銷帳號，應該能滿足老師的要求。」

許星洲點點頭：「這個絕對行得通。」

「妳也想點有意思的東西，」李青青說：「我就比較懶，也沒什麼創意，所以拿了現成的成果，但是老師的意思是，讓妳去做一些能吸引人注意的、有趣的東西。」

許星洲笑了起來，咬著吸管道：「嗯，我明白。」

第二天，天還沒亮時，許星洲就背了自己的相機出門。

她穿了條綴木珠的裙子，將頭髮鬆鬆紮起，鑽進地鐵和一群早上出工的農民工大叔坐在一起，抱著自己的相機，在車上睏得不住地點頭。

十里長街，江面漫著霧氣。街上蘇式早餐攤上一籠一屜熱騰騰、鬆軟有彈性的鮮肉韭菜包子和生煎包，許星洲路過攤子時才覺得有點餓，花了三塊五買了個包子啃了。

那攤主阿姨說：「慢點吃，別噎著。」

許星洲笑得特別甜，說：「是阿姨包得太好吃啦。」

許星洲嘴甜，長得又美，簡直太討人喜歡了——她在那個攤位前站著吃完早餐不過十分鐘的時間，那個阿姨就知道了她是大學生，一大早來做社會調研，且特別喜歡吃媽媽風味鮮肉包。

於是最後那阿姨硬是塞了一塊熱騰騰的紫米糕和茶葉蛋給她，在塑膠袋裡紮好，讓她上午別餓著。

「早上起太早，會餓。」那個阿姨說：「拿著墊墊肚子，阿姨看妳可愛才給的。」

江上霧氣瀰漫，遠方東方明珠影影綽綽。許星洲拎著紫米糕在路邊長凳上坐下，一邊調自己的單眼相機一邊開始哼歌。

仍有不少人在那裡拍照，許星洲抬起頭時看到那個明珠塔，只覺得舊舊的，不再像她小時候那樣巍峨挺立，不禁感慨道：「……這麼多年了。」

這麼多年了。

許星洲突然想起她四歲時曾跟著父母來上海旅遊，那時她身高還不到一百公分，拿著棉花糖穿著花裙子，對著傻瓜相機比了一個大大的V。那時候的東方明珠嶄新，形狀神奇，在來自遠方小城的小星洲眼中，簡直是神奇的外星建築。

——「一定是外星人來建的，」小小的星洲對媽媽信誓旦旦地講，「媽媽妳看，長得像UFO一樣。」

十五年後，長大的星洲舉起手機，對著黃浦江和影影綽綽的、對面的東方明珠拍了一張。

「……連你也老了啊。」許星洲喃喃說。

江畔濕潤的風吹過，許星洲坐在長凳上，十餘年物是人非，唯一相同的是行人仍川流不息，她嘆了口氣，發了一篇貼文：『歲月不饒人，連它都老了。』

畢竟江畔日曬雨打，高樓如同雨後春筍，十多年前曾經光鮮亮麗的建築早就不再時尚，只是仍是地標，仍是代表它們的標誌。

許星洲那一瞬間有種說不出的滋味，她看著那座塔，一種酸楚感油然而生。

還有誰需要它呢？它被建造而成的目的早就不復存在了。

那和自己多麼像啊。

「和自己多麼像啊」。

這個惡魔般的念頭一出，許星洲那一瞬間就感到情緒脫離了正軌，一瞬之間就滾到了崩潰的邊緣。

不行，不能想這麼多……許星洲艱難地拽住了自己的裙子。

什麼都沒有發生，她反覆告訴自己，不能想了，不要想了，許星洲。

但是情緒就是個深淵，許星洲幾乎覺得眼前一黑，被情緒小人拖到了絕望之崖旁邊。

「……妳還真在這呢。」

那一瞬間，身後一個人說。

江畔吹過一陣清風，許星洲思緒被猛地拉回，可眼眶仍通紅。她轉頭看了過去。

「……」秦渡頗為複雜地問：「誰欺負妳了？」

「沒、沒有。」許星洲趕緊擦了擦眼睛：「我……」

秦渡想了想，難以理解地問：「是共情？」

許星洲憋悶地不發一言：「……」

秦渡站在許星洲身後，還穿著條運動緊身褲，額頭上綁著運動頭帶，是個要去健身房的打扮。

秦渡嘲弄道：「真是啊？我倒也想過妳共情能力應該不低，沒想到居然一座塔……」

許星洲嗓子都還有點啞：「喂！」

秦渡從隨身背的健身包裡摸出毛巾遞過去，嫌棄道：「擦擦。」

許星洲婉拒：「我……」

秦渡：「擦擦吧，看東方明珠看哭了，妳不覺得丟人嗎。」

許星洲：「我真的不用……」

秦渡將毛巾丟了過去，道：「是新的。」

許星洲覺得心裡有種難言的溫暖，卻又抗拒道：「真的不太合適……」

秦渡漫不經心地提醒：「妳眼線暈了。」

許星洲立即撿起了他的毛巾，使勁擦了擦，還認真指了指眼角。接著她小聲道：「秦渡，你別打我。」

秦渡：「啊？」

許星洲小聲說：「我一開始不想用的原因是，我剛剛流鼻涕了……」

秦渡：「……」

許星洲又補充道：「不過我擦乾淨了！」

「在你的……」許星洲誠懇地承認：「……你的毛巾上。」

江風吹過，許星洲捂著被秦渡拍了一巴掌的額頭，疼得齜牙咧嘴。她側過頭看了看秦渡，秦渡看起來剛健完身，額角還有點汗，並沒有半點特別之處。

「我有張這附近的健身卡，」秦渡道：「剛做完兩組訓練出來買點喝的，看到妳的貼文，應該在附近，就找了找。」

許星洲說：「……你家就在這裡吧。」

秦渡點了點頭，又道：「我住在這邊，我爸媽不在這。」

怪不得那天他說「我比妳有錢」——許星洲憋悶地想，鬼知道這地方房價多少錢一坪。他可能確實是個什麼什麼公子吧。反正在這種大學裡有這樣的人，也不是不可能。年輕，浪蕩且聰明，對自己的家庭閉口不談，想要的一切都觸手可及。以前沒見過，不代表這種人不存在。

真可怕，以後還是繞著點這種不缺錢的公子哥吧……許星洲撓了撓頭，打算告辭。

秦渡突然道：「對了，小師妹。」

許星洲：「嗯？」

秦渡說：「我那條毛巾一百五十八塊錢。」

許星洲都不知道說什麼好了。

她直覺秦渡就是喜歡找她碴，沒事戳她兩下就覺得特別開心，又覺得他可能是真的心疼那條毛巾。

不過也不怪他心疼，許星洲憋悶地想，把鼻涕擦上去也太不合適了，終究還是自己的問題。

「那我買……」買條新的給你。

許星洲一算這個月的生活費——四月份生活費兩千二，買衣服花了八百，吃喝玩樂花了一千多……她腦子裡三下五除二算出本月生活費馬上就要徹底見底了，怕是馬上就得自生自滅，還要買毛巾給秦渡——那一瞬間，許星洲的心簡直都在滴血。

秦渡瞥了許星洲一眼，道：「請我吃頓早餐，鼻涕的事既往不咎。」

許星洲那一瞬間想起立跳舞，但是立刻忍住了。

許星洲樂呵呵地問：「你看學校餐廳可以嗎？請你吃好一點的，教職員工餐廳的早餐套餐。」

秦渡：「……」

「沒有那麼難吃喲。」許星洲笑咪咪地解釋道：「畢竟是給教職員工吃的，教職員工五四精神未滅，反抗精神猶存，餐廳水準比學生的好多了，早上的免費湯都是真正的豆漿。」

許星洲打量了一下秦渡的表情，秦渡在聽到「真正的豆漿」五個字之後，那個表情看起來，實在是，不像個能被糊弄過去的樣子。

許星洲眨了眨眼睛，她長得本就好看，出賣起色相來簡直令女孩都心動。

秦渡：「……」

秦渡：「妳還是買一條新毛——」

許星洲大喊道：「你想吃什麼！你說就是了！我請！我請！怎麼能讓您吃教職員工餐廳，太他媽不要臉了！怎麼會有人出這種餿主意！」

秦渡卻指了指許星洲長凳上放的，已經涼得差不多的紫米糕。

「那是妳的早餐？」

江風唰地把許星洲頭髮吹亂，渡船遙遙飄過，周圍行人川流不息，喧鬧非常。

「這個？」許星洲茫然地撓了撓頭，將那兩個小塑膠袋拿了起來：「不是，我吃過了，這個是別人送我的。」

秦渡：「……」

秦渡瞇起眼睛問：「誰？」

許星洲不解道：「還能是誰，早餐攤阿姨送我的。她說看我可愛，今天一天會很辛苦，讓我別餓著自己，還裝了顆小茶葉蛋給我。」

秦渡：「……」

秦渡想都不想，啪嘰一聲，彈了許星洲的額頭。

「阿姨是無辜的，」他冷酷無情地說：「別亂撩人家阿姨。」

許星洲被彈得愣了一下，委屈地喊：「去你的！我什麼都沒做！我才不是那種人渣！」

秦渡再度瞇起眼睛。

許星洲挫敗道：「也、也許是。」

秦渡嫌棄地道：「人渣。」

許星洲：「我沒有……」

那個比她大兩歲的人停頓了一下，接著道：「不用妳請別的了，我餓得很，現在就吃這個。」

十分鐘後。

長風吹過，秦渡在長椅上坐著，許星洲出於婦女之友的道義，在便利商店買了杯熱咖啡給秦渡，與他並肩坐在江畔。

江濤聲陣，外地遊客口音此起彼伏。

許星洲突然覺得自己像糟糕校園文裡的小白花倒楣蛋女主，一不小心砸碎了總裁兼學生的價值五千萬古董大花瓶，要賣身給他當奴隸。

許星洲：「……喂。」

秦渡正慢吞吞地啃茶葉蛋，聞言眉毛一抬。

許星洲伸出手說：「給我點水吧。」

秦渡：「那是我的。」

許星洲：「你那個紫米糕還是我的呢。我不用咖啡吃藥，剛剛忘記買水了。拿來，我不對嘴喝。」

秦渡漫不經心道：「叫聲師兄聽聽。」

許星洲簡直想罵他。

許星洲停頓了一下，艱難地補充：「我就是吃點藥……」

秦渡摀住自己的健身包，散漫地道：「叫秦師兄。」

「秦師兄，求求你了，給我點水喝吧——」秦渡混帳地說：「說一遍。」

許星洲簡直覺得這個臺詞是從她Kindle裡面的哪篇BDSM[7]小黃文裡摳來的，登時羞恥加憤怒，炸開了花：「你是變態吧！！」

秦渡：「……」

秦渡似乎這才意識到臺詞的不妥，不說話，把健身水杯擰開，遞了過去。

許星洲接過水杯，開始在自己的包裡翻找。她陸陸續續掏出了兩個數碼寶貝小徽章、一個吐泡泡套環的幼稚園玩具、兩三支馬克筆和一堆花花綠綠的小玩具，還有過氣網紅小小兵——快樂兒童餐送的，簡直不像個大學生的包。

許星洲似乎覺得有點羞恥，解釋道：「都是做義工的時候孩子送我的。」

秦渡瞇起眼睛：「……真的？」

許星洲心虛道：「……挺、挺好玩的，我就留下了。」

秦渡：「……」

許星洲終於喃喃道：「在這啊。太久沒動了。」

然後她摸出了一個小小的、滿是劃痕的嫩綠色藥盒，裡面是一堆彩虹色的小藥片，有紅有橘有藍，還有黃色的小球，長得像泡泡糖一般。

秦渡簡直不知說什麼好，怎麼神奇的人吃的藥也是神奇的？這看起來一個個都跟糖丸似

7 BDSM是用來描述一些與性虐戀相關的人類性行為模式。綁縛與調教（Bondage & Discipline，即B&D），支配與臣服（Dominance & Submission，即D&S），施虐與受虐（Sadism & Masochism，即S&M）。

的。

許星洲打量了一下，以水沖服了一枚粉紅色的小藥片。

秦渡一頭霧水，問：「這是在吃什麼藥？」

許星洲艱難地將它吞下去，說：「桃子薄荷糖，家樂福超市櫃檯旁邊賣的那個。」

秦渡以為自己聽錯了，眉毛微微挑起。

「……糖。真的是糖。」許星洲認真地解釋道：「你吃一片就知道了。」

說著，她從藥盒裡捏了一小片，放進了秦渡的手心。

女孩手指冰涼，指甲修剪得光滑圓潤，在他手心微微一撓時，猶如滿江春水一般。

「直接含就可以了，」許星洲認真地說：「不苦。真的是糖。」

秦渡滿腹疑惑，將那藥丸含了進去。

下一秒，秦渡意識到，許星洲沒有說謊。

那小糖片帶著股酸甜的桃子薄荷味，清新爽口。也從頭到尾，沒有半點是「藥」的可能性。

清明節假期的第一天，中午十二點鐘，程雁仍躺在床上混吃等死——在被餓死之前，她點開外送軟體點了一單魚香肉絲蓋澆飯，接著她的手機叮地一聲，來了則訊息。

訊息是許星洲傳的。

『雁雁，我今天在外灘偶遇學生會會長了。』

程雁一驚：『……哇？他沒揍妳嗎？』

宇宙第一紅粥粥：『外灘人太多，到處都是警察，他不能揍我的，會被處分。問題是他已經跟了我一上午。』

程雁一個骨碌爬起來，秒回：『我可不信他會這麼閒！粥粥他是不是看上妳了？』

宇宙第一紅粥粥：『是吧，其實我早上的時候，也想過這個問題。』

程雁十分亢奮：『可以啊許星洲！春天來了許星洲！』

程雁坐在床上，一邊撓著頭一邊勸：『我覺得吧，大學無論妳自己怎麼樣，戀愛還是可以談的，對方條件又很好！妳又不是真的喜歡女孩子，只是不喜歡和男生一起玩……』

宇宙第一紅粥粥：『……雁兒啊。』

程雁：『……嗯？』

宇宙第一紅粥粥道：『我們都想多了，他連麥當勞都不和我ＡＡ，現在是我請他吃麥當勞。』

程雁：『……』

許星洲掃碼付款，將餐盤端到了窗邊桌上。

外面天仍陰著，像是又要下雨的模樣，這個麥當勞開在個寸土寸金的地方，套餐卻並沒有比別的地方昂貴多少——窮苦大學生在這金子做的地界上，也只吃得起這個。

月末的窮苦大學生許星洲嘆了口氣道：「您多吃點。」

秦渡對她微一點頭，仍在和他老師講電話，他身上氣場拔群，哪怕穿了一身不適合在外面招搖的運動套裝，還在做著吃女孩子霸王餐這種破事時都顯得都卓爾不凡。

許星洲聽了一下他們打電話也聽不懂，只能理解那是他們在討論一個精算專案的問題。

許星洲開了雞塊，蘸了蘸醬，外面適時地下起了雨。

……出門沒帶傘！傘在秦渡那裡，但是鬼都看得出來這個傢伙今天沒帶……許星洲又感到了憋悶，這是和秦渡扯上關係之後的第三把傘了！上一把被許星洲慌亂之下丟在了理學教學大樓，至今不知所蹤。

話說是不是應該幫秦渡起名為雨傘殺手？

許星洲一邊胡思亂想，一邊啃自己的雞塊，茫然地望向窗外，

那一瞬間，秦渡電話講著講著，突然自然而然地伸出手，在許星洲唇角一抹，把她嘴角的醬擦了。

許星洲一愣：「……哎？」

秦渡示意那是醬，讓她自己繼續擦乾淨，繼而三句兩句掛了電話。

那動作帶著一種難言的柔情，許星洲那一瞬間臉都有點發紅，低下頭遮掩自己臉上的紅暈，不讓秦渡看見。

天地間大雨傾盆，玻璃上映出無數個渺小的世界倒影。

「下雨了，吃完飯我們散了吧，我等等就回學校。」許星洲低著頭，嘀咕般地說。

沒人知道——甚至連許星洲自己都不知道，她的耳根已經紅透了。

外面雨勢絲毫沒有變小的意思，許星洲左瞄瞄右瞄瞄，怎麼也沒找到便利商店。

就算找到也不行，許星洲心頭滴血地想，便利傘一把十五塊錢，終究不算個小數目。這個月生活費已經赤字了，勞動節假期還想去廈門玩，看來還是逃不過淋雨的命運。

如果去和爸爸說，爸爸大概還是會說「我什麼時候虧待過妳」吧，許星洲想。畢竟擁有一個自己的爸爸與擁有一個別人的爸爸還是不一樣的。

秦渡問：「下午不拍了吧？」

許星洲點了點頭，說：「嗯，我回宿舍。」

秦渡一邊拎起外套一邊往麥當勞外走，漫不經心道：「雨這麼大，我幫妳叫車吧。」

許星洲鬱悶地道：「我不。」

秦渡眉毛一挑：「嗯？為什麼？」

許星洲簡直想撬開他的腦殼看一看，但是又覺得他可能真的理解不了搭計程車回去有多貴。

許星洲無法解釋自己這個月相比其他的大學生到底有多浪，也無法解釋自己有多窮——然而看秦渡這模樣他十有八九也知道。

許星洲嘆了口氣，說：「我去地鐵站就可以了，我有交通卡。」

秦渡不置可否道：「行，我送妳去地鐵站。」

許星洲莫名其妙：「你用什麼送？你帶傘了嗎？」

秦渡聞言，一揚手裡的外套。

許星洲：「……」

算了，聊勝於無，外套至少比絲巾可靠。許星洲剛剛甚至想過把辮子裡的絲巾拔出來擋雨，但是既然有秦渡自告奮勇貢獻出自己的外套，那就不浪費那條法式絲巾了。

秦渡停頓了一下，突然問：「妳到了學校之後怎麼回去？」

許星洲：「反正不用你送我。我叫我朋友出來接。」

秦渡點了點頭，表示知道了，然後將那件輕薄運動外套往頭上一蓋，示意許星洲鑽進來。

許星洲鑽進去的瞬間就覺得氣氛不對，秦渡那件外套下的空間太小了，她簡直和這個小肚雞腸的混蛋呼吸交纏。這遠遠不到課上講的一到兩公尺的社交距離，簡直都要貼在一起了。

外套上有一點輕微的運動後的汗味，和一股運動香水的味道，許星洲聞得清清楚楚。

秦渡卻渾然不覺這場景有多曖昧似的，低頭打量了一下許星洲的衣著，散漫地說：「出門拍照穿這麼花幹嘛？把裙子拎起來點，要不然等等被雨淋濕了會纏腿。」

許星洲：「好、好的……」

許星洲撩起裙子，然後秦渡拽著許星洲，跑了出去。

外面春雨傾盆，天地間白茫茫一片，路邊的花垂著腦袋，滿地花瓣順水漂走。

許星洲跑起來的那瞬間簡直覺得自己腦子有問題，怎麼想都覺得和秦渡這樣太不合適了。

在一片寂靜之中，秦渡突然問：「妳那個藥是怎麼回事？」

那一瞬間，許星洲一愣，彷彿不知道秦渡說的是什麼：「什麼藥？」

秦渡捲髮被淋得透濕，說：「被妳當藥吃的糖。妳吃它幹嘛？」

許星洲困惑地想了想，說：「沒有什麼特別的為什麼，我從小就吃的。」

「我從七八歲的時候開始吃它，但是一直都不是藥，是糖，」許星洲撓了撓頭道：「我就隨身帶著了。吃著玩一樣……我叫它七色花小藥盒，一個從童話故事書裡看來的名字。」

秦渡皺起眉頭：「七色花？」

許星洲笑著道：「就是那個童話故事呀，一個老婆婆送了一朵七色的花給一個善良的小女孩，每個花瓣都能許一個願望，小女孩用它去了北極，最後治好了一個瘸腿小男孩的腿。」

許星洲跟著秦渡在雨裡跑，下午天色陰沉，沿街花草委頓一地，她額頭上的頭髮濕淋淋地黏在臉上。

秦渡冷淡道：「妳那個藥盒裡，只有六種顏色的糖。」

許星洲心想眼真他媽尖，連有幾種顏色都看到了，隨口糊弄道：「還有一種顏色吃完了沒補。」

許星洲又看了看秦渡，小肚雞腸地覺得秦渡多半把一大半外套拿去幫自己擋雨了，故意把遮雨的外套往自己的方向扯了扯。

下一瞬間，許星洲重心一飄！

她今天穿了雙稍微有點跟的小皮鞋，然而帶跟的終究和平底的不同，許星洲的小鞋跟一下卡進了路邊的排水孔，秦渡雖然生得個子高體格好，但也沒反應過來，許星洲連拽都沒拽住他，就啪地摔進了雨裡。

秦渡：「……」

大雨傾盆，許星洲這下結結實實摔了一跤，眼淚都出來了。

秦渡得意地說：「妳知道妳為什麼會摔跤嗎？」

許星洲心想操你大爺嗚嗚嗚，真的不能指望秦渡做個人了！為什麼自己還老是對他的人性抱有信心，以前就算得罪了什麼人他們多半也會看在自己長得好看而放自己一條狗命，可秦渡顯然不認美人計這一套。

不僅不認，而且對待自己美人計的態度，非常惡劣。

秦渡說：「都因為妳把我往外套外擠。」

許星洲眼淚都要噴出來了，直覺覺得今天要完蛋，又覺得疼得鑽心，哽咽地說：「你怎麼這麼小氣……」

「我用這麼貴的外套幫妳遮雨。」秦渡舉著自己的外套，道貌岸然道：「我哪裡小氣？」

許星洲氣得想剁他下酒，抓起旁邊一塊石頭丟他。

貴有什麼用！外套主人不還是吃女孩子霸王餐嗎！連一百五的毛巾都要訛！貴有什麼用你說！再貴也是外套不是傘啊！

秦渡側身一躲：「妳不要我扶了？」

許星洲憋屈喊道：「我不要！你是辣雞[8]！我要自己回學校！滾蛋吧你！」

秦渡：「ＯＫ。」

秦渡說著轉身就要走，許星洲使勁抹了抹自己的臉，又丟臉地發現自己站不起來。

好像真的崴腳了，許星洲感到自己多半是個活體倒楣蛋，剛剛那一下可能把骨架都摔散

8　辣雞，網路用語，是「垃圾」的諧音。有調侃和嘲諷的意思，程度沒有「垃圾」那麼嚴重。

了，等秦渡走了就去打求救電話怎麼樣……

旁邊卻有年輕行人突然道：「……小姐，您沒事吧？」

許星洲怔了一下，回頭看了過去，還是個年輕男人。

許星洲第一反應就是糟了，這人情還是少欠的好，否則多半會要聯絡方式。被要了聯絡方式就太麻煩了，還不如自己堅強一點把骨架拼好站起來。

許星洲正要撒謊說自己沒事您可以先走，雨裡卻突然傳來了另一個聲音——

「她有事。」

秦渡說。

許星洲：「……哎？！」

他居然沒走？

「我是她男伴。」秦渡對那個人禮貌道：「謝謝你關心她。」

然後，秦渡在許星洲面前蹲下了身，示意她趴上來。

他那動作十分流暢，許星洲一時之間有種莫名的直覺，好像秦渡從一開始就打算背著她一般。

許星洲趴到秦渡的背上時，有點說不出的彆扭感。

她和秦渡認識的時間不算長，自己的防線卻在短短一週之內接二連三地被打破了，如今甚至趴在了他的背上，讓他背著。

但是許星洲沒有別的辦法，她扭傷了腳踝，方圓十幾里可能只有秦渡這一個還能相信的人……

實在是倒楣透頂，許星洲想。

一片寂靜中，秦渡突然道：「許星洲，妳那個七色花盒子裡，沒有綠色的糖片。」

許星洲：「……」

「……綠色的糖應該是最好買的吧。」秦渡漫不經心道：「青蘋果、薄荷，這麼多口味，便利商店裡一抓一大把。剛剛我去便利商店買傘，櫃檯旁邊就有，我觀察了一下，妳沒有補。」

許星洲那一瞬間怔了一下。

秦渡確實是個聰明人，觀察力非常強，連剛剛在便利商店時都在觀察她。

但是許星洲實在是不理解，他為什麼會盯著一個糖盒子不放。

許星洲嘆了口氣道：「……可是，這和你沒關係啊。」

秦渡：「……」

許星洲趴在他的肩上，認真地說：「有可能是我不愛吃青蘋果味的，也有可能是我沒找到合適的牌子，也有可能我已經在購物軟體上買了，回校就要去領快遞。你沒有必要糾結這個。」

秦渡：「……」

然後許星洲笑了起來：「理由有很多，你隨便挑一個就行。而且，秦師兄，我們不可能替另外一個人生活的。」

「每個人的生活都是獨立的，也是無法被別人代替的。」許星洲伸出兩根纖細指頭，微笑著說：「我從來不干涉別人的生活，也不希望我的生活被刨根問底。你是個很聰明的人，應該知道我是什麼意思。」

秦渡哂笑一聲，說：「也行，當我沒問吧。」

許星洲如釋重負地說：「謝謝。」

「主要是因為我不知道怎麼解釋它，」許星洲不好意思地撓了撓頭，誠實地說：「不過我想，我們應該也不會到要解釋它的地步。」

秦渡微微挑起眉，回頭望向許星洲。

許星洲喃喃地說：「……至少我希望如此。」

雨聲敲擊傘面，許星洲說完，就趴在了秦渡的肩膀上。

她的姿勢裡，居然帶了點難以言說的依賴和癱軟的味道。

秦渡明顯地看見了女孩有點發紅的耳尖，猶如春天的花苞一般。

那個綠色的糖丸到底是什麼已經不再重要，重要的是，她耳尖為什麼這麼紅？是臉紅了嗎？

「和妳……」秦渡終究把那句話嚥了回去。

——和妳前男友有關嗎？我是說，如果妳有前男友的話？

第三章　他跟隻孔雀似的

清明假期的第三天，外面春光明媚，許星洲正值上呼吸道感染發作期，在床上掙扎了一下，然後吭吭哧哧地憋住了一串咳嗽。

程雁大概是睡不著午覺，正翹著二郎腿看量子物理公開課催眠，聽到咳嗽聲問：「妳勞動節假期也不回家？」

許星洲搖搖頭，沙啞地道：「……不回，太遠了，火車七個小時，回不起。」

程雁：「妳老實說吧，那天那個學長一路送妳回來，你們真的沒什麼？」

許星洲怒道：「有什麼！能有什麼！妳是準備氣死我才甘休，我跟妳講那個姓秦的就是我的災星……咳、咳咳我的娘啊……」

程雁頭都不抬：「都送妳到宿舍樓下兩次了。」

「能有個鬼啊——」許星洲哀號一聲：「別搞我了。」

程雁說：「行吧，妳說沒有就沒有。我倒覺得那學長人還不錯。」

許星洲：「？？嗯？」

程雁停頓了一下，誠實道：「我覺得他挺紳士的。」

許星洲：「……」

許星洲喉嚨發炎腫痛，嗓音嘶啞，簡直不知道說什麼好，秦渡居然都和紳士扯上了關係——她如果倒起苦水來沒有一個小時大概停不了，索性閉上嘴不再說話。

在量子「無力」專業術語的狂轟濫炸中，程雁突然道：「許星洲，妳要不要考慮一下去主動追他？」

許星洲終於忍無可忍，怒道：「滾吧妳！」

然後許星洲艱難地拖著病軀下床，去飲水機接了點水，把藥泡了。

空氣裡一股小柴胡顆粒的苦味，許星洲裹著小毯子縮在椅子上，瑟瑟發抖著喝藥。

外面陽光明媚，程雁從抽屜裡摸了盒退燒膠囊丟了過去，許星洲吃了藥，咕嘰一聲栽在了桌子上。

「……好難受啊。」許星洲趴在桌子上，啞著嗓子道：「外面太陽這麼好，我想出去曬曬太陽。」

許星洲拽著程雁的手，一邊咳嗽一邊往校醫院走。

戶外陽光普照大地，飛鳥掠過草坪，在地上投出影子。許星洲捂著腦袋看了一下，笑了起來：「有妳一路陪我過來，真好啊。」

程雁嘆了口氣：「我倒覺得不太開心，妳太麻煩了。」

然後程雁伸出手，輕輕拉住了許星洲的手指。

許星洲說：「……當時也只有妳陪我玩。」

程雁：「因為只有我喜歡扶貧。」

發燒時人總是脆弱一些的，許星洲想，一邊捏緊了程雁的手指。

許星洲想起七年前。她在國中時留級一年，走進那個全新的班級時，嚇得幾乎都不敢朝裡進。她害怕自己會因為是留級生的關係被歧視，也害怕要和一群陌生孩子開始一段全新的關係。

許星洲當時嚇得發抖，同學們友善的目光令她芒刺在背，有些男孩大聲調侃這個留級生長得漂亮，引起一陣哄堂大笑。

「星洲，」那個女老師溫柔地說：「別怕。妳去程雁旁邊坐，好嗎？」

那一瞬間，猶如上帝說要有光，而後有了一切。

七年後的如今，F大阜江校區，籃球場上男孩在打球，草坪上金髮留學生被照耀出黃金般的輪廓。

「我一開始都緊張死了，妳跟個玻璃娃娃似的……」程雁放鬆地說：「老師後來跟我講，這個女孩子有憂鬱症，讓我好好照顧妳，別讓班上那些小混蛋欺負妳，還塞了盒糖給我，讓我跟妳一起吃。」

許星洲感動道：「潘老師人特別好，特別照顧我，我永遠喜歡她！」

「而三天之後，」程雁舉起三根手指頭：「僅僅三天，許星洲。那個玻璃娃娃似的憂鬱症小女孩把班上男生全欺負哭了，三個哭著回家跟家長告狀說妳揪他們耳朵，五個爺爺奶奶都來學校了，來找潘老師理論，說妳拿彈珠彈他們孫子的腦袋。」

許星洲：「我……我沒有……」

「再然後妳當上了我們班的山大王。」

許星洲：「……」

許星洲一抹眼角的鱷魚淚：「我、我的確對不起潘老師對我的善意。」

程雁心想，狗東西。

許星洲卻突然說：「……雁雁，抱抱。」

程雁嘆了口氣，在陽光下，側過身抱住了比她小隻的許星洲。

許星洲瘦瘦的，還在悶悶地咳嗽，的確像個小可憐。程雁甚至能摸到她肩膀上凸起的肩胛骨——她仍是那種如果抱在懷裡的話，會惹人心疼的身量。

「抱抱，」許星洲啞著小嗓子，小聲說：「我最喜歡雁雁了。」

她撒起嬌來實在是能讓人骨頭一酥，程雁拍了拍她的後腦勺，卻突然感到芒刺在背，好像有什麼人在盯著她們。

程雁抬起了頭，和正拎著什麼的秦渡四目相對。

程雁：「……」

秦渡打了個招呼走了過來，在他們面前站定，程雁盯著秦渡看了一下。

這個年輕人個子高大、生得英俊而懶散，卻又有種難言的侵略性氣息。這也是程雁第一次認真打量他，打量了一下也沒得出任何結論，只覺得這是個人生贏家的人設，也可能是從小說裡挖出來的傑克蘇[9]。

然後秦渡一手拎著個不知是什麼的袋子，另一手自然而然地摸了摸許星洲的額頭。

「……感冒了？」秦渡說：「也難怪，連淋了兩天的雨。」

許星洲咳嗽一聲，把他的手拍掉了。

樹影斑駁，驕陽從樹縫裡漏了下來，在地上打出明晃晃的光圈。

程雁：「學長……」

然後程雁看到了，秦渡「妳搶了我的食」的充滿敵意的眼神。

程雁：「……」

程雁努力讓自己別跟他計較，問：「……你這是買了什麼？」

秦渡把那個袋子晃了一下，說：「買了點吃的，最近我家旁邊新開的豬扒包，排了半個多小時的隊，打算送去給一個女孩。」

許星洲愣愣地道：「……靠？秦渡你逼我請你吃飯，到了別的女孩子，就能專門去買豬

9　傑克蘇，是小說中虛構出的完美男主角，往往是一個原本平凡而低微的角色突然變得無所不能、過度理想化，這一詞是中國網友根據瑪麗蘇創造，瑪麗蘇形容女生，傑克蘇形容男生。

扒包送過來？這都什麼他媽的差別待遇……」

她說完咳嗽了兩聲，臉都紅了，好像非常憤憤不平的樣子。

「人家和妳可不一樣。」秦渡絲毫不以許星洲為意：「那女生長得漂亮，又可愛又有禮貌，見了我就知道叫師兄。」

許星洲：「……」

許星洲悶悶不樂地道：「反正差別待遇就對了！你去吧，南苑往前走，本部原地折返，東苑遠，記得騎個共享單車，沒了。」

秦渡砰地用袋子拍了許星洲的腦門一下。

「我已經去過回來了好吧。」秦渡以手指頭敲許星洲的腦門，恨鐵不成鋼地說：「人家女生不在宿舍。」

許星洲說起話來像個小破風箱，嘲諷起來卻毫不含糊：「活該。」

秦渡：「……」

「你不准打我，」許星洲小嗓門啞啞的，緊接著不無委屈地補充：「我感冒了，你打我我就現場大哭，哭到輔導員過來為止。」

她實在是生了個很適合撒嬌的模樣，平時感覺不出，生病時說的話裡竟然都帶著一股任性撒嬌的意味。

太他媽可愛了，秦渡聞言嗤地笑出了聲，在她額頭上微微一揉，道：「……不打妳。」

他又揉了揉，親昵道：「叫師兄。」

然而姓許的小混蛋語氣撒嬌不代表人在撒嬌，只能代表許星洲現在有鼻音。且許星洲骨子裡仍是那個威武不能屈，豬扒包不能移的鐵血女孩。

她說：「我不！」

「涼了就不好吃了，」秦渡也不以為意，像是直接把許星洲那聲「我不」遮蔽了似的。他舌頭頂了下腮幫，把袋子丟給程雁，道：「買得不少，妳們宿舍裡分分。」

許星洲睜大了眼睛。

程雁下意識地後退了一步：「謝、謝謝學長……？」

許星洲感動道：「嗚哇你其實也沒這麼壞……」

「但是——」秦渡打斷了許星洲的真情告白。

陽光明媚，秦渡從袋子裡摸出一個豬扒包，包著豬扒包的紙映著裡面的鋥亮肉排，奶油金黃澄澈，以糖漬過，飄著一股甜蜜的味道。

饒是許星洲感冒了再沒胃口，都覺得胃受到了勾引。

秦渡將那小豬扒包捏了捏，哄小孩般道：「沒禮貌的許星洲不准吃。」

許星洲：「……」

許星洲委屈地點了點頭，秦渡看了她一下，發現許星洲眼眶紅了。

秦渡：「……」

生病時的許星洲眼眶紅紅的，鼻尖也紅紅的，說起話來像個小女孩：「……秦渡你走吧，我不吃了。」

然後許星洲紅著眼眶，撲進了程雁的懷裡，摟住了程雁的腰。

秦渡：「……」

程雁一攤手，示意許星洲如今感冒，心靈脆弱，不給吃豬扒包都會被氣哭，而且她被氣哭時給臨近的人投懷送抱實屬正常。

陽光下，許星洲帶著鼻音抽抽搭搭：「我們討厭他，嗚嗚嗚。」

程雁故意摸了摸許星洲毛茸茸的腦袋，當著秦渡的面，溫柔地說：「……行，行。」

「我們不跟他玩了喔。」

驕陽灑在漫漫草坪上，許星洲一頭長髮在腦後紮著，腦袋毛茸茸，秦渡一手捏著那個小東西，走也不是站在那裡也不是。

秦渡：「……」

秦渡心虛地問：「……真的哭了？」

許星洲還在埋胸，肩膀一抖一抖的，程雁點了點頭道：「不用太在意，她生病的時候很嬌氣的。」

秦渡：「……」

「嗚……」許星洲拽住程雁的手，聲音啞啞的：「我們走，遠離這個傷心地。」

程雁一攤手，像是在說：我要是你我就不在今天欺負她，畢竟後果不堪設想。

「而且很喜歡抱抱，」程雁故意說：「被欺負之後很黏人，平時不這樣，不用太在意。」

許星洲說：「我們走吧雁雁……」

秦渡用鞋尖碾了碾地上的草。

他抬起頭時許星洲已經拉著程雁跑了，秦渡看著她的背影——許星洲是個特別適合穿紅色衣物的人，肌膚雪白，光是站在那裡都有種年輕熱烈的味道，跑起來時裙角翻飛，像熾熱燃燒的火焰。

「靠……」

秦渡難堪地停頓了一秒鐘，看著自己手裡那個小紙包，再抬頭看時，許星洲早就跑遠了。

下午三點陽光明媚，樹蔭下水潭仍沒乾，卻有種世界金黃燦爛之感。

程雁說：「……洲洲？」

便利商店裡，程雁正在用小湯匙挖抹茶麻糬冰淇淋吃，而許星洲面前擺著剛買回來的藥和滿滿一碗關東煮，咬著關東煮串，聞言抬起了頭。

「妳手機響了。」程雁指了指她開衫毛衣的口袋，說：「接一下。」

許星洲咬著黃金蟹粉包，手忙腳亂地摸出了手機，午後的陽光映著螢幕，來電顯示是個本地歸屬的陌生手機號，正在堅持不懈地打電話。

程雁：「……妳能少吃點嗎，妳真的感冒了？」

許星洲帶著鼻音反駁回去：「多吃點才能和病魔對抗，我從小就知道，妳少說兩句。」

然後她在毛衣上抹了兩下手上的水，將螢幕一滑，接了。

「喂？」許星洲對著話筒咳嗽了兩聲：「您哪位？」

對面：『……』

許星洲等了兩秒鐘，只聽到聽筒另一端似乎在一個十分嘈雜的地方，卻一句話都沒說。

許星洲判斷似的道：「——詐騙電話。」

然後她要把電話掛了的時候，對面終於說出了第一句話：『妳沒存我手機號碼？』

這誰啊，誰還得存他手機號碼？

許星洲咳嗽兩聲，不爽地問：「您哪位？看看有沒有打錯電話？」

『我他媽……』對面簡直不知該說什麼，『許星洲，我不是讓與會的都存一下我的手機號碼，我可能會找嗎？』

許星洲：「……」

許星洲想了足足三秒鐘，沒想起來到底是什麼會議，但是既然參加會議還必須要記聯絡方式，而且口氣還這麼糟糕的話……

「老師！」許星洲大聲喊道：「老師對不起！老師您有什麼事就說，我今天感冒腦子不太好用！」

電話那頭，陷入長久的沉默。

許星洲一聽就知道這位「老師」不高興，趕緊憋出了一串梨花帶雨的咳嗽，希望他看在自己生病的分上千萬別計較。

哪裡來的麻煩的人啊，許星洲一邊裝咳嗽一邊寬麵條淚地想，都大二下學期了，還在假期找人幹活，下學期乾脆把社團都退了算了。

程雁：「……星洲啊？我覺得這個聲音還挺耳熟的，妳聽不出來嗎？」

許星洲豎起一根指頭示意她別說話。

「老師，」許星洲小心翼翼地道：「您還在嗎？」

那頭背景音仍然嘈雜，那人長吁口氣，道：『……我不是妳老師。』

許星洲一竦，這才想起來開換屆會那天秦渡在黑板上寫了手機號碼，並且說了一句「大家都存一下，我可能會有事找你們」。

當時被嚇得心裡一車翻車魚都死光了，哪能記得存他手機號碼啊！

許星洲咳嗽了兩聲，正經地說：「怎麼了，秦會長？」

電話那頭：『……』

許星洲撓了撓頭，問：「找我幹活嗎，哪裡的宣傳欄？」

秦渡：『我……』

『真的生氣了？』秦渡憋屈地問：『沒別的事，不是找妳幹活。問問妳想吃點什麼，我買給妳。』

許星洲看了自己紙碗裡的關東煮一眼，隨口道：「黃金蟹粉包、菠菜玉子燒、北海翅、風琴串、竹筍福袋和蘿蔔蒟蒻絲。」

秦渡問：『就這些？不要別的？哪裡能買？』

許星洲用竹籤扒拉了一下自己的碗，確定自己把碗裡的東西報了個遍，惡狠狠地說：「我已經買好了，別打擾我吃東西。」

然後許星洲啪嘰一聲，把電話掛了。

外面夕陽金黃，許星洲啃了一口蒟蒻絲，然後咬著小竹籤，朝外看去。

程雁說：「是誰的電話？」

許星洲想都不想：「詐騙犯。」

對面大廈在夕陽下金碧輝煌，百年老校早已不是原先的模樣，年輕的學生和教師坐在樓梯上討論問題，春風吹過時，風裡應該都是草香，正是江南春好處，便利商店門口叮咚一響，年輕的學生們剛打完球，進來買水。

吃空的關東煮紙碗放在一邊，程雁突然說：「……洲寶，勞動節假期妳真的不回去嗎？」

許星洲又咳了兩聲，說：「真的不了，我在學校蠻好。」

「是這樣……」程雁嘆了口氣道：「我就說實話吧，阿姨要結婚了，希望妳能回去看看，幫忙撐個門面什麼的。」

許星洲：「……」

許星洲嘲諷地笑了笑，說：「妳和她講，我假期要去找暑假實習，問了兩間報社，他們的社會版主編對我很有興趣。」

程雁嗯了一聲，說：「那我晚上就這樣回覆她好了，我也覺得太不像話了，都這麼多年了，找妳幹嘛？」

許星洲無奈道：「是啊，讓她放過我唄。」

外面籃球場上男孩三步上籃，遠處爆發出一陣歡呼。

下一秒，許星洲手機叮地一聲，是一則簡訊，是個本地歸屬號，號碼在十分鐘前打過電話。

簡訊的內容是：『手機號碼存一下。』

許星洲於是規規矩矩地存了名字。

過了十多分鐘，「秦會長」又傳來簡訊，問：『看到簡訊都不回的嗎？』

許星洲：「……」

許星洲把簡訊拿給程雁看，問：「妳說這人是不是小屁孩？」

程雁想起秦渡那個把人當情敵看的眼神，充滿惡意地火上添油：「確實是妳的不對啊，不怪他訓妳。許星洲，妳收到學生會的『通知』都不回嗎？」

程雁實在也不是塊好餅，「通知」二字說得格外重，智商正常的人都知道這是什麼意思。

許星洲立刻表示虛心受教，禮貌地回覆了兩個十分萬用的大字——

『收到。』

秦渡看著「收到」兩個字，陷入了令人窒息的沉默。

網紅麻花捲店排隊排得挨挨擠擠，喧鬧非常。

秦渡坐在車裡，外面這條漫長的隊伍已經足足十分鐘沒動過了，他一手拿著手機，螢幕突然又亮起，是張博來電。

秦渡：「……」

秦渡滑開螢幕，接了電話。

「喂？張博？」秦渡一手握著方向盤道，「你不是吃過這家嗎，我剛每個味道買了一點，應該沒問題吧？」

張博尷尬地說：『是我女朋友挺喜歡吃這家的……我之前排隊買給她過，但是後來發現太難排了，每次都得兩三個小時，後來我們就吃隔壁學生餐廳的了……』

秦渡頭大地問：「女孩子到底喜歡吃什麼？」

『鬼知道啊！』張博怒道：『你怎麼不問男孩子都喜歡穿什麼鞋呢？』

秦渡想起自己的鞋架上的球鞋，光AJ就有七雙，終於理解自己的提問有多傻。

張博過了下又補充：『福安路有一家Moonism……你去看看吧，我女朋友剛剛和我說那家的小太陽超級好吃，就是排隊也排很長，她去排過，半個小時才買到。』

秦渡：「靠。」

張博說：『網紅店哪能不排隊啊！學長你清醒一點好吧！話說我連那個女生是誰來自哪裡都不知道我怎麼給你建議……』

秦渡想了想，艱難地說：「……湖、湖北的吧。」

『湖北是吧，』張博在電話那頭和女朋友交談了兩句，又對秦渡道：『學長，周黑鴨啊！冷吃兔啊！不過周黑鴨偏甜，她可能心裡有點嫌棄……』

張博說完，又好奇地問：『話說學長，那個女生到底是誰？我見過嗎？』

秦渡想都不想就道：「見過。」

張博誇張大叫一聲：『哇——！在哪裡？什麼時候？』

「隔的時間也不太長，」秦渡將捲髮往後一捋，道：「就你問我Teichmullar空間的那天，華言樓門口。」

張博：『！！！』

秦渡道貌岸然道：「眼睛黑黑亮亮的那……」

張博打斷了他，幸災樂禍道：『——被學長你搶了雨傘的那個是吧，我記得。』

『——怎麼了？學長你今天終於下手搶她的吃的？』

張博終於提起了沒開的那一壺。

許星洲是個身體底子很好的人。

底子很好就代表感冒好得特別快，三粒感冒藥吃下去許星洲就恢復了生龍活虎——至少是能去上課的程度，前提是，如果懷裡揣著紙巾的話。

早上七點二十。

「換到今天了，」窗簾縫隙內晨光熹微，程雁拽了拽許星洲的被子：「起床上統計課，智障。」

許星洲憋在被子裡，痛苦地喊道：「……我要請病假！妳們不要叫我了！」

李青青也喊：「愛請不請，反正戴老師上課不點名，要我看連打電話給輔導員都不用，頂多也就是這門課容易拿D……」

許星洲鯉魚打挺式起床，十分鐘內洗漱完畢，背了包絕塵而去。

李青青：「……」

李青青喃喃道：「拿D對她這麼有殺傷力的嗎？」

程雁專心畫著眉毛道：「……當然了，她大一玩過頭了，GPA還得靠這些課往上拉呢。」

「妳別看她是個傻子，」程雁想了想，補充道：「可是關鍵時候還是很分得清輕重緩急的。」

清明小長假剛剛結束，又是早上第一節課，饒是陽光正好，空氣中仍瀰漫著一股「為什麼要上課」的怨氣。

許星洲昨天晚上都不怎麼想睡覺，刷了整晚的社群，早上起床素面朝天，頭髮亂糟糟地披著，半點光鮮亮麗的樣子都沒有，還有點黑眼圈，戴了個大框眼鏡遮了一下。

應統教室在第六教學大樓，要橫跨大半個校區，許星洲滿頭頭髮毛毛躁躁的，加上假期第一天摔跤了，腳還不太能走，走得尤其慢，索性連早餐都不吃了，只求不遲到。

她一路昏昏欲睡地走過去，在教學大樓門口的大鏡子上看到了自己的倒影，只覺得自己頭髮亂糟糟的像個鳥窩，耳朵後面能飛出小鳥來，又把自己逗笑了。

——如果要飛出鳥來，希望是紅嘴藍鵲，她摸著自己的頭髮胡思亂想。

下一秒，她聽見了一個耳熟的聲音。

「許星洲？」那個道貌岸然的聲音在樓梯上道：「不怕遲到了？」

許星洲：「……」

許星洲一向不記仇，加上晚上看了好幾集《摩登家庭》，氣早就消了——然而就是因為氣消了，才不想見到秦渡。

樓上牆上滿是花影，桃花枝從窗畔探了進來，秦渡身型結實修長，靠在窗邊。

許星洲瞇起眼睛看著他。

秦渡今天早上從頭武裝到腳，眉毛都修了，看人時銳利且極有魅力，襯衫剪裁合身，還戴了副銀框眼鏡，從一個浪蕩混蛋搖身一變成了個斯文敗類——反正都不是什麼好東西。

他長得硬挺，連這種風格轉換都毫不生硬，還有種難言的騷氣，往教室門口一站，簡直吸夠了注意力。

許星洲：「……」

許星洲心想：騷雞。

「……我那天下午，」騷雞秦渡硬著脾氣說：「確實不應該搶妳吃的。」

許星洲隔著鏡片，面無表情地盯著他看了一下，秦渡心裡簡直咯噔一聲，艱難地說：「我……」

然後許星洲突然眉眼一彎，笑了出來。

春光相媚好，花枝柔軟。

陽光下，許星洲眉毛細細的，眼睛彎得像月牙，笑著問：「秦渡，你居然真的會為了一個豬扒包道歉呀？」

秦渡：「……」

許星洲歡呼一聲：「耶我贏了！」

許星洲喊完就背著包跑進了教室，裡面老教授已經打開了教學軟體，許星洲鑽進了階梯教室前幾排，找了個空位，坐在了學生堆裡。

這樣秦渡絕對就沒臉跟進來了，許星洲想，畢竟看他那個模樣自己這次很難全身而退。

許星洲在教室靠窗一排坐好，身周全是同學，她把書和筆袋一字排開，托著腮幫發起了呆。

……話說那個小Kindle是不是還沒能拿回來？許星洲胡思亂想，肚子咕嚕一聲響，她拍了拍前面學藝股長的肩膀。

「……寶貝，寶貝。」許星洲小聲道：「我好餓，有吃的嗎？」

學藝股長想了想道：「只有一包橡皮糖，妳吃嗎？粥寶沒吃早餐？」

然後學藝股長將橡皮糖丟了過來，許星洲餓得肚子咕咕響，正準備將包裝拆了，就聽到旁邊椅子吱嘎一動。

「那個……」旁邊的女同學為難地說：「這位同學，我不認識你，你是來蹭課的嗎？」

秦渡說：「我蹭這門課幹嘛，我全國數學聯賽金牌，保送來的。」

女同學：「……」

女同學簡直被這句話活活噎死，尷尬道：「那……那這位同學你來幹什麼，我就更不懂了啊……」

秦渡伸手一指許星洲，道：「她欠我錢。」

女同學：「……」

許星洲：「……」

許星洲第一反應是，應該拔腿就跑，但是她本來就坐在靠窗這一排了，要逃命大概只能跳窗，因此秦渡走進來坐定，直接就將她擠得無處逃生。

許星洲憋屈地說：「你撒謊，我沒欠你錢……」

秦渡瞇起眼睛：「我幫妳算算？酒吧那天晚上最後帳單都是我付的。」

許星洲一聽到「那天晚上」四個字就羞恥至極，捂住耳朵喊道：「我聽不見！」

上課鈴聲響起，許星洲又嘀咕道：「男人都是大豬蹄子這話誠不我欺，還是女孩子可愛。」

秦渡：「……」

秦渡拿了許星洲的書，作勢要拍她，許星洲立刻條件反射地捂住了腦袋。

但是秦渡沒揍她，只把許星洲炸起來的毛拍扁了，不輕不重地拍著她的腦袋問：「女孩子為什麼好？」

許星洲想了想，只得誠實地說：「因為可愛啊。」

秦渡停頓了一下，突然奇怪地問：「……許星洲，妳是不是從小沒和爸媽一起生活？」

許星洲聞言愣了一下。

春天在地平線外鋪展開，春花燦爛，年輕人的笑聲穿過風和柳絮。秦渡伸手摸了摸許星洲的腦袋，安撫似地揉了揉剛剛拍的地方。

「一般都這樣，」秦渡從她頭髮上拽下一根柳絮，說：「妳從小到大爸媽應該都不在身邊是吧？一般會有一點情感缺失。」

許星洲艱難道：「……算是吧。」

然後許星洲又小聲說：「……我是我奶奶一手帶大的。」

秦渡摸了摸許星洲的後腦勺，問：「怪不得。妳這麼皮，妳奶奶是不是經常忍不住想揍妳？」

許星洲啪嘰一聲拍掉了秦渡的手。

「你別以為誰都和你一樣，她最喜歡我了，」許星洲不滿道：「我小時候奶奶會念圖畫書給我聽，還會煎小糖糕給我吃，我摔跤哭了會哄我說話，我奶奶天下第一。」

許星洲說那句話的時候陽光灑了進來，春風吹動淺綠窗簾。

秦渡哦了一聲：「她真的不揍妳？」

許星洲心虛地說：「……很、很少的。」

秦渡看著許星洲的眼睛，問：「拿什麼？」

許星洲眼神游移，作賊心虛地說：「雞毛撢……撢子？」

雞毛撢子，顯然還有。秦渡繼續盯著她。

許星洲又說：「拖、拖鞋，衣架，炒飯大鐵鍋……奶奶沒打上來！我奶奶人可好了，都怪我天天在外面當山大王……」

秦渡嗤地笑出了聲。

身旁的小浪貨像朵花一樣，耳根都紅紅的，像是不願承認如此羞恥的事實。

……也太他媽可愛了。

「吃不吃東西？」秦渡看到許星洲桌上的橡皮糖，托著下巴問：「空腹吃軟糖不行，胃會泛酸水。」

那句話裡有種上海男人特有的溫柔與細心，與秦渡在許星洲心裡的形象格格不入。

許星洲：「……」

許星洲彷彿受到了驚嚇：「你有嗎？而且居然會給我吃？」

秦渡聞言十分感動，幾乎想把自己一書包裡的吃的倒在許星洲的頭上。

秦渡從書包裡摸出個昨天排隊買的網紅星球蛋黃酥，推到許星洲的桌上。

秦渡散漫地戳了戳那個蛋黃酥，說：「小師妹——」

他停頓了一下，揶揄地說：「給妳個特權吧，這個蛋黃酥，妳可以先賒帳。」

許星洲捂住了腦袋，像是早就想到了秦渡這個垃圾人的這句話似的：「我居然有特權，真是榮幸……」

她接過了那一盒小蛋黃酥，撬開盒子，外皮被做成了冥王星的顏色，奶味香濃，上面灑著亮晶晶的黑芝麻。

許星洲看著那個小酥球，終於憋出了一句：「……說起來，你家是幹嘛的？」

秦渡漫不經心地說：「也就那樣吧，有什麼特別的東西的話，我國中的時候我爸的公司在證券交易所掛牌上市了。」

許星洲：「……」

秦渡故意問：「怎麼了？」

「你對我這麼小氣……」許星洲戳著那個蛋黃酥，挫敗地說：「你是不是真的討厭我呀。」

秦渡沉默了一下，沒有回答。

許星洲提問時就沒想過要得到答案，難道還能真的讓秦渡說出「我就是討厭妳」嗎？於是她問完，只托著腮幫認真聽課。

她高中時學文，數學並不算強項，還是高三時找了一對一家教才將數學補到不扯後腿的程度。而統計這個學科相對高中文組數學而言都過於抽象，許星洲聽了好幾個星期，都覺得有點雲山霧罩。

所以這些概念要怎麼應用……許星洲聽得有些莫名其妙，統計資料都要照這個標準來嗎？為什麼不講其他標準？

秦渡突然說：「有不會的可以問我。」

許星洲：「……」

許星洲謹慎道：「算了吧，覺得會被嘲笑。」

秦渡心想這丫頭還不算傻。

「秦渡，你高中的時候一定是那種，」許星洲小小聲說：「講題特別煩人的學霸。我們班以前也有，男的，後來保送去P大光華學院了。我以前找他講解數學，他就很煩，每次講解都恨不得跳過一萬個步驟還特別理所當然……」

秦渡抬起眼皮，慢條斯理地，帶著一絲波瀾不驚的炫耀道：「我都會，所以不理解為什麼別人不會，容易不爽，所以不喜歡幫別人講題。」

「我猜也是。」許星洲嘀咕道：「不過話又說回來了，那個學霸倒是還在聯絡我呢……」

秦渡：「……」

「前幾天還問我最近怎麼樣，三句話不離我的感情生活，問我是不是還天天活在女生堆裡……」許星洲打了個哈哈：「明明都不在同個城市，也不知道他怎麼會對我一執著就是三年，大概是我的個人魅力吧……」

秦渡：「……」

秦渡抬起眼皮，說：「我也是保送。」

許星洲一個愣怔：「啊？保送怎麼了嗎？」

秦渡哦了一聲，道：「當時他們學院很想招我，最終我覺得金融容易學得水，沒去。」

許星洲沒跟上他的腦迴路。

秦渡過了下，又不緊不慢地睜眼說瞎話：「我剛剛說我不喜歡幫別人講題。可我只要講題，就很照顧別人。」

許星洲：「蛤？」

秦渡說：「真正的聰明人講題都是照顧一般人的思緒的。」

許星洲：「……」

秦渡又說：「他那種講題法是在賣弄。省略步驟都是純粹炫技而已。明白沒有？」

許星洲內心有點難以言喻，道：「明……明白了，吧。」

秦渡讚許點頭，道：「嗯，我講東西和他不一樣。以後妳找我講講就明白了。」

許星洲覺得這真的是個小屁孩，屁事都要攀比，只得點了點頭，糊弄了一句「以後如果考試要被當了一定找你」。

秦渡哼了一聲，表示知道了。

外面陽光正好，快下課時，許星洲望向秦渡，秦渡鼻梁高挺，天生斂著鋒芒。

有些人天生就是人生贏家，許星洲一邊記著筆記一邊想。他們銜著金湯匙出生，一生順風順水，聰明而銳利，問題皆會迎難而解。他們這些天之驕子是如此的驕傲，猶如天生就是為了支配這個世界一般。

許星洲那一瞬間有點恍惚。

別看他們如今坐在同一個教室裡，她想，但他們終究不會是同一個世界裡的人。

許星洲對自己的人生沒有這麼高的要求，沒什麼救國救民的理想抱負，沒什麼改變世界的念頭，甚至連出人頭地四個字都沒放在心上，一腔燃燒的熱情全給了看不見摸不著的自由與無用。

許星洲理智地看了他一眼。

然後一秒鐘之後她就笑著搖了搖頭，低下頭繼續記筆記。陽光灑在方格筆記本上，許星洲捏著黑色中性筆，寫下的字跡靈氣又內秀。

秦渡卻突然問：「妳下午還去育幼院嗎？」

「去。」許星洲一愣道：「我和育幼院院長說的是每週一天……昨天晚上就和院長商量好了。」

秦渡瞇起眼睛，問：「怎麼去？」

許星洲想了想：「地鐵轉公車吧……畢竟不在市區。」

「我開車送妳去吧，地址傳給我。」秦渡漫不經心地說：「下午我也去看看，最近想做個相關的報告。」

許星洲直覺他的報告半真不假的。

但是許星洲最終還是點了點頭，畢竟那個育幼院實在是太遠了，有便車搭為什麼不去？每次轉車轉得頭昏腦脹的，十分難受。

「好，」許星洲認真地提醒他：「去了之後別和小孩子要帳。」

下了課之後許星洲就跟著秦渡下了樓，臨走還覺得不太放心，怕被秦渡拐進小山溝，便專門跟程雁說了一聲，今天搭秦渡的便車去育幼院。

秦渡探頭看了聊天紀錄一眼，莞爾地說：「不錯嘛，有防範意識。」

然後他背著一個格格不入的大書包，帶著許星洲穿過了花圃中正待怒放的繡球花。

許星洲困惑道：「之前幫老師幹活，老師吐槽過學校的停車證難辦，你怎麼能天天開車來上學？」

秦渡漫不經心地道：「打個招呼的事罷了。」

許星洲跟著跑了過去，秦渡開了一輛銀灰奥迪A8，此時板板正正地停在車位上——許星洲雖然對車一竅不通，但至少認識四個環是奥迪，也知道四個環沒那麼貴，有點開心道：「我還以為要坐騷包跑車，沒想到你比我想像的低調嘛。」

秦渡：「禮儀上什麼場合開什麼車，我以為妳知道。」

許星洲：「……」

秦渡將車門開了，問：「想坐什麼型號的超跑？」

許星洲：「不了不了……」

超跑是想坐的，許星洲想，畢竟這輩子還沒坐過什麼跑車呢。但是怎麼想都覺得太尷尬了，能不能好好搭一輛普普通通的順風車別給自己加戲。

而且為什麼老覺得他跟隻孔雀似的？

許星洲憋悶地想，春天來了秦渡怎麼這麼花枝招展，是因為那個本來可以吃豬扒包的小女生嗎……

秦渡擰了擰鑰匙，汽車嗡地發動了，許星洲繫了安全帶，車裡有一股令人舒服的皮革和香水味道。

許星洲接著意識到，秦渡今天的確噴了些香水，帶著一絲北非雪松又壞又溫柔的味道。

他根本就是來勾搭那個女生的吧。

許星洲不受控制地想。

「那個，」許星洲點了點秦渡的肩膀，狀似不經意地問：「你那天來要給豬扒包的那個女孩子，是哪個學院的啊？」

窗外新綠變換，陽光明媚，秦渡一手握著方向盤，一手點開了播放機，放了一首英文慢搖。

「嗯，」秦渡漫不經心地胡謅八扯：「好像是臨床醫學院的吧，我也想不起來了。」

許星洲：「……」

許星洲悶悶地嗯了一聲，抱著手臂，朝窗外看了過去。

——心裡酸酸的。

許星洲將腦袋靠在了車窗玻璃上，外面陽光打在她的臉上。她突然覺得自己沒化妝出來真的太蠢了……沒化妝看起來都沒什麼精神，素面朝天。

——「人家可和妳不一樣。那女生長得漂亮，又可愛又有禮貌，見了我就知道要叫師兄。」

許星洲：「……」

畢竟他也是送自己過去，很辛苦，道謝還是必要的。許星洲拚命幫自己找了一堆藉口張嘴。

過了一下，許星洲羞恥地鼓起勇氣，小聲喊道：「今、今天辛苦你了……」

她又停頓了一下，終於挫敗道：「師、師兄……」

許星洲話音剛落就覺得自己怕是腦子有病，連這種話都說得出來——她羞恥地撞了一下車窗玻璃。

秦渡眉毛一挑：「……撞什麼玻璃？」

看樣子秦渡好像根本沒把那聲「師兄」往心裡去，許星洲簡直羞恥得想死。

車裡香水的中後調又壞又溫柔，許星洲一邊腹誹秦渡騷包，簡直是活生生的一隻雄孔雀，一邊又覺得心裡有種說不出的酸脹之感。

……他為什麼對那個女孩這麼上心？

她看著車窗外，無意識地揉了一下胸口，想緩解那種酸澀。會為了那個女孩專門排隊買豬扒包，送去宿舍樓下；會噴香水討女孩子歡心——也是，秦渡秦會長是什麼人呢？他欺負人欺負的得心應手，就不能去哄個女孩子開心了嗎？

剛剛為什麼要喊那聲「師兄」……是被下降頭了吧，許星洲越想越覺得羞恥，連耳根都紅了。

窗外陽光碾過馬路，路邊的法國梧桐遮天蔽日，秦渡說：「……小師妹啊，我說的那個臨床小學妹吧……」

許星洲耳朵不受控制地豎了起來：「嗯？」

秦渡兩指推了一下下巴，若有所思地說：「叫師兄的時候是帶著彎的。」

許星洲：「……」

「人家可和妳不一樣，」秦渡捏著方向盤，目不斜視且信誓旦旦地說：「那個女生喊我師兄的時候，都是用X本環奈撒嬌的語氣。」

許星洲：「……」

秦渡：「學著點。」

X本環奈撒嬌，許星洲只覺得自己比不起。

那所育幼院相當偏，一是市區的地皮貴，二是生活成本高，所以這些機構大多開在偏遠一些的近郊，周圍全是低低矮矮的老公寓，陽臺上伸出去一根根長曬衣桿，上面床單衣物迎風招展。

秦渡先是一怔，因為顯然他也沒想到這地方會如此荒涼。

秦渡將車平整地停在路邊，許星洲摸了摸鼻子，不好意思地說：「……這地方挺窮的，哪有富裕的育幼院呢。錢都花到別處去了。」

秦渡不置可否地點了點頭。

「進去之後……」許星洲嚴肅道：「別表現得太驚訝，不想碰孩子的話可以不碰，別讓他們感覺到你嫌棄他們。」

秦渡不解道：「我嫌棄他們做什麼？」

許星洲說：「……第一眼，很難不嫌棄。」

風吹過街道，路邊零零星星開著蒲公英，低低矮矮的，看起來都有點營養不良似的。院落配了一個生鏽的大鐵門，裡面依稀能聽到一些歡聲笑語。

一個阿姨來幫許星洲開了門，許星洲笑咪咪地說：「齊阿姨我來了！這次帶了一個同學來。」

外來訪客皆需登記，秦渡登記完資料，走進了育幼院裡。

那時正午陽光正好，一群四五歲的小女孩正坐在地上玩扮家家酒，用一個小碗裝了石頭，兌了些水，用小湯匙舀著給一個芭比娃娃吃。

然後許星洲跑去拿了幾個小板凳，讓那些小女孩坐著，小女孩一看到許星洲就十分開心：「星星姐姐！」

「星星姐姐妳又來啦！」小女孩說話有點漏風地高興道：「姐姐等等陪我玩扮家家酒好不好？」

然後，那個孩子一轉頭。

那一瞬間秦渡吃了一驚，難怪那小女孩說話有些漏風，原來是個兔唇。

許星洲回過頭看了秦渡一眼，揶揄地問：「嚇到了？」

然後許星洲溫柔地拍了拍楠楠的小辮子，說：「那個哥哥見識短淺，沒見過可愛的小兔子。」

楠楠於是對秦渡笑了笑，將頭轉了過去。

許星洲抱著手臂，走到秦渡的身邊，說：「這裡的孩子，都有身心障礙，沒有例外。」

秦渡：「……為什麼？」

「兔唇還是比較輕微的，」許星洲莞爾道：「還有腦積水的、腦癱的，有自閉症的孩子，先天性心臟病，先天性畸形……只是你現在沒看到。」

秦渡望著那群他不太願意碰的孩子，說：「我以為妳的工作就是和孩子玩玩而已。」

「是啊，還能是什麼呢？」許星洲笑了笑：「我過不了他們的人生，也過不起他們的人生。我只能陪他們玩，教他們識字，再告訴他們這個世界上有多好玩，告訴他們以後會有更多更有趣的東西——」

「讓他們不要放棄。」

「畢竟這群被拋棄的孩子……」許星洲懷著一絲歉疚道：「我實在是，無法坐視不理。」

秦渡：「為什麼？」

許星洲一怔：「……為什麼？」

「還能有什麼為什麼……」許星洲避開了秦渡的眼神，說：「我同理心比較強吧，大概。」

秦渡那一瞬間，直覺許星洲正在撒謊。

那根本不是真正的原因，因為她沒去看任何人的眼睛。

那天下午，暖陽灑在塵土飛揚的小院落裡，許星洲盤腿坐在地上，一頭長髮披散在腦後。

她絲毫不害怕那群看起來異於常人的孩子，身邊圍繞著一群體弱多病的小朋友，懷裡還抱著一個小豆丁，拿著一疊卡牌，跟他們認真解釋天黑請閉眼的規則。

「就是，」許星洲笑咪咪地對那群孩子說：「姐姐我是法官，我們中間會有三個殺手……」

她一邊說一邊把孩子抱在自己的懷裡，風吹起她野草一樣的長髮，在陽光下有種年輕而熱烈的美感。

許星洲帶著笑意說：「下面良民來指證……」

秦渡漫不經心地望著她，一個小孩扯了扯許星洲的衣袖，好像說了點什麼，在那一瞬間許星洲回過了頭。

秦渡見過的人很多，那些人身上或多或少總有些秦渡自己的影子——自命不凡、野心勃勃、囂張或頹廢，他討厭他們，正如同他深深厭惡自己的一切特質。

神話之中阿波羅愛上月桂女神，冥王愛上波瑟芬妮，赫菲斯托斯深愛維納斯，暴風雨愛上月亮女神。

於是神說大地會愛上天穹，海洋會愛上飛鳥，飛蛾命裡注定愛上火焰。

他們在風中對望，那一剎那，許星洲對他溫暖地笑了笑。

那個女孩笑起來猶如春天凌霄的鳳凰花，那一剎那猶如荒野上花朵怒放，女孩眉眼彎彎，年輕而溫暖，彷彿有著融化世界的力量。

秦渡沒來由地心臟一熱，他無意識地按住了心口。

那處像是被刺穿了一般。

午後的陽光落下時，許星洲正坐在地上，陪著一群孩子玩天黑請閉眼。

秦渡多半是嫌棄孩子髒，他畢竟是正經公子哥式長大的，並不想參與這種弱智遊戲，也不想陪著一群或是腦癱或是畸形的孩子鬧騰，正坐在樓梯上和他哥們兒打電話。

許星洲分完了牌，自己抽了一張，小法官第一次擔任這個職位，字正腔圓地說：「天黑請閉眼。」

許星洲抱著一個尚裹著繈褓的孩子，笑咪咪地將眼睛閉上了。

陽光打在許星洲的眼皮上，映出金紅的顏色。視覺喪失，聽力便格外敏銳。

許星洲聽見秦渡在遠處講電話，說：「……不去，我陪小女生在孤兒院，做義工。」

小女生。許星洲想，他是不是把每個學妹都叫小女生呢？

「……關你屁事。」秦渡對電話說：「我樂意。不去。」

他到底拒絕了什麼呢？許星洲又莫名地想，是因為義工嗎？他樂意的到底又是什麼呢？

接著，懷裡的孩子大概覺得許星洲抱得不太舒服，咦咦嗚嗚地掙扎了兩下，許星洲惦記著遊戲規則不能睜眼，手忙腳亂地拍著小繈褓。

但是小嬰兒終究還是鬧騰，尤其還是個快學走路的年紀，渾身勁多得很。許星洲被沾著口水的小拳頭打了兩下，正打算呼喚阿姨來救命時——

秦渡掛了電話，走了過來。

他在許星洲背後彎下腰，那一瞬間許星洲甚至覺得耳後有秦渡的呼吸。

那其實是一個非常曖昧的姿勢，甚至含著一絲繾綣的意味。而且發生在陽光下，孩子們的目光裡，正在進行的遊戲之中。

許星洲不自然地說：「你……」

她那一瞬間甚至倉皇地想，這個距離實在是太過曖昧了。

「妳以為我要幹什麼？」秦渡哂道。

「——孩子給我抱著。」

午後三點，許星洲在後背感受到了秦渡的體溫。

四月初的上海已經頗熱，秦渡只穿了件薄T恤，結實手腕上扣著腕錶和串珠，散發著一種難言的男性荷爾蒙的氣息，甚至連他的體溫都帶著一股炙熱的味道。

那瞬間許星洲臉都紅到了耳尖，秦渡將那孩子抱了起來，在懷裡顛了顛，安撫地摸了摸孩子的頭。

「還當妳力氣多大呢，」秦渡抱著那個流口水的小孩說：「還不是被小孩折騰。」

許星洲：「……」

許星洲拚命揉了揉耳朵，辯白道：「本來就是這樣的。」

秦渡嘲道：「本來就是這樣的？他在我懷裡就不敢動。」

然後秦渡一捏小孩的後頸，那個小孩立刻膽小地趴在了秦渡的肩上。

許星洲直覺覺得秦渡似乎在欺負小朋友，卻又挑不出錯處，只得回去繼續和其他的孩子玩遊戲。

秦渡仍不參與，只是抱著那個正在萌牙的小嬰兒坐在臺階上，小孩子髒兮兮的，把口水往秦渡的身上抹。

秦渡忽然問道：「這個孩子為什麼被拋棄？」

許星洲一愣，一個男孩立即道：「寧寧是剛出生的時候腦感染，治療費要兩萬塊錢，爸媽就不要了。」

許星洲點了點頭，伸手在那個男孩頭上摸了摸，道：「NICU治療費兩萬。那家人嫌是個女孩，就直接丟在醫院跑了。醫院新生兒科的護士醫生湊了錢把她勉強救活，還在科室裡餵了些日子，後來實在照顧不來，就送來了育幼院。」

秦渡：「……」

許星洲莞爾道：「沒見過這種事？」

秦渡眉頭擰起，慢慢搖了搖頭。

「秦渡，你沒見過也正常。」許星洲笑了笑：「這世上多的是窮人，多的是被父母丟棄的孩子。兩萬塊足夠一個重男輕女的家庭丟掉性命垂危的小女兒……人間苦難多得很，這只是最普通的罷了。」

秦渡漫不經心地道：「妳好像很了解？」

他那句話裡帶著絲探究的味道，銳利的目光隔著陽光朝許星洲看了過來。

那個小男孩說：「星星姐姐當然了解——」

這他媽哪能說呢！

許星洲當機立斷，啪地拍了那男孩的頭一下，說：「就你話多。去洗牌！」

秦渡不解地望著許星洲，搞不明白她為什麼突然拍小孩。而許星洲拍完孩子，回頭看了他一眼，眼神乾乾淨淨。

秦渡哧地笑了一聲，懷裡抱著髒兮兮的孩子，那一瞬間只覺得心裡都在開花。

——像個毛頭小子，他想。

第四章　臨床小學妹

他們回去時天已經頗黑，斜陽昏昏地落在馬路路緣上。

許星洲累得腰痠背痛。她並不常鍛鍊，陪小孩子玩又非常耗費精力，尤其是這群小孩還與普通孩子不同，他們格外需要照顧。

育幼院的孩子，天生便與普通的孩子不同。

他們大多有身心障礙，年紀越大的身心障礙程度越重。這些孩子——唐氏症、先心病、畸形兒，甚至剛出生就身染重病的孩子，被他們不配為父母的父母遺棄，爾後被撿了進來。

極少數沒有身心障礙的孩子，會被其他無法生育的家庭在幾週之內領養走，而剩下的那些苦難更為深重的孩子，則將在育幼院裡待到成年。

許星洲突然道：「你說，慘不慘？」

秦渡一怔：「嗯？」

「那些小孩呀。」許星洲悵然地閉上眼睛，道：「在育幼院裡的這些孩子。他們年紀越大，越清醒，越沒有父母要。領養的時候沒有人家要三歲以上的孩子，怕養不出感情來。於是這些三歲以上的孩子一天比一天清醒，一天比一天明白『我沒人要』。」

秦渡握著方向盤，隨口嗯了一聲。

許星洲知道他沒聽進去，笑了起來，說：「你爸媽一定很愛你。」

夜色下，秦渡一邊開著車，一邊不置可否地點了點頭。

他的家庭的確和睦，甚至像是電視劇中模範的家庭一般。秦家父母的關係如膠似漆，甚至連紅臉吵架都不常有，秦渡的父親在生意場上叱吒風雲十數年，理論上應該是閱盡千帆，卻一輩子都沒容忍這個家庭被第三者插足。

他們給了秦渡最好的父愛和母愛。

「所以，秦渡，你無法理解。」許星洲將頭抵在車窗玻璃上說：「這個世界上『沒人需要』是一件多可怕的事情。」

秦渡點了點頭，認真道：「……可能吧，我沒有嘗試過。」

許星洲長長地吁了一口氣，自嘲式地說：「不過，我和你說這個做什麼呢。」

那畢竟是他們的、無法被分擔的人生。

許星洲看著窗外，窗外的落日十幾年如一日，圓圓的，被高樓切開又組合，下午六點時，像一個浮在番茄湯裡格格不入的熟蛋黃。

秦渡忽然停下車，道：「許星洲。」

許星洲一怔，車水馬龍的紅綠燈照耀下，秦渡將車停在了紅綠燈前，騰出一隻手，在她背後，將她柔軟的頭髮往耳後撩了一下。

「……別想太多。」秦渡說。

他停頓了一下，道：「回學校買杯飲料給妳，喝點甜的，別不高興了。」

F大校門口查校外人員查得相當嚴格，一天二十四小時地執行一車一桿，學生進出得刷數位學生證，外來拜訪者則全都要登記身分證號才可入內。這是許星洲第一次坐能開進校內的車——開車的人還是學生會會長，仔細一想還真是哪裡不大對勁。

夜幕沉沉，樹梢的風聲刷然而過。

秦渡在華言樓前找了個車位停下，示意許星洲下車，剩下的路他們一起步行。

「你……」許星洲抱著自己的小帆布包，想了一下，又糾結地問：「你送我到這裡就可以了。」

秦渡：「嗯？」

許星洲以為他沒聽懂，又道：「剩下的路我可以……可以自己回去，不麻煩你了。」

「……妳也知道自己麻煩。」秦渡漫不經心道：「我難得請妳喝飲料，妳不想去算了。」

然後秦渡拍了下許星洲的肩膀，示意她別囉嗦了，跟他一起走。

夜幕降臨，四月初春，臨近社團之夜。

社團之夜預熱早已開始，草坪上有民謠社的年輕男生抱著吉他，在路燈下唱著溫柔民謠。

許星洲終究是個年輕女孩，壓抑不住好奇心和對異性的嚮往，探頭探腦地圍觀那個唱歌的少年人，那少年人嗓音清朗，頭髮在腦後梳了一個揪揪，面前放了頂鴨舌帽，歌唱時有種難言的迷人意味。

秦渡：「……」

周圍一群圍觀的女生，許星洲在那群女孩堆裡擠著，笑著從包裡摸出一小把硬幣，嘩啦啦倒進了那男孩的帽子裡。

「你唱歌真好聽，是哪個院的呀？」許星洲笑咪咪地對那個少年說：「我是新聞學院的！大二的許……」

許星洲長得好看，笑起來時尤其漂亮，像個小太陽似的。那個少年根本抵不過這種女孩的魅力，青澀地開口：「我是微電子……」

少年連話都沒說完，秦渡當機立斷，俐落地把許星洲拽了起來！

秦渡說：「──她是法學院的，別聽她騙人。」

一切發生得太快，許星洲簡直搞不明白這一串變故：「可我不是……」

「她在我們學院裡臭名昭著，」秦渡直接將她的嘴捂了，就對那少年真誠地胡謅八扯：

「每個被她盯上的男人都會被她拐跑女朋友。別告訴她聯絡方式，你會後悔一輩子的。」

這都是什麼啊！那個少年被這一連串變故搞愣了。

秦渡誠懇一拍那少年的肩膀：「小心點，學弟。」

許星洲倉皇道：「等等……？？我不是……」

秦渡對著許星洲的腦袋啪地拍了一下：「怎麼了負心漢，還想狡辯，嗯？」

接著，這個一看就氣宇軒昂的青年人，甚至小氣地將許星洲丟進少年帽子裡的一塊五摳了出來，在那個少年和圍觀的路人驚愕的眼光中，拽著還沒搞明白現況的小負心漢揚長而去了。

暖黃的飲料店燈光灑在柏油路上，夾道的梧桐在夜風中唰唰作響，許星洲懨懨地坐在長凳上。

飲料店員把紙杯擦乾淨，笑道：「您的鮮檸檬紅茶和鮮百香好了。」

初春的夜風吹過，花瓣落入深夜，秦渡站在飲料店門口，肩寬腰窄，猶如模特。他對店員出示了付款 QR code，然後拎了兩杯飲料，回過頭一看。

身後的許星洲正在百無聊賴地摳長凳的漆玩。

秦渡：「……」

「得了吧，」秦渡不爽地說：「還給我臉色看，都請妳喝飲料了。」

許星洲懨懨道：「我不想喝。」

秦渡作勢要抽走紙杯，許星洲拚命立即護住了自己的鮮百香。

許星洲委屈地說：「……別動我的飲料！你怎麼這麼小氣！我就是想知道他叫什麼名字，你為什麼過去阻撓我？」

秦渡抬起眼皮，厚顏無恥地問：「我那是阻撓？」

許星洲：「……」

許星洲怒道：「這還不是阻撓？直接把我罵成法學院第一渣男？我今晚回去都打算檢查一下論壇有沒有我的貼文了！」

秦渡：「妳也感謝一下我吧，我還沒發文說妳呢。」

許星洲咬著吸管，不再和小肚雞腸的男人辯解了。

風呼地吹過，女孩的休閒衣鼓起，一頭長髮被吹得散亂。

秦渡別過頭，過了一下，終於伸手摸了摸許星洲的頭。

秦渡瞇著眼睛說：「他唱歌好聽怎麼了？」

夜裡的花兒都開了，月季含著花苞，垂墜地低下了頭顱。

過了很久，在溫暖的夜風中，秦渡終於厚顏無恥地道：「我還有錢呢。」

許星洲抱著飲料，踢了踢腳底的花瓣。

夜裡寧靜無比，蟲鳴復甦，猶如春夜的吟遊詩人唱著古老詩歌，許星洲坐在秦渡身邊，捧著鮮百香飲料，夜風吹過她黑長的頭髮。

秦渡忽然問道：「平心而論，妳覺得我這人怎麼樣？」

許星洲一愣。

秦渡這個問法其實非常刁鑽，帶著一絲旖旎的「妳會不會考慮我」和「妳也不要自作多情」，十分恰到好處。

許星洲想起那個臨床小學妹，小聲說：「……還、還好吧。」

「……妳也覺得還好啊。」秦渡笑了起來，伸手在許星洲頭上摸了摸：「真的不是吃我的嘴短？」

許星洲說：「我請你吃麥當勞也沒見你對我嘴短好吧。」

「因為天經地義啊，」秦渡厚顏無恥道：「妳為什麼不能請我吃麥當勞？」

許星洲抱著百香果飲料，不和他進行一場二十七塊錢的辯論。

她其實不太喜歡與男生身體接觸，可秦渡成為了一個例外，他摸人腦袋時帶著一種難以言喻的溫情，令許星洲無法抗拒。

許星洲一扯他的手指，讓他適可而止，別把自己當小狗摸：「你是小氣鬼嗎！」

秦渡於是故意拽了拽許星洲的頭髮，然後屈指對著她的髮旋一彈，閒散道：「我確實不大方。」

許星洲捂著自己的髮旋齜牙咧嘴：「你簡直是魔鬼……」

「我小氣，一毛不拔，」秦渡伸手揉了揉許星洲的髮旋：「睚眥必報，斤斤計較，妳罵我一句，我就打妳。」

許星洲：「……」

這人真的是個垃圾吧，許星洲想。

秦渡瞇起眼睛，篤定地道：「妳肚子裡在罵我。」

許星洲立即喊道：「沒有！」

「我是典型的上海男人，」秦渡往長凳上一靠，愜意地說：「小氣記仇，小肚雞腸，格局也不大，但是會疼女人。」

許星洲：「……」

雖然這句話從吝嗇的秦渡嘴裡說出來等於是一句屁話，她對這句話持一萬個懷疑態度，但上海的確是這樣的城市，許星洲想。

她週末有時會路過附近的菜市場，那裡樹木參天，下午金黃的陽光灑落時，都是老爺爺推著自行車買菜，從來見不到多少老奶奶，他們的車籃裡全是高麗菜和小蔥，有時會有老奶奶陪著一起來，兩個老人手牽手回家。

四川男人耙耳朵[10]，上海男人寵老婆。全國都知道。

10 耙耳朵，在四川話中的意思就是指怕老婆的男人。

風吹亂了許星洲的頭髮，她誠實地說：「我曉得，但是你應該是例外。」

秦渡嗤嗤地笑了出來，散漫道：「妳是沒見過我寵女人。」

許星洲聞言簡直想打他，說：「是啊，見不到。你還是把那一面留給臨床的那個小學妹吧。」

秦渡突然笑了起來，突然伸出了四根手指頭。

「小師妹，」他說：「四次。」

許星洲愣了一下：「啊？」

「師妹，妳提起這個女生，」秦渡揶揄地說：「光今天一天，就提了四次。順便說一下，我一次都沒提過。」

許星洲：「……」

許星洲差點咬斷自己的舌頭。

秦渡兩指推著下巴，問：「怎麼了？這麼難以割捨？介紹給妳認識一下？」

許星洲想死的心都有了。

他們在長凳上坐了許久，久到程雁都傳來訊息：『妳是被抓走了嗎？』

時間一不小心就晃到了九點。許星洲的飲料還沒喝完，還在手裡捧著。

程雁又傳來了訊息，又道：『妳被妖怪抓走了？被抓走了傳個。』

確實該回去了，許星洲想，沒有必要在外面留到這麼晚。她回了訊息，看到通訊軟體上還有幾則未讀訊息，包括她曾經的那個高中同學。

他應該是有事找她，許星洲連看都沒看，就將螢幕關了。

人聲漸漸少了，飲料店拉上捲簾，黑暗中的阜江校區變得有點可怕。

饒是學校門禁嚴格，擋得了社會不良分子，也擋不住裡面可能會有壞人。一個大校區裡上萬人，誰能保證這上萬人個個是正人君子？破事多了去了，上週理學教學大樓那裡還抓了個暴露狂，那變態在三樓平臺晃蕩了半個多小時，最終才被膽大的報警抓走了。

許星洲想起那個暴露狂的傳言，終究難以啟齒地對秦渡說：「那個，秦渡，你能不能……」

……能不能送我回去？許星洲想。畢竟都九點了，一個人走夜路還是挺可怕的。

然而許星洲知道秦渡十有八九不會同意，他近期的人生樂趣大概就在欺負許星洲身上，怎麼不得多欺負兩句再送她回去啊。

許星洲又糾結了一下，最終還是挫敗地說：「算、算了。」

秦渡抬起眼皮，問：「讓我送妳？」

許星洲猶豫道：「其實也不用……」

「不用什麼？」秦渡漫不經心地說：「起來，走了。我從來不讓女生自己走夜路。」

秦渡說那句話時沒有半點揶揄的意味，彷彿那極為天經地義——就算許星洲不提，他也不會讓她獨自走在黑暗裡。

許星洲那一瞬間有種難言的感動，秦渡雖然壞是壞了點，卻的確是個相當讓她舒服的男人。

但是下一秒，秦渡就大義凜然地道：「正好，我一個人走夜路也害怕，妳送我回車吧。」

許星洲：「……」

夜色濃郁，燈光下飛蛾砰砰撞著路燈，月季吐露花苞。

學生三三兩兩地下了自習往宿舍走，人聲尚算嘈雜，小超市裡擠著穿睡衣的人。許星洲擠在人群裡，拉著自己的小帆布包，跟著秦渡朝宿舍的方向去。

春夜長風吹過，許星洲一個哆嗦，朝秦渡的方向黏得近了點。

「妖、妖風真可怕。」許星洲打著顫道：「剛剛喝了涼的，果然還是不大行……」

秦渡：「……」

秦渡從鼻子裡哼了一聲，把外套脫了，丟給了許星洲。

這個動作讓許星洲差點感動落淚，她想不到秦渡還有如此紳士的一面——許星洲小心翼翼地裹上了外套，那外套暖和又寬大，裡面盡是秦渡的體溫。

秦渡突然狀似不經意地問道：「許星洲，妳很少穿別的男人的外套？」

許星洲被熱氣一迷，有點暈暈乎乎的，聞言笑咪咪地、誠實地點了點頭。

秦渡冷哼一聲，漠然地說：「也是，一看就嘰嘰歪歪，哪個男人會喜歡妳這種女生。」

許星洲沒聽懂：「哈？什麼喜歡不喜歡？什麼嘰嘰歪歪？」

「我說妳天天在外面撩妹，連麻雀都不放過。」秦渡啪嘰一彈許星洲的額頭，惡意道：「所以一看異性緣就差到谷底。妳就說妳這種浪貨有沒有人追？」

許星洲被彈得捂住額頭，委屈地說：「有沒有人追關你屁事！別打我腦袋。」

秦渡得意地問：「不好意思說是吧，嗯？就妳這個小浪模樣，有沒有人對妳有過明確好感？」

許星洲簡直欲哭無淚，怎麼穿他外套都要被查水錶，浪有錯嗎！話說秦渡這個人也太糟糕了吧！而且有沒有人追關你屁事，你去勾搭那個臨床的啊……不對，怎麼又提了第五遍……

許星洲發現今天自己想了第五遍「臨床小學妹」時，只覺得心裡要被憋死了。而且她的確母胎單身，說出來都覺得丟臉，也不肯答話了，低下頭悶悶地往前走。

秦渡意氣風發地拍了拍許星洲的頭，道：「妳早上還跟我說妳那個同學惦記妳三年，還人格魅力不可抗拒呢，這同學連正式示好都沒有！虧妳早上跟我說得信誓旦旦的，結果還是個沒人愛的小可憐。」

許星洲：「……」

許星洲更為惡毒地攻擊他：「你怎麼比我還意難平？你已經念念不忘一整……」

然而，話音都還未落，許星洲的手機就響了。

花朵垂在枝頭，月亮掛於東天枝頭，遠處大廈層疊如巒，在夜幕裡猶如沉默的巨人。

許星洲掏出震動的手機，她的手機螢幕上幽幽地亮著三個字：「林邵凡」。

許星洲看著那三個字時，甚至恍惚了一下。

秦渡疑道：「這是誰？」

許星洲想了一下，不知道要先從林邵凡的過去開始介紹起，還是從她與林邵凡此人的相識開始講述起。

但是最終，她還是想到了最簡單的介紹方法。

許星洲停頓了一下，頗為嚴謹地說：「半分鐘之前，你還念念不忘的那個。」

「喂？」許星洲微微一停頓，莫名地道：「……喂，是我。」

秦渡靠近了些許，許星洲聽筒聲音不小，能聽見對面是個男人的聲音，甚至帶著一點羞澀的意思，說：『是、是我，紹凡。星洲妳最近怎麼樣？』

秦渡：「……」

許星洲疑惑地道：「還好吧，還算得上一切順利。怎麼了嗎？」

春夜的風嘩地吹過，那頭道：『沒別的，就問問妳最近是不是在上海。我下週要去一趟，方便一起吃……』

那頭那個男孩似乎又鼓起了勇氣，道：『……吃個飯嗎？』

許星洲踮腳，折了一枝緋紅山櫻。

「可以啊。」許星洲笑了起來：「我請你，不過最近比較窮，我們學校的學生餐廳太拿不出手了，請你去吃隔壁的怎麼樣？」

那頭停頓了一下，羞赧道：『怎麼能讓妳請我，妳是女孩子。』

許星洲笑彎了眼睛，說：「臺隍枕夷夏之交，賓主盡東南之美嘛。反正就是請你吃個學生餐廳而已，我還怕你嫌棄我窮呢——總之來了之後聯絡我就好。」

秦渡：「……」

『那我也請妳。就是……』那男孩不好意思地說：『最近有個小比賽，決賽就在你們學校，到時候我去找妳！』

秦渡掐指一算，應該是那個挑戰杯決賽，還算蠻重要的一個賽事。前段時間還安排了任務給學生會。

這男的似乎是學經管的吧，秦渡想，能打到決賽說明水準不低。

許星洲拿著手機，笑咪咪地說：「好呀，我到時候等你的電話。」

那頭似乎又說了什麼，許星洲拿著那枝被她折下的花，笑咪咪地掛了電話。

她的確是生了個一笑就讓人願意把世界捧給她的模樣——秦渡卻只想把許星洲弄哭。還請那個男的吃學生餐廳呢，有沒有問過隔壁學校學生餐廳願不願意？

許星洲把手機收了起來，笑著道：「我同學要來比賽，我負責請他們吃學生餐廳。」

秦渡不以為然道：「那個挑戰杯？」

許星洲似乎也習慣了秦渡這種逮什麼攻擊什麼的性格，解釋道：「嗯，決賽。挺厲害的吧？」

秦渡只覺得心裡酸水都要溢出來了。

許星洲還渾然不覺，笑咪咪地說：「我這個同學很厲害的，他從高中的時候就什麼都不耽誤，念書競賽兩不落……」

秦渡皮笑肉不笑：「呵呵。」

許星洲：「……」

「呵呵，讓女人請客，」秦渡涼颼颼地說：「這男的不是個好東西。」

可是你也讓我請客了啊！許星洲簡直不明白他到底在罵誰，簡直想扯著秦渡的耳朵讓他清醒一點，但是想到這個畜生的小肚雞腸程度還是不敢說出口……不過話又說回來了，他好像本就不是個好東西，所以應該也不算在罵自己。

接著許星洲甩掉一腦袋的胡思亂想，跟著秦渡走了。

許星洲回宿舍時已經九點半了。她陪孩子玩了一天簡直腰痠背痛，爬樓梯時只覺得要死了。她回到寢室，一推門，三二二寢室裡居然瀰漫著一股菜香。

李青青正在開一盒麻辣鴨脖，一看到許星洲，頓時極為熱情：「粥寶！粥寶！妳回來了！我愛妳！」

許星洲艱難地踢掉了鞋子，道：「不用表白，我也愛我自己……這是怎麼了？誰送的福利？」

許星洲又使勁聞了聞，分辨出一堆好吃的東西，神奇道：「我們寢室誰的春天到了？」

李青青說：「妳那個學長找人送來的呀，買了一份給我們一起吃，讓我們別動妳的那份。」

許星洲一愣：「啊？」

「就是那個，」李青青笑道：「那個在教室門口等妳半個小時的數學科學學院學長啊。」

許星洲一愣：「……哈？」

許星洲看了自己的桌子一眼——寢室的燈不算亮，她的桌上擺著一大包各式各樣的吃的，有她愛吃的鴨脖和小蛋糕小甜點，秦渡買了兩大份，一份賄賂她的室友，另一份整整齊齊地放在她的桌上。

許星洲：「……」

「他找一個學弟送過來的。」李青青戴上塑膠手套，抓了一隻鴨脖，笑道：「那個男生過來的時候都要被累死了，東西太多。」

許星洲哭笑不得地說：「這麼多……肯定會放到壞掉。」

「有錢人嘛。」程雁慢條斯理地扯了一隻烤雞腿，說：「根本沒考慮過東西會不會壞，妳去隔壁寢室分分吧，看這模樣一個星期都吃不完。」

許星洲糾結地看了看那一大袋吃的，覺得除了分給別的寢室之外，沒有別的辦法——她肯定吃不完。

許星洲拿起那個袋子的瞬間，一個小紙包掉在了桌子上。

許星洲：「？」

她腦袋上冒出個問號，將那個紙包拿起來，油紙油膩膩的，上面黏了一張便利貼。

「重新排隊買了一份給妳，別生氣了。」

下面落款是一個龍飛鳳舞的「秦」字。

許星洲噗哧笑了出來。

秦渡寫字不太好看，歪歪扭扭的，和他本人一點也不像。每個字看起來都有點笨拙，像南極的皇帝企鵝。

寢室上方陳舊燈管的燈光冰冷古老，那個大袋子裡咕嚕嚕滾出四五個星球蛋黃酥，燈光打在蛋黃酥上時，卻有種難言的溫柔之感。

許星洲笑了起來，拿出手機，準備傳訊息給秦渡說謝謝。

然而，她點開通訊軟體時，看到了林邵凡傳來的訊息。

『星洲，我下週去你們那邊比賽，有空嗎？我請妳吃飯。』

過了一下，他又說：『好久沒見了，我想和妳聚一聚，希望妳有時間。』

許星洲望著那兩則訊息沉吟片刻。

「雁寶？」許星洲探出頭喊道：「林邵凡妳還記得吧？他要來這邊參加一個什麼競賽的決賽，今晚打電話給我了。過幾天等他來了這邊，我們高中校友一起出去吃個飯吧？」

程雁疑道：「林邵凡？就是我們班保送去P大的那個？」

許星洲：「嗯，就他。」

程雁：「我……」

林邵凡顯然是想和妳單獨吃飯吧！程雁腹誹，但是吃人終究嘴短，更不用說程雁手裡還拿著那個學長的烤雞腿呢……她拿著那個雞腿，又聽到這一席話，只覺得這個學長實在是陰險。

「也行吧，」程雁提溜著那雞腿，表情複雜地說：「要吃飯的時候告訴我。」

每個學期都是如此：三月份開學時，一切都還沒步入正軌，教授們也對學生尚有一絲憐憫之心，不好意思安排太多作業。但是到了清明節剛過的四月份就不一樣了，教授們熟悉了這群新兵蛋子，加上課程一展開，這群可憐蟲便有了寫不完的論文和複習不完的隨堂小考。

可憐蟲之一的許星洲在週五交了最後一篇論文，又把自己轉發過百的智障貼文在課上羞恥地展示了一番。

桃太郎坐鴨子遊艇、長腿叔叔和路燈合影，許星洲畫了一堆插畫，然後在下面配了很長一串蠢白童話故事。

花老師抱著手臂，忍笑說：「這也算是自媒體的套路。」下面同學被那些故事笑得東倒西歪，花老師又看了一下，樂道：「妳以後真的吃不上飯，可以去寫段子。」

許星洲笑咪咪地說：「我覺得以我這樣怎麼也不會吃不上飯吧。」

「妳就算吃不上飯也沒什麼問題，妳活得太好玩了，」花老師溫柔地說：「看得我心情都很好。我挺喜歡妳這種風格的，回頭作為粉絲關注一下妳。」

許星洲笑著留了名字給老師，回了位子，看了手機上的未讀訊息一眼。

是林邵凡傳來了一張照片，他到虹橋機場了。

許星洲啪嘰啪嘰打字，告訴他：『今天天氣很好。』

外面陽光明媚，晴空湛藍，樹枝抽出新芽。許星洲突然想起小時候，那些童話故事都是她父母在睡前講給她聽的。

——再講一遍嘛，媽媽，求妳啦。小星洲趴在媽媽懷裡撒嬌，我還想聽星星月亮裙子的故事。

而桃太郎的故事是一九九九年的冬夜聽的。那天夜裡非常冷，紅色塑膠鬧鐘放在床頭，她爸爸講完之後就幫小星洲蓋上了被子，甚至溫柔地掖了掖。

時間過得多麼快啊，許星洲模模糊糊地想。記憶中那個年代的人們喜歡穿闊腿褲，喜歡把襯衫紮進褲子裡。二十年一個輪迴的時尚都回來了，可是沒有人曾回來。

畢竟離婚的人，誰會回過頭去看呢。

那一瞬間許星洲只覺得心中深淵復甦，幾乎將她一口吞了進去。

那種感覺其實極為可怕，像是突然被扯離了這個世界，不想對任何東西有反應，想把自己關進殼裡。那一瞬間彷彿這世上一切都變成了黑洞，一切都在呼喚她，想把許星洲撕爛成碎片。

不行，不行。

許星洲痛苦地喘息，逼著自己睜開了眼睛，映入眼簾的是一個絢麗溫暖的世界。

這個世界多麼好啊。許星洲眼眶有些發紅地想。這世上還有數不盡的未知與新鮮的事物。

她還沒駕車穿越帕米爾高原，還沒看過草原上連綿的雨季，還沒看過尼加拉瀑布與飛躍峽谷的藏羚羊，還沒有活到一百二十歲，頭髮仍濃密而烏黑，嘴裡的牙齒甚至無一顆脫落。

為什麼要絕望？她問自己。這世界美好如斯，而她仍然年輕。

許星洲最終沒摸出那個小藥盒。

下課之後許星洲將講義丟給程雁，讓她先送回去，自己還有事。

程雁：「又有什麼事？」

「搞校風建設，」許星洲抓了抓頭髮，把一頭長髮抓得鬆鬆的，在陽光下對著教學大樓的窗戶補了一下唇膏：「要拿壓克力顏料畫石墩子。」

程雁：「……」

程雁糾結道：「你們學生會這麼閒的嗎？」

「妳可以問問，」許星洲將頭髮捋順，用絲巾鬆鬆紮起，說：「我們確切來說是屁事多，不是閒，妳這麼說我們所有部員都會覺得委屈。」

程雁想了想，感慨道：「……好像也是這個道理。」

然後許星洲從包裡摸出蜜粉。

程雁難以理解地說：「妳不是去畫石墩子嗎？！」

「今天要見人的，」許星洲嚴肅地說：「不能灰頭土臉，就算去畫石墩子，也得做個精緻的豬精[11]。」

11 豬精，網路流行語，「豬」指的是像豬一樣吃得多、胖，「精」就是指戲多、自我感覺良好。豬精指又醜又胖的戲精。

程雁：「……」

許星洲平時鮮少化妝，一化妝卻極手巧，桃色日系空氣感，畫出來簡直是人面桃花。

程雁簡直有點不能理解，許星洲補完妝立即踩著小皮鞋跑了。她的背影像隻燕尾蝶，程雁終於注意到她甚至穿了新買的連身裙。

程雁：「……？」

陽光斑駁地落在林蔭道上，秦渡看了手機一眼，譚瑞瑞傳來訊息，說自己和部員在第二教學大樓前面。

校風建設畫石墩子這活是秦渡閒出屁時安排的，也是由他來監工。他特意在群裡提了自己要來這件事，並且惡劣地點了名，有活動分，原則上不允許缺席。

第二教學大樓門口，譚瑞瑞正提著一桶水，幾個部員正在拿水沖石墩子。

秦渡在門口這麼多人中，第一眼，就看到了許星洲。

樹蔭下許星洲穿了條束腰連身裙，長髮在腦後挽起，笑咪咪地和譚瑞瑞聊天。

秦渡只覺得這小丫頭挺可愛的，忍不住嗤地笑了出來。他一笑就覺得自己像個沒談過戀愛的鄉巴佬，又使勁把那股笑意憋了回去。

許星洲看到他，眉眼彎彎地對秦渡揮了揮手。

那笑容裡帶著難言的陽光與暖意，秦渡忍不住也對她笑了笑。許星洲今天居然還變漂亮了，居然還特意打扮了一番，這麼會討好人。

不就是我來監工嗎，秦渡藏不住那點笑意。至於讓她這麼當一回事嗎？明明不化妝也挺好看的。

然後許星洲放下手中的活，跑了過來。

她的確化了妝，眼角眉梢都是風發的意氣，像一枝含水的桃花。

「那個——」許星洲眉眼彎彎地對秦渡說道：「師兄，四點多的時候請個假可以嗎？我晚上要請我高中同學吃飯。」

秦渡：「……」

秦渡連想都沒想：「不可能，高中同學這種虛偽的關係吃什麼飯，今天要把第三教學大樓的都畫完。」

許星洲波瀾不驚：「哦我也就是跟你提一句，我們譚部已經准假了。」

秦渡：「……」

秦渡瞇起眼睛望向譚瑞瑞，譚瑞瑞毫不示弱地瞪了回來，問：「畫到第三教學大樓？你失心瘋了吧？」

「對呀。」許星洲不開心地說：「怎麼可能，我們是超人嗎？晚上不吃飯了？而且我兩年沒見我這個同學了欸，我們以前關係很好的，都一起去公車站，吃個飯怎麼虛偽了。」

秦渡：「呵呵。」

譚瑞瑞說：「妳不用管他，他犯病的時候不想讓周圍人和那個人高興。」

許星洲笑咪咪地道：「嗯，這個我早有領會，話說部長，他們學生餐廳哪裡最好吃啊？我嫌遠，都沒怎麼去過……」

譚瑞瑞點點頭，笑道：「都不錯，以前和同學去吃咖哩雞飯……」

秦渡冷笑一聲，在陰涼地裡坐下了。

油菜在春風中搖曳，教學大樓前許星洲的背影極有氣質，一手拿著大刷子，另一手拿著調色板，裙子貌似還是新買的——靠，秦渡恨得牙癢癢，簡直想拍她腦門兩下。

穿裙子做什麼，哪個腦子有問題的在做這種活的時候穿這種裙子？還嫌自己不夠招人？

過了不知多久，秦渡終於高貴地開了口：「許星洲，過來。」

許星洲那時候正在石墩上塗黃顏料，太陽把她的臉都曬得發紅，秦渡站在樹底下，伸手招呼了她一下。

許星洲；「嗯？」

秦渡冷冷道：「妳穿成這樣，哪有來幹活的樣子？」

許星洲一雙眼睛裡，那一瞬間，閃過了一絲難過的情緒。

秦渡瞇起眼睛：「嗯？」

許星洲不開心地道：「穿什麼關你屁事。」

「關我屁事？」秦渡不爽道：「許星洲妳穿成這樣耽誤幹活，妳還有沒有一點身為部員的自覺？」

譚瑞瑞立刻護犢子道：「秦渡你別找她碴！洲洲別聽他的，妳今天穿得好看。」

許星洲嗯了一聲，剛打算跑掉，秦渡就涼颼颼道：「反正穿得也不像要幹活的樣子，妳去跑個腿吧。」

許星洲：「哈？」

「天氣這麼熱，」秦渡充滿刻意地道：「妳去買點冰飲回來，我出錢。」

許星洲：「好……吧？」

然後秦渡從靠著的樹上起了身，問：「拿得動嗎？」

許星洲掐指一算，宣傳部這次來了七八個人，加上秦渡也就是九瓶飲料，一瓶飲料五百毫升，十瓶飲料五公斤，也就重了點，便爽快道：「拿得——」

然而，還沒等她說完，秦渡就打斷了她。

「拿不動是吧？」秦渡站直了身子，自然而然卻又無可奈何地說：「真是拿妳們身體孱弱的小女生沒辦法，我跟妳一起去。」

許星洲：「？？？」

許星洲跟著秦渡跑了一趟超市。

秦渡連拎都沒讓許星洲拎一下，自己將一堆零食和飲料提了回來，許星洲只負責跟著跑腿，外加挑了幾樣自己喜歡吃的東西，其他時候就空著手跟著秦渡。

秦渡這人小氣又壞，卻總是有種讓人格外舒服的氣場，她想。

金黃陽光墜入花葉，滿地璀璨的光。

許星洲朝秦渡的方向跑了兩步，疑惑地問：「我今天穿得不好看嗎？」

秦渡提著兩袋飲料和洋芋片，漫不經心地胡謅八扯說：「口紅顏色不對，我不喜歡這種。」

許星洲蔫蔫地哦了一聲，然後過了一下，小心地拿紙巾把口紅擦了。

秦渡那一瞬間，簡直有種犯罪的感覺。

不是不好看，他其實相當喜歡，秦渡難耐地想——但是他媽的怎麼能給別的野男人看？

陽光落在林蔭道上，許星洲口紅沒擦乾淨，稍稍出來了一點，像散落的玫瑰花瓣一般。

許星洲這個小混蛋，這時候都化妝。

秦渡看著那點紅色，停頓了一下，突然開口道：「妳……」

許星洲微微一愣，秦渡抬手，以手指在女孩的唇角輕微一揉。

「口紅抹出來了。」他輕聲說，「自己好好擦擦。」

許星洲結結巴巴地說：「好、好的……」

然後許星洲低下頭，認真地擦拭自己的口紅。

她的唇太柔軟了，濕潤而鮮紅，帶著一絲豔色。秦渡摸到她嘴唇的那一瞬間就心神一蕩，繼而模模糊糊地意識到，那是一雙很好親吻的嘴唇。

像許星洲這個人一樣。

下午四點，夕陽照耀著大地，樹木皆被鍍上一層金紅色澤，風吹過時，黃金般的樹葉唰然作響。

許星洲的裙子染了點顏色，忙了一下午，還出了不少汗，有點灰頭土臉的，笑咪咪地跟大家說再見。

譚瑞瑞道：「妳那個高中同學呢？」

許星洲笑著說：「他在校門口等我啦，我們等等一起坐地鐵去！」

秦渡哼了一聲，許星洲又道：「我走了哦，大家再見！」

秦渡似乎想說什麼，那一瞬間，譚瑞瑞以刷子劈手一指！

譚瑞瑞以沾著紅顏料的刷子指著他，眼睛一瞇：「星洲今天幹活一點都沒偷懶，你要是敢扣她活動分，我就舉報你。」

秦渡說：「呵呵。」

然後秦渡遙遙地望著她的背影，許星洲已經背著包溜了，跑得飛快。

譚瑞瑞看了看許星洲，又瞄了秦渡一眼，狐疑地問：「你這是什麼眼神？怎麼看我家副部就跟看劈腿的老渣男一樣？許星洲睡了你跑路了嗎你用這種眼神看她？」

秦渡：「……」

秦渡看了譚瑞瑞一眼，斤斤計較：「我扣妳活動分信嗎。」

譚部長簡直無話可說，過了一下終於道：「你是看上我老婆了？」

秦渡眼皮都不抬：「妳說她是妳老婆？我宣布妳今天活動分沒了。」

譚瑞瑞：「……」

「你就是看上她了！」譚瑞瑞惡意地大喊道：「秦渡你看上我家副部長了！你吃她的醋吃了一下午！你現在跪下來求我我還能告訴你她那個高中同學是什麼人！」

宣傳部員都噗哧噗哧地笑，秦渡連眼皮都沒動一下。

譚瑞瑞惡毒地說：「我再說一遍，你現在還來得及跪著求我——」

其實譚瑞瑞喊話時只是揶揄而已，沒想過秦渡會做出任何反應，畢竟他與許星洲之間的那種火花非常淡，秦渡甚至有意隱瞞。

加上他這人半真半假的，肯定是抵賴的可能性居多。

然而秦渡卻連解釋都沒解釋，任由這群人按他們想像的模樣理解，連遮掩的心思都沒有。

譚瑞瑞只覺得有種莫名吃屎的感覺。

秦渡突然說：「我不關心。」

「我管她這個高中同學什麼樣啊，」秦渡漫不經心道：「反正肯定沒我有錢。」

譚瑞瑞：「……」

宣傳部眾部員：「……」

秦渡將頭髮往後抓了抓，揚長而去，只留他們在身後面面相覷。

✧

時近傍晚，夕陽血橙，映得白樺樹一層金光。

隔壁T大都是一群騎著自行車的理工男，秦渡穿過他們的校園，微風吹過時，地平線盡頭細草搖曳。

吃飯時間剛過，學生餐廳已經沒多少人了，但是小炒和蓋飯等小吃依然供應。秦渡在外面一眼就看到了許星洲——她坐在學生餐廳窗邊，對面坐了一個男人，那個男人的模樣秦渡看得並不真切，只看到穿了件灰色休閒衣。

秦渡：「……」

這種暗戀三年不敢表白的人能有什麼魅力？

說不定是個身高不到一百七的小個子，說不定是個油膩膩的男人，秦渡痛快地想，哪個相貌堂堂的男生能唯唯諾諾成這樣？

許星洲也是傻子，遇上這樣的同學，難以拒絕邀請的話就拉我來當擋箭牌啊，我又不會拒絕……

回頭一定要把她訓一頓，有事找師兄，這點道理都不曉得。秦渡挑開學生餐廳黏糊糊的門簾時，得意地想。

然後，秦渡看到了許星洲對面坐著的男孩。

學生第一餐廳零零星星坐著人，夕陽染紅了落地窗外的天，秦渡站在門口，一手仍挑著門簾。

那個叫林邵凡的男孩頭髮剪得很短，看起來乾乾淨淨的，體格相當好，坐在許星洲的對面，肩寬腰窄，一看就是個運動系男孩。

許星洲笑得眼睛彎彎，溫暖地衝他笑道：「謝謝你的糖醋里肌呀。」

林邵凡瞬間連耳朵都紅了，連手腳都不知往哪裡放，道：「不、不用謝我。」

「女孩子吃飯，」林邵凡彆彆扭扭地補充：「總是要照顧的嘛。」

然後那個乾淨的大男孩夾了幾塊糖醋里肌，放進了許星洲的碗裡。

那個林邵凡個子頗高，看起來甚至都不比秦渡矮多少，有種鄰家大男孩靦腆的氣質——他穿著休閒衣與牛仔褲，似乎也沒近視，相貌端正，笑起來相當羞赧。

許星洲坐在他的對面，把糖醋里肌的湯汁往飯裡拌了拌，笑著對他說了什麼。

「這次過來很辛苦吧？」許星洲笑咪咪地道：「北京那邊學業怎麼樣？」

林邵凡撓了撓頭，說：「還好，不太難。」

「老林什麼時候覺得念書難過嘛？」程雁在一旁道：「怎麼說他都是我們村裡的驕傲。」

於是他們就笑了起來，許星洲咬著可樂的吸管，笑起來的模樣像個高中生。

沒錯，秦渡遙遙地站著想，他們不就是高中同學嗎。

夕陽之中，許星洲的笑容都是金黃的，像她人生的黃金時代。秦渡那一瞬間甚至沒來由地想起了雨中金雀花，田野中怒放的金絲桃。

對面的男孩，說實話，是與她相配的。

相配又怎樣，秦渡思考了三秒鐘怎麼去砸場，就與程雁撞上了目光。

許星洲吃飯不算快，而且倘若還要在吃飯同時交談，她會吃得更慢一些。她將糖醋里肌的醬汁在飯裡拌勻了時，對面林邵凡已經吃了差不多，看著她時有點手腳都不知往哪裡放的模樣。

——高中同學專門打電話說要來，本來就是個不能推辭的飯局，只不過令人慶幸的是大學期間可以把這個飯局放在學生餐廳。許星洲拚了命地把程雁拉了過來，就是為了避免與林邵凡單獨相處。

許星洲雖不是人精，但也不是個傻子，起碼知道和林邵凡單獨吃飯相當尷尬。

林邵凡道：「……星洲，我有時候看妳的貼文，覺得妳活得好精彩啊。」

許星洲笑了笑，說：「畢竟我的人生哲學和大多數人都不一樣，喜歡做一些沒有意義的事情。」

「其實高中的時候……」林邵凡靦腆地說：「我就覺得妳一定會過上很有意思的人生，我那時候其實非常羨慕妳，覺得我一輩子都沒辦法像妳一樣，妳總是能有那麼多新奇的點子。」

許星洲不好意思地撓了撓頭：「羨慕我做什麼呢，這種點子我也不是總有的。」

「有時候也會很黑暗，」許星洲認真地道：「找不到出路的那種。」

林邵凡認真地說：「可是，會好的。」

許星洲望著西沉的落日，放鬆說：「是啊，會好的。」

一切都會好起來，就像太陽終將升起。許星洲想。

然後，下一秒鐘，一個餐盤「砰」地放在了桌子上。

「真巧啊，」秦渡將那個隔壁學校學生餐廳的餐盤推了推，自然地說：「我也來這裡吃飯，併個桌？」

許星洲：「……」

程雁：「……」

秦渡打了五樣菜，晃晃悠悠的幾乎要掉出來，盤子裡滿滿當當的蘇式紅燒肉和魚香肉絲、糖醋里肌與紅燒豬大排，他又加了一個手撕高麗菜——素菜只剩這個了。

秦渡拍了拍手，說：「我多打了一點，要吃的話從我這夾吧。」

林邵凡也是一驚，沒想到還會有人來，問：「是認識的學長嗎？」

「算……」許星洲糾結地道：「算是吧。」

秦渡漫不經心道：「算什麼算，是師兄。」

許星洲那一瞬間簡直想撬開他腦子看看裡面到底是什麼，為什麼會對「師兄」二字這麼執著，怎麼到哪裡都是這兩個字？

林邵凡友好地伸出手，道：「學長好，我是星洲的高中同學。這幾天這邊有個競賽，所以來順便看看她。」

秦渡說：「嗯，是順便就行了。」

然後他十分勉為其難地，與林邵凡握了一下手。

林邵凡：「……？？？」

許星洲低頭扒拉自己的米飯，林邵凡又沒話找話地問：「學長，這邊學生餐廳有什麼比較好吃的嗎？」

秦渡說：「我不知道啊，我也是F大的。」

林邵凡：「……」

F大的為什麼會來這裡，而且還來吃學生餐廳啊！他根本就是來砸場子的吧！程雁頭疼地捂住了腦袋，只覺得自己今天跟著許星洲來是一個自討苦吃的錯誤。

林邵凡也不好意思問人家細節，只靦腆地轉移了話題：「星洲，今年暑假也不回去嗎？」

許星洲咬著可樂的吸管，說：「不了，我前些日子找了報社實習，回去也沒意思。」

林邵凡嘆了口氣，道：「……也是，妳從高中就這樣了。」

夕陽沉入地平線，秦渡眉頭擰了起來，問：「為什麼？」

那實在不是一個合適的問題。

它帶著太多侵略性，和一股不合氣氛的探究，許星洲當時就愣了一下。秦渡擰著眉頭，像是默認為她沒聽見一般，又重複了一遍：「——為什麼，從高中開始就這樣了？」

他似乎又覺得自己的問題不夠精準，又補充道：「大學尚且可以說是需要實習，為以後的工作打基礎。那高中是為什麼？」

程雁為難道：「這個……」

林邵凡撓了撓頭，說：「就是……她家的一點問題吧，她回去不太方便。」

許星洲點點頭道：「差不多。具體原因比較複雜，不方便在飯桌上解釋。」

秦渡簡直極為不爽，這是面前三個人心照不宣的祕密，卻唯獨把他排除在外。許星洲不願解釋，程雁閉口不談，這個男孩不僅對許星洲別有所圖，連提供的唯一的線索也都點到即止。

秦渡記了兩筆帳，又道：「所以你們今天就是高中同學三個人來聚聚？」

程雁莞爾道：「算是吧，畢竟我們難得在這個城市見一面嘛。」

外面漸漸暗了，許星洲坐在秦渡的斜對面，水般的眉眼望著窗外。

她沒有再抹口紅，妝也沒有再補，嘴唇上仍有一點溫潤的顏色，像黑暗裡的一簇火，又如同落入水中的桃花一枝。

秦渡剎那忘了自己要說什麼，任由沉默在空氣中流淌。

然後林邵凡溫和地笑了笑，開始帶著許星洲說話。

他講了自己參加這個競賽的事，講那些老師是怎麼指導他們，講他的幾個朋友是如何嫌棄又是如何幫他的。他敘述的樣子極其溫和，卻又有種讓人忍不住去聽的魅力。

許星洲好奇地問：「真的嗎？」

「真的，」林邵凡笑道：「沒有別的地方。自習室不行，他們都嫌我們吵，讓我們滾遠點。所以我們就在宿舍大樓外的小桌上通宵討論，後來組員覺得實在是不行了——北京冬天太冷，坐在外面實在也不是辦法，我們就去麥當勞蹲著，每次都只點幾份薯條，特別厚顏無恥。」

許星洲噗哧笑了出來，問：「那些服務生也不說你們嗎？」

林邵凡說：「後來有一個女服務生語重心長地跟我說，小夥子你們這種創業團隊不行，連個辦公的地方都沒有，遲早要失敗的。」

許星洲大笑起來：「哈哈哈哈無論大江南北，大學生還真的，都是窮人。」

「也不是沒有有錢人的，」林邵凡笑道：「我們組裡那個叫沈澤的就是個資產階級。但是資產階級又怎麼樣，他跟我們待的時間長了，現在比我們還小氣。」

許星洲看了秦渡一眼，莞爾道：「小氣是資產階級的通病吧？」

秦渡用鼻子哼了一聲，嫌棄地說：「我認識這個人，智商不太高的樣子。」

許星洲直接嗆他：「關你什麼事，吃你的飯。」

秦渡：「……」

秦渡陰陽怪氣未果，繼續拿筷子戳魚香肉絲。林邵凡大約是覺得不太正確，猶豫道：「星洲，妳平時都這樣嗆妳師兄嗎？」

「有人就是欠嗆。」許星洲得意洋洋地道：「而我從來不放過賤人！」

秦渡抬起頭，看了許星洲一眼。

許星洲被秦渡連著欺壓數週，期間完全不敢反抗，如今多半是仗著人多力量大，開始找場子了。

許星洲囂張道：「秦渡你看什麼，是不是打算和我打一架……」

「打架？我不做那種事。」秦渡挑著魚香肉絲裡的萵筍，漫不經心地說：「許星洲，腳伸直一點。」

許星洲：「……嗯？」

她愣了愣，不明所以地把腿伸直，迷惑不解地看著秦渡。

秦渡慢條斯理地挑完萵筍，許星洲迷茫地看著他。

再然後，秦渡一腳踢在了許星洲的腳踝上。那一腳一點都不重，但是絕不是什麼爽利滋味。

許星洲被踢得當即嗚咽一聲，再也不敢大放厥詞了。

黃梅季迫近，地裡漫出一股潮氣，霓虹燈將地裡漫出的霧染得五顏六色、色彩繽紛。門口的商業街燈火通明，馬路川流不息。他們走出那個校區時，林邵凡連走路都不敢離許星洲太近，像是怕她嫌棄似的。

程雁離他們離得很遠，在接電話，那語氣一聽就知道非常暴躁。

許星洲：「大概又是他們那個麻煩的老師……」

程雁接完電話，忍著怒氣道：「我得去趟臨楓校區，那邊老師找我。」

許星洲問：「怎麼了？」

「沒怎麼。」程雁道：「申請書有點問題，去找他拿資料，得重新寫一份。」

程雁說完，又看了手機一眼——手機上多半還是那個老師的奪命連環 call，她氣急敗壞地撓了撓頭，但是又知道不能耽誤，於是立刻拿著手機風風火火地跑了。

這一連串變故發生在五分鐘之內，林邵凡感慨道：「都七點多了，還得去找老師，大家真是都不容易。」

許星洲笑著點了點頭。

「你住在哪？」許星洲又問：「等等我送你回去？」

黑暗裡，林邵凡又開始臉紅，他皮膚白，羞赧道：「怎麼能讓妳送我呢，妳明明是個女孩子。」

秦渡聞言，響亮地哼了一聲。

林邵凡臉更紅了，簡直稱得上是羞恥地說：「那、那個就是……我有幾個同學在外面等我，我們等等一起搭計程車回去就可以，星洲妳怎麼回去？是坐地鐵嗎？」

許星洲笑咪咪地點了點頭，說：「差不多吧，不用擔心我。」

春夜濕潤的風呼地吹過，許星洲的裙擺被吹了起來。

秦渡看著她，那條連身裙將許星洲襯得像花骨朵似的，她走在夜幕低垂的道路上，像是千萬個落入水底的行星。

星洲，星辰之洲。

——是一個配得起她的名字，秦渡想。

校門外絢爛的霓虹燈光裡擠著一群大男孩，都是林邵凡的隊友，一個個的都不超過二十歲的樣子。他們嘻嘻哈哈地和林邵凡打招呼，幫他取了一堆綽號。

「這個就是你那個同學吧？」其中一個人嬉皮笑臉地道：「還真是挺好看的哈哈哈哈——」

林邵凡臉蹭地漲紅，他的臉皮本來就白，一紅就格外明顯。

然後他結結巴巴地說：「別、別調戲我同學，滾蛋！」

「哥，調戲你可比調戲你同學好玩多了。你這個臉皮是真的不行，」另一個人又調戲他：「你什麼時候考慮和姓沈的中和一下？」

什麼中和？許星洲腦袋上冒出個問號，踮了踮腳，在路燈下看到了那個「姓沈的」。

那個「姓沈的」游離於這個群體之外，正在打電話，路燈昏黃的光影落在他的身上，霧氣影影綽綽的，看不太分明。

「還在跟他國外的女朋友打電話呢。」那個人複雜地說：「我要是他女朋友，我可能已經隔著電話線殺他下酒了。」

許星洲好奇地豎起耳朵聽了聽，只聽到風裡傳來幾句斷斷續續的：「……求人的時候就得跪著叫老公，懂不懂？……妳不懂我就得讓妳明白……」

許星洲：「……」

許星洲只覺得，當他女朋友一定很辛苦。

林邵凡嘟囔道：「這都什麼騷話……沈澤那種比不了，讓他自生自滅吧。」

一群男孩開始笑，笑完了就都和許星洲和秦渡揮了揮手，走了。

那天晚上是許星洲第二次坐秦渡的車。

秦渡相當執著於送她回去。他的車停在校外馬路旁，那地方理論上不能停車，但是可能因為天色太晚，因而得以免於被貼罰單的命運。

車裡瀰漫著一股說不出的香氣，許星洲抱著自己小小的帆布包坐在副駕駛上，秦渡注意到她今天雖然打扮得道貌岸然，手腕內側卻又畫了一個很弱智的圖案，一隻「這是髒話小孩子不可以講」恐龍，還有幾張寶可夢的妙蛙種子貼紙。

秦渡被萌了一下，半天只覺得心裡柔軟如春，伸手在她頭上揉了揉。

許星洲啪一下拍掉他的手，不開心地說：「別動我。」

秦渡忍著笑道：「哪裡不高興？」

許星洲悶悶地說：「……你別動我就對了。」

秦渡於是把手拿開，許星洲抱著自己的包靠在窗戶玻璃上，迷迷糊糊地望著窗外車如流水馬如龍的街道。

橘紅路燈落在地上，和著一輪混沌月亮映著庸碌眾生。

秦渡握著方向盤，過了一下，突然問道：「妳暑假為什麼不回家？」

許星洲呼吸一窒。

「我理解一部分大學生可能不願意回去，」秦渡看著馬路上紅紅黃黃的車燈，平淡地說：「畢竟這個城市的機會擺在這裡，在這個地方，一個暑假不回去能學到的東西可能比一個學期都要多。」

許星洲逃避般道：「還能有什麼？就是不回去而已。」

遠處紅綠燈閃爍著數字，隔著大霧瀰漫，居然有種混沌天地初開的意思。

秦渡說：「可是妳為什麼連高中的時候都不回去呢？」

許星洲：「……」

許星洲帶著一絲自嘲，說：「林邵凡說什麼你就信什麼嗎？我每個假期都回去的，不信你去問雁雁。」

許星洲說完，連看都不再看秦渡，茫然地望向窗外，將腦袋抵在了車窗玻璃上。

「……許星洲，」秦渡好笑道：「妳在我車上都敢嗆我了？不怕我趕妳下車？」

許星洲連想都不想就回嘴：「你趕吧，趕我下車。正好我不開心。」

綠燈停，紅燈在他們面前亮起，足足一百二十秒鐘的時間。秦渡放開方向盤，順著許星洲的目光，朝外看去。

車窗外是一群年輕的、不過高中大學光景的少年人。他們看起來非常平凡而喧鬧，打打鬧鬧地往前走，一個男孩還抱著顆籃球，大約是一群孩子剛在附近籃球場打完球回來。

那群孩子隨處可見，卻又張揚無比，渾身上下都是活著的氣息。

就在那一刻，秦渡終於帶著一絲醋意意識到——

林邵凡，甚至這群素不相識的少年，都是比自己，更適合許星洲的人。

紅燈仍有六十多秒，橘黃燈光下，許星洲只覺得情緒又有些不受控制，顫抖著嘆了口氣，小聲說：「秦渡，你還是再嗆我兩句……」

然而許星洲話音未落，就被碰了一下腳踝。

秦渡的手帶著點繭，在女孩的外踝上點了點，試探地問：「……今天踹疼了是不是？」

許星洲愣了一下，都不知道他在說什麼，而秦渡過了一下，又憋悶地道：「……以後不踢了，別……生氣了，師兄對不起妳。」

第五章　他的心都酸了

許星洲回想了足足十秒鐘，才想起來今天秦渡好像踹了她一腳。

實在也不怪許星洲記性壞，她本就不怎麼記仇，再加上對方又是秦渡這種爛人——如果許星洲是個記仇的，對上秦渡，就不用做別的了，光記仇就好。

秦渡試探地碰了碰許星洲外踝，問：「……是不是還疼？」

許星洲：「……」

許星洲立刻理解了是什麼情況，當即殺豬般喊道：「嗷嗷啊超疼的！秦渡你是不是人！你不許碰我了！秦渡我恨你一輩子——」

秦渡：「……」

許星洲使勁擠了兩滴眼淚：「你不是人！腳踝斷掉了……」

秦渡屈指在許星洲額頭上啪嘰一彈，不高興地說：「找揍。」

但是連那下都不算很疼，只是響，只在女孩額頭上留了個紅印。

秦渡從來沒用過力，畢竟許星洲與他相比簡直是個不堪一擊的小體格，他第一眼見這女孩時就知道這女孩半點都不能打，清清瘦瘦的，像朵紅荷花。

然而那天晚上，秦渡不是只見到了她的背影。

紅燈秒數結束，車流向前馳去，紅黃的車燈晃著眼睛，又在霧裡虛成一片模糊的顏色。

秦渡說：「……是妳家裡的問題嗎？」

許星洲捂著額頭，小聲道：「算是吧，家家有本難念的經，我就不說給你聽了。」

秦渡上下打量了一下許星洲，可她並沒有什麼受虐待的模樣。

許星洲注意到秦渡的目光，似乎也知道他在想什麼，莞爾道：「和你想的不太一樣。從小到大沒人欺負我，生活費都按學期給，錢夠花。」

秦渡這才收回了眼神，漫不經心道：「自作多情，誰關心妳這個。」

「反正……」許星洲不好意思地說：「也不是什麼大事，你不用往心裡去，也不用同情我。你就當我是中二病發作到了十九歲，至今覺得自己是個沒家的人好了。」

秦渡嗤嗤地笑了半天，冒出一句：「許星洲，妳才十九歲？」

許星洲一愣，傻乎乎地問：「嗯？是啊，怎麼了……？」

「才十九歲……」黑暗裡，秦渡忍著笑說：「也沒什麼，就總覺得挺小的，小到我欺負妳有點犯罪感。」

許星洲彷彿看到了新大陸，嘲笑他：「你還怕犯罪感嗎？」

秦渡不回答，過了一下從車裡摸出一袋堅果，啪地丟給了許星洲，道：「把嘴給我堵上。」

許星洲也不和他計較，拆了炭燒腰果，樂滋滋地吃了起來。

F大並不算很遠，幾個紅綠燈外的距離而已，秦渡開著車駛進校門的時候，一群年輕男女孩正推著自行車往裡走，像是在外騎行了一天，個個風塵僕僕、疲憊無比。

許星洲看著他們，嘀咕道：「他們真好啊……」

秦渡：「……」

「騎行好像很好玩的樣子。」許星洲笑了起來：「我覺得騎自行車很好，如果能看到更多好玩的東西就更好啦。」

秦渡看了一下共享單車，問：「坐我的車和共享單車，選哪個？」

許星洲想了不到三秒鐘：「共享單車！可以吹風。」

秦渡瞥了她一眼：「這車一百八十萬，還沒加稅。」

許星洲：「……」

許星洲那一瞬間簡直像是遭受了背叛，難以置信道：「奧迪他媽的這麼貴嗎？！」

秦渡從鼻子哼了一聲：「哪裡貴？許星洲，稅前一百八十萬和共享單車，妳選哪個？」

許星洲想都不想：「你的車真的很貴，我選擇共享單車。」

秦渡：「……」

許星洲鄙夷道：「車貴有什麼用啊，坐一百八十萬的車也不會長三斤肉，開一百八十萬的車的男人不也是小氣鬼嗎？要讓我對你的車另眼相待除非折現給我。」

秦渡沉默了兩秒鐘，然後他說：「好，沒問題，我十分欣賞妳不為物質而轉移的精神，我這輩子都沒遇到過妳這樣的女人，妳引起了我的注意。」

接著他痛快地道：「妳現在就滾下車。」

許星洲：「……」

接著秦渡哢嚓一聲開了車鎖，準備把許星洲推出去。

許星洲拚命拽住椅子，悲慘大喊道：「小氣鬼！混蛋葛朗臺[12]！不是要送我到宿舍樓下嗎！出爾反爾！你不是要送我回去嗎嗚嗚嗚——！」

秦渡將車門又關上，指著許星洲威脅道：「不下車是吧，妳等著。」

說到這個分上一般就沒事了，許星洲這才坐回去啃小堅果。車外白霧瀰漫，深夜的吳江校區裡影影綽綽絲絲縷縷的霧，猶如仙境。

許星洲打開自己的小包，在裡面掏了半天，那個包裡裝了形形色色神奇的東西，秦渡又看到了裝糖的小藥盒和小小兵風扇，今天甚至還翻出了一個至少玩了十年的NDS，那個遊戲機躺在她膝蓋上，像個老古董。

然後許星洲將那些東西一攏，突然難以啟齒地開口：「那個……」

秦渡眉峰一挑，示意她有屁快放。

12 葛朗臺，是法國現實主義作家巴爾扎克的小說《歐也妮．葛朗臺》中的重要人物，為世界文學史上四大著名吝嗇鬼形象之一。

許星洲羞恥地說：「我問你一個問題。」

秦渡：「說。」

「師、師兄……」她小聲問：「……你喜歡什麼顏色的口紅呀？」

秦渡盯著許星洲看了很久，她嘴唇上只有淡淡一層淺粉色，顯然是下午擦掉了還沒塗回來。

要怎麼形容聽到這句話時的感覺呢，秦渡想。他只覺得自己的心猶如錢塘的潮，又像海嘯長夜，那一瞬間南極冰川融化，春風從萬里外帶來花與春天。

她的口紅是為自己塗的嗎？秦渡想。

「我啊……」秦渡只覺得心情好得不像話，忍不住就想笑。

他忍住了笑，道：「隨便塗塗就行。」

在他們相遇的那天夜晚，秦渡真正看到的並非那枝紅荷花。

他所看到的是許星洲的眼神，和那眼裡燃燒的，燎原山火。

那是一個拚命活著的靈魂，帶著踟躕與莽撞，滿是笨拙與彷徨，彷彿遍體鱗傷，然而那靈魂拖著肉體，頑強不屈服地行走在世間。

週五傍晚沒什麼事情好做，大家都是癱著，連最能折騰的作精[13]許星洲都不想掙扎了。

許星洲回到宿舍後洗了澡，換了衣服，坐在桌前一邊擦頭髮一邊看《摩登家庭》，看了三集之後程雁淋得透濕，絕望地衝了進來。

「我真的受夠了！」程雁絕望地說：「誰知道今天晚上會下雨啊！一路淋著雨衝回來……」

許星洲也不說話，耳朵裡塞著耳機，在椅子上蹲成一團，用湯匙挖草莓大福——秦渡送來的，還沒吃完。

程雁看了許星洲一眼，道：「妝記得卸乾淨，妳今天勾搭的到底是誰？」

許星洲頭都不抬地說：「早卸乾淨了。」

程雁艱難地換衣服，把濕透的衣服換了下來，外面傳來淅淅瀝瀝的雨聲。

許星洲突然開口：「雁雁，我今天情緒差點又崩了一次。」

程雁：「……」

「我覺得，」許星洲小聲道：「應該不是錯覺吧，這個月已經三次了。」

程雁安撫道：「別想太多，不行就吃藥，以前也不是沒有過，別這麼敏感。」

許星洲看著螢幕，半天冒出一句：「還提前吃藥呢。程雁妳以為是預防接種嗎，程雁妳

13 作精，網路流行語，形容一種很愛折騰身邊的人的人。作，意思是愛惹麻煩、沒事找事。

高中怎麼學的，程雁妳對得起高等教育嗎。」

程雁：「……」

許星洲目前心態顯然沒崩。她吃飽了，而且心情不錯，成為了一名吃飽喝足的槓精。

程雁拿著洗衣籃，猶豫道：「那個學長……」

許星洲抬起頭，問：「嗯？」

「……其實我覺得他人還不錯，」程雁說：「妳可以考慮一下他。他給我一種還算可靠的感覺，唯一的一點就是你們差得有點大。」

許星洲嗤嗤地笑道：「滾蛋，洗妳的澡去。」

週六早晨，許星洲一打開手機，就看到了爸爸的轉帳，和一個好友申請。

她爸一直都從通訊軟體轉生活費給她，一般都是按學期給——也就是每個學期初一口氣將錢轉過來，但是他中間也斷斷續續地會轉些零用錢給許星洲，數額從兩千到八百不等，讓她出去旅遊或是出去散心——她的父親的確沒有虧待過她。

這次爸爸的轉帳只附帶了幾個字：『買幾件衣服。妳媽讓我提醒妳，把她的好友申請通過一下。』

許星洲將錢收了，問：『爸，你來當說客的嗎？』

『她讓我找妳。』許星洲的爸爸回道：『至於妳加不加她，還是妳做決定吧。』

許星洲於是連眼皮都不動一下地把那個好友申請刪除了。

晨光斜傾入寢室，將上床下桌的四人房映得明亮，許星洲從床上坐起來，茫然地和對面正在玩手機的李青青對視。

李青青：「……」

許星洲笑咪咪地說：「有錢啦！爸爸轉了帳！晚上回來帶好吃的給妳們！」

李青青嘀咕道：「妳是真的樂天……」

許星洲出門前和育幼院負責人說了一聲，一大早跑去超市買了一大袋亂七八糟的好吃的好玩的，擠公車去了她常去的育幼院。

不過一個星期的時間，那個被治好的寧寧已經被領養走了，負責的老師說那是一對年紀很大卻無法生育的夫妻，家境還算富裕，是個很好的人家。

那些醫生護士沒有放棄寧寧，哪怕她父母拋棄了她，也堅持救活了這個性命危在旦夕的嬰兒。如今寧寧甚至早早離開了這個小院子，擁有了自己的家，甚至擺脫了本應該是泥淖的原生家庭，可那些行動不便的孩子卻無人問津。

他們與寧寧這樣的孩子不同，他們將日復一日地帶著身心障礙生活在這個小院子裡，直到能夠長大成人、能夠自立，才能在這社會上找到自己的一席之地。

在那之前的十八年，他們於這個世界像一個個印刷段落後的全形空格，無人知曉他們的存在，也沒有人覺得他們有存在的價值。

——就像是，被這個世界拋棄了一樣。

風中藤蘿搖曳，紫藤花吐露花苞。

春日的正午，暖風吹拂。許星洲只送了東西過去給育幼院，陪小孩子玩了一下，就直接折了回來。她下午還有報社實習的面試，還得趕著回來睡個午覺，下午看看能不能正常地發揮一波。

許星洲上了大學之後成績就有點差，可是她勝在活動參加得多，加之學校的影響力又擺在這裡，所以這個實習機會應該不會太難得到。

只要得到了，暑假就不用回家了，她想。

她一邊打哈欠一邊往回走，拿出手機看時間，如今中午十二點多，面試則在三點，還能睡一個小時。

這時，她手機上突然叮咚地來了一則訊息。

林邵凡傳訊息問：『星洲，晚上有時間嗎？我培訓結束了請妳吃飯。』

許星洲糾結了一下，說：『我晚上剛剛面試完……』

林邵凡問：『幾點結束，在哪？我可以去接妳。』

許星洲糾結了半天，不知道怎麼回，問題就是她不是很想去——分明是個大好的週末，蹦躂也蹦躂完了，下午還有面試，理論上最舒服的就是面試完回去癱著。

她正路過學術報告廳的門口，準備隨便扯個謊，說自己被蜜蜂抓走了可能今天沒辦法陪你一起吃飯，就在學術報告廳門口看到了一個熟悉的身影。

樹影斑駁，那身影個子相當高，身材結實修長猶如模特，穿著牛仔褲和籃球鞋，看起來散漫卻富有侵略性。

是秦渡。

秦渡手上拎著一袋東西，另一手拿著手機講電話，袋子裡看起來像是吃的，他就是這樣站在逸夫樓的門前——連他的車都停在旁邊，顯然是正在等人。

許星洲看到他眼睛就是一亮，朝前跑了兩步，正準備喊人呢，就看到了報告廳門口的大牌子，顯然是這地方今天有個講座。

《CD8T 細胞功能衰竭與瘧疾重症化感染的相關性研究》。

舉辦時間：四月二十八日下午兩點至四點。

講座舉辦單位：第一臨床醫學院。

許星洲：「……」

秦渡根本沒往後看，也沒意識到許星洲就在後面，相反，他用一種極其溫和的、許星洲連聽都沒聽過的語氣，對著手機輕聲細語地問：「你什麼時候出來？講座還要多久呢？」

陽光唰地灑了下來，透過樹影，在地上留下燦爛光斑。許星洲在後面愣住了——她的第一反應是，秦渡如果溫柔起來，也是挺要命的。

確實，秦渡人長得好看，聲音也相當有磁性，平時只是他人太爛了而遮掩了這兩點，但不可否認的是，如果秦渡一旦溫柔起來，是一個相當有魅力且會照顧人的男人。

秦渡又拿著手機頓了片刻，終於帶著一分無奈道：「這麼晚？那我送上去給你。」

許星洲：「……」

然後秦渡將那一大袋東西一拎，腋下夾著一個資料夾，直接上去了。

許星洲站在原地，愣怔的，只能遠遠地目送秦渡離開，連個打招呼的機會都沒有。

……他是去找那個臨床小學妹了吧，許星洲如遭雷劈地想，看他拎的那一袋吃的，應該沒有別的選項了吧。

許星洲站在樹蔭裡，樓梯間是半透明的大玻璃，她看見秦渡沿著樓梯間走了上去，他腿特別長，一次上兩層臺階。

許星洲看著那個背影，只覺得心裡有點酸酸的。

秦渡也是可以很溫柔的，許星洲想，這樣的男人在追女孩的時候，也是會想方設法討對方歡心的。他會買好吃的東西給那個女孩，也會專程送過來，在四月末的大日頭下，在學術報告廳外乾等著——應該也會送她回宿舍。

……會送她回宿舍的吧。

四月中的青天白日，大太陽曬得人頗有些醺醺然，學術報告廳外的小廣場上空無一人，唯有柏油路上殘留的樹葉。

男人都是大豬蹄子，對待喜歡的人和不喜歡的人差別待遇這麼明顯嗎，許星洲酸溜溜地想。不過也許人家根本沒把自己當女生看呢。

不知道拍過許星洲多少下腦門，下雨天的雨傘照搶不誤，別說買東西討好她了，連把鼻涕擦到毛巾上都要理賠，對上秦渡時美人計也不好用……

不過話又說回來了，自己好像也沒做什麼能被當女生看的事情。

畢竟，許星洲見人家第一面，就搶了人家的女人。

都做到這分上了，哪裡還有半點女生的樣子啊……秦渡把自己當成普通朋友看待，應該也是正常的吧。

許星洲那一瞬間，有點難過地意識到了這件事。

這座靠著江海的城市已經在為黃梅做準備了。

靠江城市一到春夏就潮濕得很，霧氣從江裡從地裡冒出，雲把太陽一遮，潮氣就鑽得到處都是。

許星洲坐在便利商店裡，捧著咖啡和關東煮杯子，迷迷瞪瞪地發著呆。

外面雲山霧罩，許星洲用腳踢了踢玻璃，半天砰地栽在了桌子上。

下午三點還有面試，許星洲打開手機，打算看看那個幫忙搭線的直屬學姐有沒有跟她說什麼，卻看到了秦渡傳來的未讀訊息。

通訊軟體上，秦渡四十分鐘前傳了張照片給她——拍的是許星洲站在學術報告廳樓下的樣子，他問：『是不是妳？』

從角度來看，應該是秦渡爬到報告廳三樓時拍的。

照片上的許星洲模模糊糊，還被法國梧桐擋了大半身子，也虧秦渡能認得出來。

然而許星洲想到臨床醫學院那個小女生就有點煩悶，還有點委屈，乾脆就沒回，直接把對話方塊退了出去。

然後，許星洲看到了林邵凡的訊息。

林邵凡的訊息在四十多分鐘以前，還是那句：『幾點結束，在哪？我可以去接妳。』

晚飯邀約。許星洲沉思了一下一個成熟的成年人應該怎麼拒絕，回覆道：『讓你請吃飯多不好意思，我今天時間也不算太方便。晚上我自己回來就好。面試就是在外灘那邊的世紀報社，不算太遠的。』

林邵凡並不是會強求的人，只道：『好，如果回來的時候覺得害怕就告訴我。』

許星洲笑了起來，說：『好呀，謝謝你。』

然後許星洲將手機收了起來，茫然地望向便利商店落地窗外，那些如山嶽般聳立的高樓。

霧繞世界，山櫻落了，翠綠的月季葉侵占了人間。

許星洲看著窗外的月季葉，只覺得這個地方像通往睡美人城堡的高樓，沿途滿是荊棘樹，荊棘鳥將自己的身子插進荊棘的尖刺裡，牠的歌聲穿透雲霄。

而年輕的王子戴著耳罩式耳機，手持機械巨劍，一劍劈下山崩地裂——

「星洲。」譚瑞瑞在許星洲肩上一拍：「妳幹嘛呢，面相這麼猙獰。」

想像戛然而止，通往城堡的參天的荊棘樹突然縮成一團團一簇簇的月季。許星洲毫不羞愧地說：「想像自己去救沉睡百年的公主。」

譚瑞瑞：「……」

譚瑞瑞忍著笑問：「妳什麼時候去治治中二病？」

「治是不可能了。」許星洲舉起手指，信誓旦旦地說：「我就是這樣活過來的，將來也會一直這樣活下去。」

譚瑞瑞聞言噗哧笑出了聲。

許星洲看著譚瑞瑞就開始笑，她眼睛亮亮的，像是裡面有星辰萬千；一頭細軟黑髮披散在腦後，只露出白皙柔軟的一截脖頸。

譚瑞瑞一邊笑一邊看著許星洲，卻沒來由地想起她國中時讀的老舍：老舍筆下的「詩意」若有了形體，也不過就是許星洲這樣的人。

許星洲手機螢幕一亮，她拿起來看了看。

秦渡又傳了訊息：『一個小時又兩分鐘，許星洲，誰教妳不回訊息？』

許星洲：「……」

三秒鐘後，秦渡又是一則：『妳這次敢回收到試試看，我讓妳跪著道歉。』

許星洲簡直對秦渡恨得牙癢癢，又想罵他小屁孩又想嗆他差別待遇，又覺得有種絲絲縷縷的難受。

對別人就能溫溫柔柔的，怎麼到自己這裡就要跪著道歉……許星洲越想越委屈，對譚瑞瑞說：「……部長，我被狗男人傷透了心，男人都是大豬蹄子。」

譚瑞瑞一個愣住：「……哈？哈？？」

許星洲抽了抽鼻尖，說：「世界上還是女孩子最好了，物欲橫流，只有這胸還有一絲溫度！讓我埋一下胸好不好，我最喜歡妳了。」

譚瑞瑞從來沒想過，報秦渡一箭之仇的機會，會來得這麼快。

「粥寶，我這麼寵妳，怎麼會拒絕妳呢！」譚瑞瑞大方地一揮手：「唯一的條件就是妳讓我拍張照，發篇貼文就行了。」

許星洲面試結束時下午六點，她出門時簡直餓得饑腸轆轆——她中午只吃了一個小飯團，又灌了一杯冰美式，小飯團三點的時候就消化完了，肚子裡又冒酸水又餓。

她為了這次面試在網路上搜了半天面試技巧，結果到了報社，一推門進去，發現面試她的就是帶她們大眾傳媒的花曉老師。

花曉年紀輕輕當上主任，算得上年少有成，卻非常好相處。

她只問了許星洲幾個小問題，又看了她的作品，就讓她回去等 e-mail 了。

許星洲摸出手機看了看，秦渡再也沒有傳來訊息。

她看著空空的聊天框，突然有點負罪感。

接著許星洲點開了個人頁面，頁面近三十個點讚和留言，全都是從譚瑞瑞那篇貼文來的。

譚瑞瑞的貼文是這樣說的：『我家副部真的超可愛！我永遠喜歡她！』

許星洲也沒真的埋胸——她哪裡好意思，只照著譚瑞瑞的意思，抱了抱自家萌妹部長，然後被拍了一張照片。

那篇貼文下面都是熟人，她看了好幾遍，沒有秦渡的名字。

……秦渡會不會生氣了呀？許星洲糾結地想，應該不會吧。

不對。就算生氣又怎麼了，他算什麼！難道會讓我跪著道歉嗎！許星洲想到秦渡就有點生氣，立刻把手機塞了回去。

許星洲從報社裡跑了出來，打算去最近的便利商店先買點東西吃，外面江面映著燈火黃昏，餘暉中門口的月季花吐露花苞。

然後，許星洲在報社門口，看到了一個她意想不到的人。

林邵凡正站在報社門口的柱子旁，他穿了件灰T恤和運動褲，看起來就是個普通而靦腆的大學男孩，卻又莫名地帶著一種不可一世的銳氣。

他在高中時好像就是這樣的，許星洲突然想，林邵凡一向不善言辭，隨便說兩句話就會臉紅，全班男生都喜歡拿他臉紅說事，可他卻從來都不是會被人忽略的人。

秦渡也好，林邵凡也好，他們這種天之驕子身上，總是帶著某種痕跡的。

這種痕跡很難描述，用「不可一世」形容也不對，用「輕世傲物」形容也不對，然而可以確定的是，如果把他們丟進人群，在泥裡滾三圈，再踩兩腳，哪怕找人圍毆他們一頓呢，他們都是和別人不一樣的。

林邵凡抬起頭，靦腆地說：「妳來啦。」

「我就等了妳一下下，」林邵凡不好意思地找著藉口道：「因為我們組員今天來了這邊玩，我想著好像離妳面試的地方挺近的，就過來了，想看看能不能和妳見一面……」

許星洲停頓了很久，不知道要說什麼，只嗯了一聲。

林邵凡說：「我就想看看能不能和妳見一面，所以過來看了看，沒想到妳剛好出來了。走吧？我請妳吃飯。」

以林邵凡的性格，能說這麼多話就已經是他的極限了。而且他的話都說到了這分上，簡直令人無法拒絕。

「好。」許星洲笑了起來，說：「我確實挺餓的，隨便吃點？」

林邵凡說：「好，我在網路上看到一個挺不錯的地方——走嗎？」

許星洲笑咪咪地點了點頭，三步併作兩步從樓梯上蹦了下去，然後跟著林邵凡，沿著江水走了。

滔滔江水流向天際，岸邊月季將花苞吐露了出來，霧氣深處遠處傳來船舶漫長的汽笛聲。

林邵凡沒話找話似的說：「這個城市很好。」

「嗯。」許星洲點了點頭：「我很喜歡這裡，好像有種說不出的自由。」

林邵凡沉默了好一陣子，悵然地說：「……星洲，其實我一直很希望妳能去北京。」

「我知道，你和我說過。確切來說，升學考填報志願的時候你就和我打電話說過啦。」

許星洲笑道：「可是那不是我的地方。」

林邵凡笑了笑，不再說話。

他本來就是這種有點訥訥的性格，和他共處同一個空間的話是需要習慣沉默的。許星洲想起林邵凡在高中的晚自習上幫自己講題，那時候他們都穿著藍白的校服，老師在上面打瞌睡，而林邵凡坐在許星洲的旁邊，跟她講 f(x) 的單調性和電場強度。

那時候風還很溫柔，十幾歲的少年人抬起頭時，還能看見漫天的雲捲雲舒。

「妳那個學長……」林邵凡突然問：「是什麼人？」

許星洲一愣。

林邵凡不好意思地補充道：「也沒什麼，就想問問他是幹嘛的。」

許星洲想了一下，不知道怎麼形容秦渡這個人，總覺得他哪裡都挑不出錯處，卻又哪裡都是漏洞。

「那個學長……」許星洲糾結地道：「十項全能？我不知道這麼說合適不合適。」

林邵凡抬起頭：「嗯？」

許星洲中肯道：「很優秀，很聰明，也很壞。可以確定的是，我從來沒見過比他更得上天眷顧的人。」

林邵凡沒有說話，像是在思考著什麼，許星洲也不再補充，只跟著林邵凡朝前走。

——如果硬要形容的話，秦渡是鷹一樣的人，許星洲想，他漫無目的，卻所向披靡，猶如棲息在城堡之頂的雪鷹。

「好像是這個方向。」林邵凡溫和地說：「是一家蠻有名的日本料理，我想吃很久了。」

天漸漸黑了，霧氣彌散開。

老街沿途都是紅磚建築，帶著點上世紀的租界風格，風一吹，許星洲只覺得有點冷，禁不住地打了個寒顫。

林邵凡問：「是不是有點冷？」

許星洲聞言點了點頭，她今天出門時還沒起霧，穿得相當薄。

「嗯……那——」林邵凡撓了撓頭，說：「我們走快點吧。」

許星洲走進那家店時，第一反應是，這個月要完蛋了。

林邵凡找的店面就在最寸土寸金的地方，又是一家日料，之前許星洲大概是太餓了沒考慮到這一層——林邵凡在靠江的老街一站定，一推開店門，許星洲立即就意識到這裡至少人均五百，可能還要更高……

人均八十一百的還好說，吃了就吃了，反正不是什麼大數目，但是人均五百的怎麼能讓林邵凡請啊！這個價格距離合適也太遠了吧！

明明親爹早上剛轉了一小筆錢，本來以為這個月就不用吃土了。

大學生的月末簡直就是從角角落落裡摳錢往外花！許星洲心塞地想，話說花曉老師好像說實習期間一天一百塊，所以什麼時候才能實習……

不過，許星洲看了看周圍，又覺得這五百花的不會太冤枉。

畢竟看起來很好吃的樣子，許星洲笑了起來，就當體驗一下了。

她和林邵凡在窗邊坐定，林邵凡點了單，溫暖的光落在木桌上，許星洲托著腮看著他，林邵凡注意到她的眼光，耳根又有些不自然地發紅了起來。

「那個，」林邵凡耳根仍發著紅，突然問：「那天……那個人是妳的直屬學長嗎？」

許星洲一愣：「不是欸，他學數學，我們八竿子打不著的。」

林邵凡：「……」

許星洲又想了想，道：「他大三。理論上我確實應該叫他一聲師兄，不過我從來不叫就是了。」

林邵凡悶悶地問：「那你們怎麼認識的啊？」

許星洲：「……」

許星洲聽了這個問題簡直想死，這就是自己從下午見到秦渡送零食給人之後最大的心結，而林邵凡毫不知情地一腳踩在了她的痛點上。

許星洲糾結地說道：「說……說來話長吧。」

她想起秦渡打電話那個溫溫柔柔的語氣，接著她又想起他對自己說「這條毛巾一百五十八」，和「今天麥當勞還是妳請我吧」，又想起秦渡跟人溫聲細語地講電話，手裡拎著零食，只覺得有種難以言說的悲憤。

這都是他媽的什麼人啊！

林邵凡大約是覺得許星洲表情太崩了，猶豫著喚道：「星洲？」

「沒什麼……」許星洲有點挫敗，又沒頭沒尾地說：「就是意識到自己不算什麼而已。」

很久以前，有個人問了秦渡這樣一個問題——

「渡哥兒，你知道開始在意一個人是什麼樣子的嗎？」

這個問題其實來自他的堂哥，提問的時間是秦渡國中時。距離如今，大約有了七年光景。

秦渡國中時相當叛逆，十四歲的他就已經有了點恃才傲物的苗頭，他知道自己聰明而且有本錢，長得也帥，勾搭女生幾乎是一勾一個準，場面一度被他搞得一塌糊塗。後來秦父覺得不行，不能放任秦渡的囂張氣焰，就把他的堂哥叫來，和秦渡面對面地談。

他那個堂哥叫秦長洲，當時在F大醫學院就讀，七年制，當時正好讀到一半。也算是整個家裡為數不多的、十四歲的秦渡能認可的，不是「老古董」的人。

「喜歡一個人的時候到處都是自我求證心理的典例。就像著了魔一樣，你在全天下只能看到她的影子。吃飯時在學生餐廳看到她，連走在路上都會覺得路人是她，那時候世界上到處都是這個人，就像瘋了一樣。」秦長洲說。

「這種感情，其實是非常認真的。絕對不是你這種——」秦長洲表情嫌棄，不再多說，後面的羞辱性詞彙讓秦渡自行想像。

十四歲的秦渡欣然接受了羞辱，並誠摯地祝福了自己的哥哥：「哥，你的深情表白實在是很感人，那個姐和你分手了對吧？我相信你一定會找到更好的。」

七年後，燈火黃昏，最後一線光墜入江堤，外灘旁日料店，風將霧吹了過來。

二十一歲的秦渡停了車，拉開車門，而他的堂哥——秦長洲，坐在副駕上，十分嫌棄而矜貴地撣了撣風衣上的細塵。

「別弄了，」秦渡道：「我車裡能有多髒？」

秦長洲說：「呵呵。」

秦長洲又道：「你車裡真難受，下次你給我把窗戶打開，我看不起你的香水品味。」

「在五千里外戰亂國家槍炮火藥的一年多都活下來的人，」秦渡忍著直衝天靈蓋的火氣：「我噴點香水撩女生你就看不起了？我噴什麼關你毛事，你都浪費了我一整天時間好吧！我今天本來是打算摁住她讓她別跑的。」

秦長洲說：「你真膚淺，就知道用肉體勾引。」

秦渡：「……」

秦渡從牙縫裡擠出笑：「呵呵。」

「算了，嗆你有用嗎？渡哥兒你辛苦了一天——」秦長洲終於友好地說：「哥哥決定大出血，請你吃日料。」

秦渡：「……」

秦渡說：「你等著，我今晚就把你吃破產。」

秦長洲也不惱，秦渡將車停在一旁，跟著自己哥哥晃著車鑰匙朝店面的方向走。

夜風唰然掠過樹梢，霧中一線月光，月下的紅磚建築古老而樸素，彷彿在江畔的夜景中矗立了百年。

路上，秦長洲突然冒出一句：「那個女生也挺倒楣的。」

秦渡朝他哥的方向看了一眼。

「你這種人——」秦長洲揶揄道：「沒有半點能和別人共度餘生的樣子。」

秦渡漫不經心道：「我連自己都活不好，還共度餘生。」

「……我只知道我現在喜歡她，非常……喜歡。」秦渡茫然地說：「可別的我不曉得，我甚至連我自己的未來都不願去想……『共度餘生』對我來說太超前了。」

他靜了片刻。

「畢竟我連自己活著這件事，都覺得索然無味得很。」

秦渡在路過槲寄生下的那一刻，這樣疲憊地說。

秦長洲：「……」

秦長洲莞爾道：「那個小女生是什麼人？」

飛蛾繞過這對兄弟，又在月季旁繞了一圈，遠處人聲鼎沸。兄弟二人一個年輕而不知方向，一個則早已流浪歸來。

「挺可愛的，」那個年輕的人嗤嗤地笑道：「很喜歡笑，她笑起來風都是甜的，活得很認真很熱烈。小模樣特別討女孩子喜歡，我簡直滿頭草原……」

秦長洲也笑了笑。

秦渡又道：「哥，我開始有點曉得你的意思了……我現在看哪裡都有她的影子。」

然後他撓了撓頭，頗不好意思地笑了起來。

「……應該是因為我下意識地在所有的地方尋找她，」秦渡說：「我看什麼地方都帶著她可能在那裡的心理預期，所以覺得她好像出現得很頻繁。」

秦渡過了一下，突然不爽地冒出一句：「這女生還沒回我訊息。」

秦長洲咋舌道：「……了不得哦。連大魔頭的訊息都敢不回？」

秦渡道：「是吧。下午一點四十二分的時候我們宣傳部部長發了一張自拍，她還抱在人家懷裡蹭蹭呢。」

秦長洲：「……」

秦長洲由衷道：「了不起了不起，那女生是做大事的人，蹭人家胸沒有？」

秦渡簡直五內俱焚了好一陣子，終於道：「你別火上澆油了。我們趕緊吃完飯，我回校把零食送過去給她。」

秦長洲覺得不能阻礙自己堂弟的情路了，一點頭，決定早點吃完早點各回各家。

許星洲正在糾結地用筷子戳壽司上的牡丹蝦，林邵凡就坐在她對面，也不知是天氣熱還是芥末辣，他的耳朵都紅了。

盤中大脂肉被火槍炙烤過，入口即化，鮭魚子鮮美而晶瑩，蝦肉在燈光裡泛著晶瑩剔透的光澤。

許星洲打了個哈欠，心想好想回去睡覺啊，林邵凡真的很悶。

秦渡是不是也請那個女生吃飯了……許星洲突然憋悶地想，送完吃的，再順勢請吃頓飯，想想也是挺合適的……如果是她的話應該也會這樣帶女生去吃飯呢。

……明明對別人就可以這麼紳士！

許星洲簡直被自己想像的內容氣哭了，差別待遇太難受了，簡直想把秦渡踩幾腳。

身後的店門吱呀一聲開了，有兩個人走了進來。

許星洲也沒回頭看，反正肯定是新客人。她就去林邵凡面前的盤子裡撈天婦羅吃。這裡的天婦羅做得還不錯，許星洲本來就喜歡吃這種偏甜的東西。

那兩個人在門口站了一下，也沒有落座，許星洲咬著天婦羅，小聲對林邵凡發問：

「……等等怎麼回去？」

林邵凡想了想，說：「等等搭計程車回去好了。」

許星洲掐指一算，搭計程車回去又是五十塊錢，只覺得當大學生實在是太苦了。

外面夜色深重，她透過窗戶朝外看，天上飛過閃爍的一串紅星星。

是飛機，許星洲想，但是那尾翼上閃爍的燈光非常像某種流星。

許星洲笑了起來，拍了拍林邵凡，指著那架掠過天空的飛機，問：「你覺得那個飛機上會有多少是回家的人？」

林邵凡一愣，道：「啊？我不太明白妳說的是什麼意思，什麼回家的人啊？」

還能是什麼回家的人，當然是坐著飛機回家的人了。許星洲只覺得憋悶，還是覺得和林邵凡不在同一個頻道上。

她正待解釋，卻突然聽到了熟悉的腳步聲。

那腳步聲從門口一轉，直衝她的方向而來，許星洲只當服務生來添飲料，還笑咪咪地道：「我這裡……」

她一回頭，看到秦渡朝她走了過來。

「能耐了啊。」秦渡瞇著眼睛說：「一整個下午沒回我訊息是吧？」

靠，那邊還正在念叨著他呢，這邊正主就送上門來了。

許星洲瞬間怒從心頭起，惡向膽邊生。

秦渡居高臨下地望著她。

日料店裡燈火通明，桌子上還有沒吃完的壽司，許星洲筷子上還夾著沒吃完的半隻天婦羅，她一看秦渡那充滿蔑視的眼神，肚子裡的火簡直要就地「嗶」一聲燃燒起來了。

許星洲捏著筷子說：「不要打擾我吃飯。」

筷子中間天婦羅的麵包渣唏嘰唏嘰地往下掉，許星洲還注意到秦渡帶了個男人過來，那個男人個子瘦高，有種難言的禁欲氣質。

這他媽厲害了，連男人都勾搭上了！

秦渡冷笑一聲道：「我的訊息妳都敢不回，膽是越來越大，怎麼，以前說的那些威脅妳覺得我不會兌現是吧？」

許星洲一聽就氣，鼻尖都要紅了：「什麼威脅？我出來吃個飯，你就要打我嗎？」

秦長洲看熱鬧不嫌事大，樂呵呵道：「哇渡哥兒你還打她？小女生這麼漂亮你也下得去手？」

秦渡：「……」

許星洲喊道：「我作證！他真的打我，踢我腿，對我下手，心狠手辣。」

秦長洲幸災樂禍地咋舌道：「簡直不是人啊。」

秦渡從牙縫裡擠出一句：「……我不會打妳。」

然而許星洲一想到他溫柔的語氣就難受死了，委屈又咄咄逼人地問：「那你要威脅我什麼？你踢我，在課上威脅要我跪著求你，還要把我堵小巷子裡劃我書包，我摔跤了你在旁邊哈哈大笑，現在不回訊息還要打我。」

秦渡簡直有口難辯：「我沒……」

秦長洲喝彩：「厲害啊！」

林邵凡：「星洲學長，你……？」

「你要打就打吧。」許星洲眼眶紅紅地揚起脖頸：「打我好了，秦帥兄你不就是想揍我嗎。」

這句話簡直說得誅心，秦渡這人絕不可能戳她一指頭，秦渡其實明知道許星洲是演的，心裡卻是咯噔一聲。

——那一刻，他的心都酸了。

要如何形容這種酸楚的感受？他只覺得像是被這個女孩捏住了命門，掐住了脖頸，可那個長在他心尖的女孩對此卻一無所知。

許星洲帶著委屈，小聲說：「你打吧。打完我我再回去吃飯。」

秦渡簡直被這一連串變故搞愣了，那個女孩子坐在燈光下，垂著眼睫毛，用一種從未見過的示弱模樣對著他。

秦渡意識到，他如果對上這個模樣的許星洲，他毫無勝算。

秦長洲饒有趣味地摸著下巴，彷彿看到了什麼有意思的事似的，秦渡一看到那眼神，簡直有十萬分的把握——秦長洲回去就會變身成一個插電的喇叭，把今天的異聞盡數告訴親戚朋友三姑六婆。

秦渡絕望地閉上了眼睛。

那個林邵凡問：「怎麼回事？他打妳嗎？」

我打不打她和你有幾毛錢的關係？秦渡瞬間極為不爽，舔了舔嘴唇道：「我沒打過她。」

許星洲那一瞬間小眼淚花就要湧出來了，她面上緋紅，細眉毛擰了起來，是個下一秒就要落下金豆子的模樣。

秦渡：「……」

秦渡倒抽一口冷氣。

打疼了嗎？怎麼要哭？是不是太凶了？哭什麼呢，眼眶都紅了？

那一瞬間燈光直直落在女孩子筆直纖細的手腕上，將那條手臂映得猶如雪白藕段。秦渡注意到她手腕上掛著的瑪瑙手串下，似乎有一條古怪的皮肉凸起。

「你……」許星洲淚眼汪汪地道：「可是，可是……」

——他毫無勝算。

秦渡絕望地想，可至少還能挽回一點面子。

秦渡說：「可是什麼，許星洲，妳出來。」

許星洲眼眶紅紅地看著他，像是受了什麼天大的委屈。

她受了什麼委屈？誰欺負她了？

秦渡停頓了一下，又道：「……妳出來，別在店裡吵，讓人看笑話。」

室外風裡帶著水氣，江畔路燈熒然亮起。江風之中，月季花苞搖搖欲墜。

許星洲跟著秦渡從店裡走出來，滿腦子都是要完蛋了。

臨床的那個女生對他發火應該沒事，人家在秦渡眼裡起碼是個女孩子呢。可是自己——自己算什麼？算搶他女人的仇人。那天晚上自己都撂下了話，要和秦渡幹一架的。

秦渡這邊呢，連不回訊息都作勢要揍她，半點沒有把她當女生的模樣。這次許星洲還當面對抗了超記仇的小肚雞腸男人，秦渡怕不是打算把她拖出來揍一頓。

許星洲一想到這裡，只覺得更難過了。她心酸地想秦渡如果敢對她動手，就喊到警察過來為止。

秦渡在門旁站定，外灘仍人來人往，夜風嘩地吹過。許星洲裙角被吹了起來。風很冷，許星洲被吹得下意識地瑟縮了一下。

秦渡問：「冷？」

許星洲拚命搖了搖頭，秦渡也不再追問。

秦渡沉默了好一陣子。

月光幽暗地落上江面，樹葉在風中簌簌作響，正在許星洲以為自己終將得償所願，被秦渡揍一頓時，秦渡終於沙啞地開了口——

「哭什麼。」

「我有說……」他難堪地道：「要揍妳嗎。」

許星洲一句話也不說，只用鞋尖踢了踢石頭縫裡的野草。

秦渡等了一下，許星洲仍低著頭，堅定地給他看自己頭頂的小髮旋。

秦渡看著那個小髮旋，一時間只覺得一股無名邪火直往上竄。他一整天什麼都沒做，卻要來看這個小丫頭的臉色。

秦渡冷冷道：「我不打妳，妳到底想讓我怎麼樣？」

許星洲終於仰起頭。她的眼眶仍通紅，語氣卻有種與表情不符的強硬。

「你——」許星洲筆直地看進秦渡的眼睛，道：「你得對我道歉。」

秦渡一點頭，痛快道：「道歉可以，妳先給我個理由。」

許星洲直白地說：「我今晚有約，你把我的約會攪和得一團糟。」

秦渡冷笑一聲：「妳說我攪和？妳自己對這場約會到底怎樣心裡沒點數嗎？」

遠處人來人往，車輛轟隆作響，猶如雷鳴。

「天冷風大，他給妳衣服沒有？」秦渡嘲諷地說：「請人吃飯要挑場合地點和動機，他選的吃飯地點和時機合適嗎？許星洲妳被我抓出來，妳同學他制止沒有？妳同學連吃飯的時候找個話題都不會。他能找遍所有的理由，可唯獨不會實話實說。就算這樣，妳還是覺得我的出現叫攪和？」

秦渡接著嘲道：「所以這個理由我不接受，妳換一個。」

許星洲聞言沉默了一下，她眼眶通紅，眼神卻清亮，筆直地望著他說：「你說的沒錯。」

「今晚確實很糟糕，」許星洲理智地道：「我不僅不喜歡吃日料，還昏昏欲睡了好幾次，一整晚的聊天話題都是我找的。」

她話鋒一轉：「但是，秦渡，你想過沒有？」

秦渡：「哈？」

「雖然我肯定會ＡＡ，但是今天是林邵凡主動請我吃飯的。」許星洲說。

「林邵凡其實也沒什麼錢，他和我一樣，都是依靠家長活的大學生。他平時吃學生餐廳，剛剛還和我吐槽燕南學生餐廳沒地方坐，吐槽學生餐廳到處都是外來社會人士，他平時在遊戲課個禮包也要猶豫一下，一到月末就特別想死，買個耳機存錢存兩個月，發了八千元的國家獎金第一時間計算自己距離首付還有多少錢……」許星洲說完，直直地看著秦渡，道：「但是——」

「他在用自己能承受得起的方式，最大限度地對我好。只衝這一點，我今晚都會尊重和他相處的時間。」她說：「而你，把這個晚上攪和得一塌糊塗。」

「這就是我的理由。」許星洲說完，冷淡地望著秦渡，問：「現在你願意對我道歉了嗎？」

秦渡下意識地舔了舔乾裂的嘴唇，望著許星洲。

時間彷彿過了一個世紀一樣長，秦渡看著許星洲的眉眼，看著她水紅的眼梢。

「好。」秦渡終於艱難地說：「我接受這個理由，對不起。」

許星洲點了點頭，說：「好的。」

月光星星點點地落於人間，江水漲落無聲。

秦渡沙啞道：「許星洲……」

他抬起頭時，前面空無一人。大街上空空蕩蕩，許星洲已經回了店裡。

許星洲推開門時，正好和坐在門口小桌旁的秦長洲雙目對視了一下。

秦長洲頭髮極短，戴著金邊眼鏡，眉目冷淡又細緻，像個瓷人，此時正在捧著茶水慢條斯理地飲用。他的氣質與秦渡天差地別，卻有著和秦渡極為相像的、猶如家族遺傳般的高挺鼻梁。

他們是兄弟嗎？秦家遺傳這麼優秀的？許星洲好奇地想，終於忍不住多打量了幾眼。

秦長洲：「？」

許星洲立刻對他羞澀一笑，跑了。

她回到自己的位子上，林邵凡關心地問：「那個學長沒有為難妳吧？」

「沒有！」許星洲大馬金刀地一揮手，「他被我嗆得無話可說！粥姐姐的口才不是蓋的！現在大概還在外面被嗆的愣怔著呢。老林我跟你講，果然拿錢去嗆小氣鬼是最有效的方法。」

林邵凡腦袋上飄出個不理解的問號。

「想想啊，」許星洲得意道：「那個師兄特別小氣，對我尤其過分！我就說你一個悽苦大學生居然會大出血來請我吃日料，他立刻不說話了。」

林邵凡不好意思地說：「也不是啦，是我本來就想吃的。」

「什麼想吃不想吃的，這錢不是個小數目，不是個適合我們之間請客的數字。」許星洲認真地道：「我請你吃學生餐廳你請我吃這個？怎麼想都太不合適了，老林，回頭我轉錢給你，你不准不收。」

林邵凡無論如何都推辭不動，只得紅著耳朵不再說話，專心吃東西。

秦渡不知道什麼時候走了進來，在那邊與服務生交頭接耳了片刻，回位上坐下了。

許星洲坐在位上啃壽司，越想越覺得自己拿林邵凡和這頓日料來嗆秦渡簡直厲害！這種風騷操作簡直只存在在打臉爽文和八點檔家庭劇裡！短短幾句話就在字裡行間裡透露出了對林邵凡付出的感動與對他慷慨的讚美，直接把小氣鬼嗆得落花流水。

落花流水啊朋友們！完勝！

儘管問題沒能得到完美的解決——畢竟哪怕把許星洲打成笨蛋她都不會把「你為什麼去找臨床那個女生」拿到檯面上來說，但是這畢竟是許星洲第一次在對上秦渡時獲得圓滿的勝利，許小姐簡直樂得紅光滿面。

在勝利的力量之中，許星洲迅速解決了主食和飯後甜點，最後一杯去冰飲料下肚，人生簡直再愜意不過了。

許星洲一拍手，對林邵凡說：「走吧！我們去結帳。」

林邵凡於是伸手招了招服務生，示意買單。

服務生一路小跑跑了過來。

許星洲摸出自己的卡，說：「我來買單吧，你回頭把錢轉給我就好。」

林邵凡：「啊？啊……星洲，是我說要請妳的。」

然而許星洲知道除非自己買單，否則林邵凡絕不會收這個錢，他不收自己的轉帳，這頓飯就不會成為令自己身心愉悅的AA，於是立即先發制人，直接將卡遞了出去。

「刷這個。」許星洲晃著卡對服務生說：「你別理他。他差不多是個傻子，連話都不會說。」

連話都不會說的林邵凡：「……」

服務生：「……」

服務生為難道：「那個，小姐，您這邊帳單已經結過了。」

許星洲一愣：「啊？」

服務生猶豫道：「……結過了。那位結帳的先生還留了張紙條，託我轉交給您。」

服務生說完，從自己的小夾子裡摸出了一張便條紙，遞給了許星洲。

許星洲滿頭霧水，從服務生手中接過了便條紙，便條紙上只有一行秦渡的字：「妳高中同學，不過如此。」

許星洲：「……？」

第六章　那就是他的劫數

酒吧裡黑暗一片，窗外是暈開交錯的霓虹燈。

燈的銀光潑在吧檯上，秦渡簡直借酒澆愁，一手晃了晃杯子裡的龍舌蘭。深夜的酒吧相當安靜，酒裡浸了燈光，在杯子裡猶如琥珀般璀璨。

陳博濤終於幸災樂禍地道：「你來談談感想？」

秦渡：「……」

陳博濤火上澆油道：「幫正在追的女生和追她的男生買單的感覺怎麼樣？當老實人爽嗎？」

秦渡怒道：「去你媽。」

陳博濤厚臉皮地道：「別罵我啊老秦，我是真不懂，就等你來講講。」

秦渡：「……」

「我……」秦渡挫敗地道：「她就說那個男的對她很捨得嘛，我不樂意，捨得個屁，一個毛頭小子還敢對我看上的獻殷勤？我就把他們的單買了，沒了。」

陳博濤：「……」

陳博濤友好地問：「老秦，明天我能不能把這個八卦傳播一下？」

秦渡眯起眼睛，禮貌地說：「可以的，我覺得很行，老陳你可以試試。」

陳博濤評估了三秒鐘，就道：「您老人家就當我沒說吧。」

秦渡不再說話，又晃了晃杯子裡的酒，卻沒有半點要喝的意思，像是鑽進了死胡同。

「掐時間來看——」陳博濤看了看錶，說：「那個女生應該到宿舍了吧？看看她回你了沒有？」

秦渡觸電般摸出了手機，螢幕一亮，上面空蕩蕩的，一則訊息都沒有，那一瞬間他身周都僵了一下。

秦渡：「……」

陳博濤說：「你現在去問她安全到了沒有，那個女生被你欺壓了這麼久都沒和你生氣，脾氣肯定是很好的。你問完記得跟她說對不起。」

秦渡嗤之以鼻道：「我做錯什麼了，還得道歉？」

陳博濤說：「你等著瞧就是。」

秦渡從鼻子哼了一聲，算是認可了陳博濤的威脅，高貴地傳了一則訊息給許星洲，問：

『妳回宿舍了沒有？』

陳博濤：「……」

「你這是什麼語氣啊！你興師問罪什麼啊！」陳博濤瞬間服了：「老秦你手機拿來！我

來替你道歉。」

陳博濤前任無數，深諳女孩子各種小脾氣，平時也稱得上婦女之友，立即試圖搶過秦渡的手機幫他的語氣補救一下，然而秦渡堅持認為自己今晚的表現無可挑剔，他該道的歉都道了，買單則是純屬為了嘲諷她的高中同學，沒有半分折辱許星洲的意思，腰桿筆直得很。

秦渡堅持道：「這個回覆有哪裡不行？今天我傳訊息給這小混蛋她一則都沒回，高中同學也搞得我很生氣，我是那種熱臉貼冷屁股的人嗎。」

陳博濤：「……」

幽幽的黑暗中，酒吧裡流淌著舒緩的鋼琴曲，秦渡只覺得心裡一陣燥熱。

想去見見她。他想。

接著，陳博濤指了指他的手機螢幕。

「她回了。」陳博濤說。

三一二寢室裡有隻白蛾繞著燈管飛，應是白天的時候楊韜開窗通風，一不小心放進來的飛蟲。

許星洲枕頭上放著自己的電腦，她半趴在床上，看著秦渡傳來的那句「妳回宿舍了沒有」。

那句話，是個很清晰的質問句，口氣相當不善，簡直是來興師問罪的。

許星洲看完之後沉默了一下，終於問：「……我是不是挺討人嫌的呀？」

程雁想都不想：「有點。很少見比妳戲多的人。」

李青青正躺在床上看雜誌，聞言訝異道：「我倒覺得挺可愛的，我們班女孩子沒有人討厭妳的，都很寵妳好嗎。」

「是、是嗎……」許星洲難過地說：「可我有種感覺，我要是在生活裡再遇上一個我這樣的人，我會和她扯著頭髮打起來。」

程雁好笑道：「我說妳討嫌又不是在罵妳。妳討嫌也挺可愛的啊，要不然我早就剁妳下酒了。」

許星洲點了點頭，道：「……嗯。」

「妳這次討誰嫌棄了？」程雁漫不經心道：「討人嫌棄大不了我們不和他來往了唄，多大點事。妳雁哥還在，放心對抗。」

許星洲點了點頭，心裡算了一下錢，吃飯加小費，之前坐過秦渡的便車，再之前弄髒的毛巾一百五十八……

滿打滿算再湊個整，許星洲轉了一千二過去給秦渡。

她一開始就沒打算讓任何人付這個錢，但是她一轉過去，就覺得好像沒什麼力氣了。

許星洲整個人都發著軟，只覺得自己像落進深井的小老鼠。

人是很怕自作多情的，何況有人從來沒有給過情。許星洲只憑著與秦渡相處時那點愉快柔軟的氣息就袒露出的那點心底柔軟，現在想來簡直像個笑話一般。

他對自己有過半點溫柔嗎？

許星洲只覺得眼眶紅了。

許星洲蜷縮在自己的床上，過了一下把手機關機了，不想看秦渡回了什麼。

就當自己太累了，先睡覺吧。她想。

許星洲那天晚上怎麼都睡不著。

那點朦朧的、像探出土壤的嫩芽的喜歡，像是被暴雨淋了一通，砰地墜入了泥裡，連頭都抬不起來了。

她閉上眼睛，就覺得像是有一種濃厚的霧把自己裹了起來，她覺得心臟有種說不出的難受，卻又只能告訴自己——會好的，等明天太陽升起，等陽光穿透玻璃的瞬間，這種難過就會被永遠留在深夜裡了。

以後在學生會見到怎麼辦呢？

……乾脆辭職了吧，許星洲想，這樣眼不見心不煩。

在秦渡知道這件事的最根本的動機之前，在他嘲笑自己之前，在無法全身而退之前。

其實這樣想來，有些反應過激，他今天只是去送了一次東西罷了，許星洲並無阻止他送東西給女孩子的權力。到了晚上他也不過就是借題發揮了一番，到了後面還道了歉。他買了單這件事著實是不尊重人，但也只是一件可大可小的事情罷了。

畢竟秦渡活得隨心所欲，他做出這件事時，大約也只是想抬槓而已。

——可是，這件事情，只是冰山浮在水面上的一段。

許星洲埋在被子裡，顫抖著嘆了口氣。

夜裡的人總是格外脆弱，許星洲抱緊了自己床上的布偶，把臉埋在了布偶裡面。布偶上有一股令人安心的味道，像家又像奶奶身上的甜味，帶著一絲煙火的溫暖。

她酸楚地在被窩裡滾了滾，對面的程雁卻突然道：「……洲洲？妳是不是還沒睡？」

許星洲一愣，程雁就簌簌地穿上了睡褲。

寢室裡另外兩個室友仍在熟睡，程雁穿上褲子躡手躡腳地下了床，又爬到了許星洲的床上，掀開她的被窩，鑽了進來。

許星洲道：「妳不用……」

程雁蜷在許星洲的被窩裡，噓了一聲，說：「小聲點。妳心情不好，我陪妳躺一下。」

許星洲小聲道：「……好。」

「粥寶……」程雁低聲道：「其實我一直很擔心以後。」

許星洲嗯了一聲：「妳很久以前就和我說過啦。」

兩個女孩縮在被子裡，程雁和許星洲頭對頭，像在無數個高中住校的夜晚裡她們曾經做的那樣。

「我和妳一路走過來，」程雁說：「已經六年了。可是六年之後呢？」

許星洲笑了笑。

程雁道：「……星洲。」

程雁伸手摸了摸許星洲的腦袋，說：「那個學長，他……」

許星洲鼻尖一酸，小聲道：「……他不喜歡我。」

他總是凶我，許星洲難過地想，不尊重我，總是遊刃有餘，總是興師問罪。喜歡一個人，是要走出安全區的。

對這個比許星洲成熟得多、經事多得多、猶如上天眷顧般的青年人而言，他的舒適區太廣了，他的人生裡簡直沒有做不好的事情。

他人生一路順風順水，世界就是他的安全區。

對他而言自己也許只是一個普通朋友，許星洲想，否則也不會這麼壞。

許星洲拚命地仰起頭，與程雁躺在一起，關了機的手機放在一旁。

「我小時候生病的時候經常想，如果有人愛我就好了。我總覺得不被愛的生活好累，總是好想死掉。」許星洲小聲說：「不過病好了之後，我就發現不被愛的人生也不算糟糕，至少我有著你們難以想像的自由。」

程雁笑了笑，道：「……妳很久以前就和我說過。」

「睡吧，」程雁喃喃道：「星洲，我過幾天假期要回家一趟，要我幫妳看看妳奶奶嗎？」

許星洲認真地點了點頭，說：「當然了……我買點東西。妳幫我順便帶回去吧。」

許星洲迷迷糊糊地睡了一覺。

在夢裡她和一條孤山出來的惡龍纏鬥了三天三夜，那個惡龍貪戀財寶，不自量力地想要奪走許星洲保護的那朵七色花。在夢裡許星洲全身裝備精煉強化滿級，右手多丘米諾斯之劍，左手桑海爾之盾，遇神殺神遇佛殺佛，輕易就把那條惡龍剝皮拆骨了。

連我的寶貝都敢覬覦，誰給你的狗膽！許星洲在夢裡中二病發作，踩在巨龍的身體上插腰大笑三聲。

而許星洲正在夢裡把龍筋紮成鞋帶時，她醒了。

外面天還沒亮，許星洲終究是帶著心事睡的，一整晚都渾渾噩噩，睡眠品質很不好，睜眼時，天光只露出一線魚肚白。

程雁昨晚就睡在她的床上了，兩個人頭對頭地擠著，中間夾著一個布娃娃。

晚上時人總是格外脆弱，想得也多，許星洲一覺醒來就覺得情緒好了不少，昨天晚上幾乎令她喘不過氣的酸楚感已經所剩無幾，人生沒什麼過不去的坎。

不就是有好感的學長喜歡別人，把自己當哥們兒看嗎！人生哪有什麼過不去的坎！

許星洲這樣安慰自己，但是她一生出這個念頭，又覺得好想勒著程雁大哭一場……

人生第一次戀愛，這樣也太慘了吧！

許星洲只覺得自己人生充滿了慘劇，平時喜歡撩妹的報應此時全湧了上來，簡直想咬著被角哭。

然後，許星洲在熹微的晨光中，聽見了微微的手機震動聲。

那個手機震動肯定不是她的，許星洲從轉完帳之後手機就關機了一整夜，現在絕不可能有來電。許星洲迷迷糊糊地伸手摸了摸，在枕頭下摸到了程雁的手機。

程雁的手機正不住地震動，許星洲迷迷糊糊地將手機拿了起來，發現才剛四點二十，有一個陌生號碼在打電話。

許星洲：「……」

許星洲戳了戳程雁：「妳的電話，雁寶，尾號零六……」

程雁說：「妳接，妳再說一句話，我就把妳的頭擰下來當球踢。」

許星洲：「可是真的是妳的電……」

程雁起床氣一上來，一把奪過自己的手機，作勢就要把自己的手機砸得稀巴爛！

這程雁也太瘋了，許星洲簡直不敢正面對抗還沒睡醒的程雁，無奈道：「好、好……我去接，我去接好吧，妳繼續睡。」

許星洲正要接，那個電話就超過了一分鐘，變成了未接來電。

她長吁了一口氣，正要躺回去呢，那個電話又打來了。

這他媽哪裡來的神經病啊！許星洲看了熟睡的程雁和熟睡的全寢室一眼，簡直要罵人了，哪個智商正常的人會在凌晨四點二十連環call？怕是想被起床氣炸死。

那個號碼是上海本地的，許星洲擔心吵醒寢室的人，輕手輕腳地下床，擰開了陽臺的門。

手機仍在孜孜不倦地震動，像是快瘋了似的。許星洲平時連程爸爸程媽媽的電話都能接，接一個陌生號碼的電話倒不必避諱。許星洲把門關了，以防把一群可憐的室友吵醒，她打了個哈欠，又看了那串號碼一眼。

遠方東天露出魚肚白，破開天際的黑暗，樹葉在初升朝陽中染得金黃。

許星洲睏得眼淚直流，簡直想把對面大卸八塊，然後她在晨光熹微之中，滿懷惡意地，按下了接聽鍵。

「喂？」許星洲帶著滿腔怒火，咄咄逼人地問：「喂？喂喂？誰啊？」

許星洲一接這通電話，簡直忍不住想罵人，還不等那頭回答就找碴道：「喂？早上四點打電話還不說話？神經病吧。」

晨光破曉之時，聽筒裡沉默了片刻，終於傳來了那個神經病的聲音。

『妳……』秦渡低聲道：『小師妹？』

居然找上門來了。

許星洲立時就覺得眼眶發燙，強撐著冷笑一聲：「誰是你小師妹啊？」

秦渡說：『妳。妳別掛電話。』

許星洲於是慢吞吞地收回了自己準備掛電話的手指。

『小師妹……』秦渡沙啞道：『我道歉好不好？昨天不該手賤幫妳買單，不該凶妳，別生氣了……我昨天晚上太混帳了。』

許星洲一聽，眼眶立時紅了。

人受委屈時，最怕那個人來道歉。

他不道歉的話，許星洲還能一口氣撐著不落下淚來，裝作自己是個鐵人。可他一旦道了歉，那受了委屈的人的眼淚，便打死都止不住了。

秦渡艱難地補充：『……我從來沒想過打妳。』

許星洲只覺得太難受了，也不說話，就咬著嘴唇落淚。她的淚珠跟斷了線的串珠一般，撲簌簌地往下掉，沿著面頰滴滴往下淌。

『我沒想過真的打妳，妳很乖。』秦渡難堪地說：『只是說著玩……每次都是。嚇到妳了，妳不舒服了，可以揍我，打哪都行，我……』

他艱難道：『我絕不反抗。』

許星洲使勁憋著淚水，憋著不哭，但是鼻涕都被憋了出來。

秦渡說：『我找了妳一晚上……』

『嚇死我了，以為妳真的生氣了……』秦渡低聲下氣地道：『以後不舒服就和我說，我不懂妳們女孩子，老是開玩笑沒個數……』

許星洲仍不說話，無聲地在電話這頭哭得稀里嘩啦。

『小師妹……』他啞著嗓子說：『師兄早上四點打電話，吵妳睡覺了是不是？今天晚點師兄去找妳，到時候見了師兄想打就打，昨天晚上妳手機關機，我沒來得及說，怎麼打都行。』

許星洲：「……」

許星洲終於說了第一句模糊不清的話：「——我不見。」

「我不見你。」許星洲生怕他聽不清似的，帶著鼻音和哭腔重複道：「我不。」

女孩哭得鼻子都酸了，說話都抽抽噎噎的，簡直是受了天大的委屈一般。

「我放在你那裡的東西都送你了，」許星洲抽噎著說：「傘，閱讀器，我都不要了。你丟掉也好怎麼樣也好，反正學生會我也不會再去了。」

秦渡急了：『許星洲我昨天晚上——』

「你昨天晚上怎麼了我也不管了。我就是幼稚鬼，我也斤斤計較。」許星洲哭得發抖道：「對不起那天晚上搶了你的女人，我、我不是故意的。」

然後許星洲啪嘰掛了電話，趴在欄杆上嗚嗚哭了起來。

秦渡一顆心，在聽到她結巴著道歉的那一瞬間，碎了個徹頭徹尾。

那一瞬間，秦渡意識到了一件事——

什麼面子裡子，什麼下馬威不下馬威，他在這個正在掉眼淚的女孩面前，從來都沒有過半分勝算。

那就是他的劫數。

秦渡那天一夜沒睡，一整晚都在偏執地找人，陳博濤試圖勸過他，讓他別大晚上擾人清夢。秦渡只說「我沒辦法讓這種矛盾過夜」，然後堅持做一個把睡著的、沒睡的人全部吵醒的老狗比[14]。

無論是哪個大學，數學科學學院和新聞學院都是風馬牛不相及，簡直是這輩子都難以產生交集的代表。秦渡饒是人脈網廣，在學校裡認識的人也是理工男居多，找人極為吃力，更何況還是以宿舍為單位找人。

陳博濤和他並非同校，因而一點忙也幫不上，可他人生難得看這種大戲，索性陪他熬了過來。

「這次反應太大。」陳博濤冷靜道：「不是因為你昨晚對她興師問罪。那個女生能忍你

14 狗比，網路用語，一種調侃和嘲諷的表達方式，意思是「犯賤、耍賴、不正經」。

這麼久，平時還笑咪咪的不記仇，脾氣佛著呢，另有原因。」

秦渡絕望地抓了抓頭髮，道：「……靠。」

「怎麼辦？」秦渡沙啞道：「我玩得過分了，我抱著花去宿舍樓下找她？」

陳博濤說：「我不知道啊，我就想知道你真的跟她要了一百五十八塊錢的帳？」

秦渡：「……」

陳博濤樂道：「老秦你真的這麼小氣，你真的跟人家女生要了？」

半天，秦渡憋悶地點了點頭。

秦渡說：「我……我怎麼辦？回去把自己的腿打斷？」

陳博濤理智分析：「沒用，她記的不是你這個仇。」

「之前見面還笑咪咪的和我打招呼，還皮皮的，」秦渡捂住額頭，痛苦道：「現在突然就這樣了，我都不知道怎麼回事……」

陳博濤簡直忍不住自己的幸災樂禍：「是不是跟八點檔電視劇一樣有人告狀了？說你亂搞男女關係？」

秦渡道：「搞個屁。她哭著和我講，她就是幼稚鬼，她也斤斤計較，然後把電話一掛，怎麼打都不接了。」

陳博濤說：「……媽的。」

秦渡瞇起眼睛，狐疑地看著陳博濤。

「還是哭著說的？」陳博濤摸著下巴問：「這也太他媽可愛了吧，老秦你栽得不冤。」

秦渡一句話也不說，沉著臉坐在沙發上。

秦渡突然道：「我打的是她閨密的電話。」

陳博濤：「厲害啊，所以呢。」

「是她接的，凌晨四點二十，她接了她閨密的電話來罵我。」

秦渡突然想通了這一層，那一瞬間就酸得要死了。

✧

許星洲身受情傷，整個週日都沒開手機，儘管錢都在手機裡，而自己已經成為了掃碼支付的奴隸，也堅持關機狀態——她那天吃飯全靠刷飯卡，訂外送全靠程雁接濟。

程雁對此的評價只有四個字，自作多情。

許星洲深深地以此為然，然而打死都不改。

那天下午，程雁道：「但是，粥寶，妳不覺得有點反應過激了嗎？」

許星洲哭得一把鼻涕一把淚，說：「什、什麼反應過激？」

程雁：「……」

程雁心想還能是什麼，指了指許星洲，又遞了一包紙巾過去給她，說：「別拖著鼻涕和我講話。」

許星洲也不接，拖著鼻涕強硬道：「和狗男人沒有關係！我是看電影看哭的！」

程雁心想看皮克斯工作室的電影看哭的全世界也只有妳一位吧，卻又不知道怎麼安慰，只得道：「……擦擦鼻涕。」

許星洲還是不接紙巾，突然不知道想到了什麼，趴在桌子上，哭得更凶了。

「那麼喜歡他妳就去追啊。」程雁無奈地說：「又不是對方不喜歡妳天就會塌了，全天下這麼多女追男，上天給妳的美貌妳都不會用嗎？」

許星洲立刻撲在桌子上，開始嚎啕大哭。

程雁：「……」

程雁把那包紙巾丟回了自己桌上。

「哭什麼哭，」程雁道：「多大點事，他就算不喜歡妳妳也可以追他啊，那個學長看起來對妳也挺好的啊。」

許星洲哭得肩膀都在抖，看起來頗為可憐。

程雁簡直不知怎麼安慰，遞紙巾也不是怎麼樣也不是，半天許星洲突然冒出一句：「這不是追不追的問題，」許星洲哽咽道：「他就算來追我，我都不會同意。」

她停頓了一下，說：「程雁，是我和他，無法相互理解的問題。」

鳳尾綠咬鵑是一種來自遠東的飛鳥，其羽毛色彩絢麗，棲息於山霧瀰漫的山崖與峭壁，一生漂泊。

牠們是阿茲特克文明中羽蛇神的化身，牠們被人捉住後會飛快地死去。

牠們一生尋覓不到可停駐的港灣，可牠們振翅高飛時，有如星辰一般，孤獨而絕望，溫柔又絢爛。

而陸地上的年輕公爵，永遠無法理解飛鳥漂泊的絕望。

他永遠對一切都遊刃有餘，他腳下有封地與莊園，有願為他匍匐的臣民，有獻上的金銀寶石，還有這世上所有璀璨的花朵和山雀。

年輕公爵的目光可以為一切停留，他可以擁有世界上的每一件奇珍異寶。他可以對那些東西展露出興趣，可那些東西——無論是女孩子，還是別的什麼，似乎都與他腳下的泥土與草別無二致。

溫柔的陽光灑進了三一二寢室裡，許星洲的筆電上放著《怪獸大學》，螢幕上大眼仔砰地掉在地上，摔得七葷八素。

許星洲在那種嘰哩呱啦的聲音裡，眼淚珠如同斷了線一般往下掉，像是這輩子都沒這麼傷心過一般。

應該確實是第一次，程雁想，她的朋友——許星洲，她拉著手走過了六年的女孩，這一輩子都還沒對人動過心。

像一張白紙，還沒寫，就被揉皺了。

「妳、妳不用管我，」許星洲哭得嗓子都是啞的：「我明天就、就好了。」

「等明天太陽出來，」許星洲哭得鼻子生疼，斷斷續續地道：「等太陽出、出來，就好了。」

次日早晨，週一，七點鐘。

宿舍大樓外熹微陽光之中，女孩子們穿著裙子背著包往外跑，晚春的玉蘭暈在了霧裡。

許星洲渾渾噩噩地爬了起來，洗臉刷牙一口氣呵成，紮了個馬尾辮，然後抓了件T恤套上，然後隨便撿了雙帆布鞋穿了。

程雁：「……」

李青青納悶道：「我粥寶怎麼回事？現在打算開始走土味路線了？」

程雁認真地回答她：「都是男人的錯，昨天因為人家家裡太有錢還聰明而差點哭昏過去，到了今天還不太好。」

程雁的概括能力過於辣雞，許星洲也不反駁，揉了揉還有點腫的眼睛，一個人愣愣地去上課了。

秦渡確實不適合她，許星洲一邊走一邊理智地想。

許星洲父母離異，家境平凡，除了一腔彷彿能燒滅自己的、火焰般的熱血之外，她一無所有。

可秦渡不是，他擁有一切，一切許星洲所能想像到的和她所想像不到的，他都當作了習以為常的事情。

先是臨床的女生，和秦渡對那個女生所展現出的溫柔。

可是，即使他溫柔到這個地步，那個女生卻也沒有得到認真的尊重。對他而言，那個女生幾乎像是個不存在的人似的。

他究竟會對什麼事情上心呢？秦渡的眼睛裡什麼都沒有。

那些在許星洲看來重若千鈞的東西，也許在他那裡一錢不值。

這點讓許星洲覺得有種難以言說的難過，並且讓她極為不安。

那天早上，許星洲一個人穿過了大半個阜江校區。

阜江校區的玉蘭褪去毛殼，林鳥啁啾，柏油路上還有前幾天積的雨水。

有青年坐在華言樓前的草坪上練法語發音，有戴著眼鏡的少年坐在樹下發怔，還有更多的人像許星洲一樣行色匆匆地去上課。許星洲打了個哈欠，在學生餐廳買了一個鮮肉包和甜豆漿，拎在手裡，往第六教學大樓的方向走。

往教學大樓的路上陽光明媚，老校區裡浸透著春天柔軟的歲月痕跡。

許星洲叼著包子，鑽上二樓。窗外桃花已經謝了，樹葉縫隙裡盡是小青桃。毛茸茸的，相當可愛。

許星洲起床起得早，此時教室裡還沒什麼人，她左右環顧了一下，確定沒人看——然後她踮起腳，試圖摘一顆桃下來。

就摘一顆，就一顆，應該不會被抓。許星洲不道德地想，從來沒吃過這種桃子呢，青青的那麼小顆，會有甜味嗎？

然而許星洲的個子只有一百六十五，踮腳都搆不到。許星洲掙扎了兩下未果後，又看了看周圍——周圍空無一人。

空無一人就好辦了！也不怕丟臉了！不就是爬個窗臺嗎！

許星洲正準備手腳併用爬上去偷桃呢，身後卻突然伸出了一條男人手臂。

許星洲當時以為是鬼，嚇了一跳。

那條手臂摘得也頗為艱難，隔著窗臺摘桃子絕不是個好裝酷的姿勢，甚至相當愚蠢——那個人好不容易捉住了一枝桃枝，然後使勁地、連葉子帶桃地扯了下來。

「給妳。」那個人將那枝被捏得爛爛的桃子連葉帶果地遞給了許星洲：「喏。」

許星洲：「……」

許星洲瞇起眼睛，也不伸手接，對秦師兄說：「我不要你摘的。你讓開，我自己摘。」

許星洲說完，瞇著眼睛打量秦渡。

秦渡今天倒是半點不招搖，穿得正經八百，甚至還拿了本書，眼眶下有點黑眼圈——也是，他週一早晨應該是沒課的，現在專程起床來幫她摘青桃，一定累得要死要活。

秦渡：「……」

許星洲說完，乾脆半點形象都不要了，直接爬上窗臺，拽了兩顆小毛桃下來。

那窗臺確實挺高，許星洲站在上面都有點懼高症，她跳下來的時候還以為自己會臉著地——但是許星洲敏捷地落了地。

他來做什麼許星洲不得而知，也不想關心。她鑽進教室，在上次坐的位子坐定，把課本攤開，開始等待老師上課。

剛剛七點三十五，老教授仍沒來，許星洲打量著自己摘的那兩顆桃子，發現桃子上被蛀了兩個洞。

禽獸蟲子！許星洲如遭雷劈，連這種桃子都不放過！

許星洲罵蟲子時顯然沒想過自己也在覬覦那顆小青桃，也屬於禽獸之一，只得將那兩顆小桃順著窗戶扔了。

外面花鳥啁啾，許星洲探出頭去看了看，那個青青的毛桃墜入烏黑土壤之中，有種生機勃勃的意思，她只覺得明年春天也許能在這裡看到一棵新的桃樹。

「……同學，麻煩讓一下。」

秦渡的聲音在她身後響了起來。

許星洲：「……」

入口處擋住秦渡的女孩正要讓他進來，許星洲就抬頭看著他，口齒清晰地問：「你來聽這門課做什麼？」

秦渡說：「我蹭課。什麼時候妳校連蹭課都不讓了？」

許星洲：「……」

那個女孩子狐疑地說：「來蹭新聞學院的應用統計？您上週還和我說您是金牌保送的吧？」

秦渡：「……」

秦渡睜眼說瞎話：「統計學難，不會。」

那個女孩子這下又無話可說，只得讓了位置給這位老先生。

「……」許星洲簡直又要被氣哭了，鼻尖又要發酸，好不容易才忍住。

秦渡直接坐了進來。他還很有誠意地帶了蹭課課本，此時將課本往桌上一攤——《Mathematical Statistics 數理統計》。

那絕對是他大二用過的課本，封面上還用油性馬克筆寫著一六年秋上課教室。

許星洲覺得他是來砸場子的。

天底下怎麼會有這麼氣人的人啊！秦渡往旁邊一坐，許星洲鼻尖都紅了，她現在根本見不得秦渡，一見就想哭，可是偏偏那個見不得的人就在她身邊，還坐下了。

窗外風吹動陽光，晚春時節，天地間月季繡球含苞，層流清澈。

許星洲將買的甜豆漿放在桌子角落，吱吱地嘬了一小口。

「沒吃早餐？」秦渡低聲問：「等等師兄帶妳去吃好吃的。」

許星洲翻開了一頁書，道：「不了，謝謝您。」

秦渡說：「早茶。」

許星洲抬起頭，茫然地望向秦渡。

秦渡那一瞬間心都絞得慌，看著許星洲，等她點頭。

不愛吃早茶？早餐也行，總歸還是知道幾家早餐好吃的地方……矛盾也不大，吃頓好吃的應該就好了，她說她不愛吃日料……

之前為什麼這麼小氣，早該帶她出去吃飯的……

許星洲面無表情地說：「吃過了，學生餐廳的鮮肉包子。」

秦渡：「……」

然後許星洲低頭開始翻筆記，一頭柔軟的長髮在陽光下，猶如閃爍著金光。

那時的秦渡還不知道，她正在拚命忍著，不在課上哭出來。

課上，秦渡戳了戳她，道貌岸然道：「許星洲？」

許星洲禮貌地嗯了一聲，然後這個數學科學學院傳奇將一道課本例題推了過去，厚顏無恥地說：「妳講解給我聽，我不會。」

許星洲接過來一看，課後習題第一道，理論上的送分題，求證在滿足某條件時這個函數在定義域上是嚴格凹的……什麼？求證什麼？嚴格凹是什麼？

許星洲一看那道題，簡直覺得自己智商受了羞辱：「不會。」

秦渡一轉圓珠筆，露出遊刃有餘的神情，道：「妳不會是吧？妳不會我講解給妳聽。」

許星洲連想都不想：「你講給隔壁聽吧，我不聽。」

秦渡：「……」

秦渡說：「妳……」

許星洲使勁揉了揉眼角，以免自己又哭出來，開始專心聽課。

過了一下，秦渡又戳了戳許星洲，頗為理直氣壯地道：「妳講解這道題目給我聽，我不會。」

許星洲看了看，發現是一組八十多個的數據，要求用計算機求這八十多個數據的中位數。

許星洲：「……」

許星洲又覺得自己的智商被羞辱了，怎麼說自己升學考數學也考了一百四十三，絕對算不上低分，但是被秦渡這樣看不起，簡直是人生的暴擊。

「我不。」許星洲不為所動地說：「你自己聽講。」

剛剛會不會太心狠了呢？

許星洲趴在桌子上時，難過地想。

老師仍在上面講課，秦渡就坐在她的身邊，猶如這一年春天最不合時宜的一場邂逅。

可是，對他而言，哪有什麼心狠不心狠呢。

風吹散了霧，許星洲趴在桌子上，陽光照著她的豆漿杯。

許星洲平靜了許久，終於敢回頭看秦渡一眼了。

——她回頭一看，秦渡在她旁邊一言不發地坐著，半閉著眼睛，似乎在休息。桌子上擺著他那本數理統計，旁邊一團綠油油的，是他在進來之前，幫許星洲摘的小毛桃。

——這顆小毛桃，還是，有點想嘗嘗……

她想。

許星洲眼眶還紅紅的，趁著秦渡還在閉目假寐，小心翼翼、躡手躡腳地將小毛桃捉了過來，摘了葉子，用衛生紙擦了擦。

上面還挺髒的，許星洲趴在桌上，把小青桃擦得亮亮的，試探著咬了一小口。

接著，許星洲硬是被酸出了眼淚。

那桃子又酸又澀，帶著一股草味，和小青桃看起來的貌美完全不符！虛有其表！許星洲拚命找衛生紙想把吃進去的吐掉，然而卻完全找不到，只能硬著頭皮往下嚥。

秦渡：「……」

秦渡終於抓住了機會似的，問：「小師妹，妳是不是很想吃桃子？」

許星洲：「……」

他似乎根本不知道發生了什麼，他從來都不知道。

許星洲視線模模糊糊的，酸楚至極，只覺得秦渡是個大壞蛋，是為了把自己弄哭才出現在這裡的。

他為什麼要來蹭課呢？

他來是為了道歉嗎，還是只為了好玩？許星洲被這個念頭一激，只覺得難受得想哭，鼻尖發酸。

秦渡忍辱負重道：「等等中午我帶妳出去吃？還是帶妳出去買桃子？都行，妳想吃什麼都可以，想幹什麼都行，就……別生我的氣，我壞慣了，做事沒有分寸，不要和我置氣。」

許星洲沉默了很久，才帶著一點幾不可察的哭腔，安靜而理性地說：「我不需要。」

那不只是關於那個臨床的女孩。

那是自救。是不信任。

——他太遊刃有餘。

課上人聲嘈雜，老師仍在上面朗聲講課，陽光照進教室，在地上打出柔軟的光影。花葉的影子落了一地，窗臺上桃葉被風吹得一顫一顫。

秦渡求饒般地道：「……小……師妹。」

……那時秦渡的眼神，稱得上是在求饒，像是在哀求許星洲一般。

許星洲回想起當時的場景，在陽光下輕輕閉上了眼睛。

公園裡草坪金黃，湖面金光粼粼，白鳥掠過天空。長凳上坐著三三兩兩抱著吉他的年輕人，老爺爺老奶奶步履蹣跚地穿過午後溫暖的陽光。

那天下午，許星洲沒去育幼院報到。

畢竟她週六已經去過一次了，而週一與週六只相隔一天，就沒必要再折騰一次。譚瑞瑞前段時間報了個吉他班來學，今天那個老師提議他們去公園路演，許星洲正好懨懨地做什麼都沒勁，打算去找點刺激，乾脆就去蹭他們這一場路演了。

譚瑞瑞背著自己的吉他，忍笑道：「星洲，妳還不開手機？」

許星洲抽了抽鼻子道：「不開，我難得想體會一下十幾年前人們的原始生活。」

「關機兩天了，」譚瑞瑞忍笑道：「妳真的不看看？」

許星洲想了想：「最近要緊的事務就一個世紀報社的面試，可他們是用 **e-mail** 聯絡我的。」

譚瑞瑞噗哧笑出了聲，道：「是嗎——妳真的不開？打算什麼時候看看自己有幾通未接來電？」

許星洲不以為意道：「誰還會打電話給我？」

譚瑞瑞看樣子十分快樂，道：「我們學生會會長啊。」

許星洲想了想覺得譚瑞瑞說得有道理，畢竟這位老先生一大早就追到教室來了，再開機肯定會看到他的未接來電。

……話說回來了，關機好像也是為了逃避他。

許星洲心想最多也就一兩通吧，再多也不可能超過三通未接來電，只覺得胃裡一陣說不出的酸。

「他？」許星洲酸溜溜地道：「他才不會打電話給我呢。」

譚瑞瑞簡直要笑死了，也不反駁她，道：「妳有空看看這幾天的貼文吧。」

許星洲：「……？怎麼了嗎？」

公園裡吹過晚春澄澈的風，帶著江南特有的潮氣。譚瑞瑞不再回答，帶著一張「我看夠了八卦」的臉，背著吉他走了。

陽光在草地上流瀉，他們的吉他老師坐在長凳上，以手一撥琴弦。

剎那間，吉他聲響徹湖畔。

許星洲突然想起了，自己很久以前在公車上見過的大叔。

是很多年前的事情了，許星洲那時候也就十四五歲的樣子，那大叔臉上的皺紋細細的，戴著墨鏡和滑稽的紅帽子，上車的時候就在唱歌，他唱得相當不好聽，五音不全且嘶啞，讓人想不出他為什麼要唱歌。

那個大叔上車之後就吊著吊環，一個人笑咪咪地唱著歌。這個行為實在是有異於常人，有老太太將臉皺成了毛線團，有年輕母親拉著小孩子匆匆走開，躲著他走。他們覺得他精神不正常，或者只是個腦筋不對的人而已，但是許星洲抬起頭端詳他時，她看到了那個在唱歌的中年人清透而痛苦的眼睛。

——他是自由而浪漫的，那時的許星洲想，他是同類。

吉他老師在面前倒放了頂帽子，那些年輕的、年邁的人經過時，總有人往裡面丟幾個銅板，或者紙鈔。

音樂暫停，吉他老師笑道：「錢再多點，等等請你們每人一支麥當勞蛋捲冰淇淋。」

「要分工合作才行，」譚瑞瑞笑道：「哪能只讓老師出力？」

吉他老師笑盈盈的道：「也是，我平時教你們就夠累了，還要請你們吃冰淇淋，世上還有沒有天理了？既然要吃冰淇淋，那就得大家一起努力。」

然後他將吉他一摘，莞爾道：「誰來彈一彈？就算彈得難聽我也原諒你。」

許星洲在國中時，曾經短暫地學過一年吉他。

可能每個人小時候都學過一樣自己上了高中之後就不會再碰的樂器，對許星洲而言，那個樂器有六弦。國一時許星洲沉迷美國鄉村音樂，極其羨慕別人從小就學樂器，就纏著奶奶幫自己找了個吉他老師。

那個小學升國中的暑假，許星洲就是和一個教吉他的女大學生一起度過的。

她一開始學的時候，那條街上的左鄰右舍天天都想把許星洲殺了下酒，但是後來小許星洲成為了小胡同的小紅人。

儘管十幾歲的許星洲唱歌有點五音不全，但她的吉他學得非常快。她天生的那股聰明勁不是蓋的，加上心思又格外細膩，因此很快就學得有模有樣。

只是從國二那年的暑假開始，許星洲就沒有再碰過這個樂器。

像是那學吉他的短暫的一年，從未在她生命中出現過一般。

流金般的陽光落進草縫中，在長滿月季、日光流淌的小道上，許星洲接過了那個老師的吉他。

「妳居然學過？」那個老師好笑地問：「怎麼之前也沒告訴我們？」

許星洲下意識地點了點頭，溫和笑道：「只在小時候學過一年，沒什麼好說的。不過可以試試——只是我不會一邊彈一邊唱罷了，我五音不全。」

許星洲說著嫻熟地接過吉他，她骨肉削薄的手腕上戴著一個小小的苗銀瑪瑙手串，接過吉他的動作幅度稍微大了一點，手串一動，露出下面一條蜈蚣似的疤痕。

譚瑞瑞看到那條疤痕一怔：「星洲，妳的手腕上……？」

許星洲：「啊？」

「就是……」譚瑞瑞糾結道：「那條疤……」

許星洲似乎知道她想問什麼，撥開那條手串給譚瑞瑞看：「這個？」

許星洲好笑道：「沒什麼，我中二病的時候割的而已。上海這邊沒有這種風氣嗎？」

然後許星洲又不好意思地解釋道：「……我們那時候還挺流行，應該和非主流文化有點關係，流行用小刀割手腕，全班都割。」

譚瑞瑞猶豫道：「倒是也有……」

許星洲笑道：「我們國中班上的一個女生每天來校第一件事就是告訴我『我媽昨天晚上罵我，所以我又割了自己一刀』……也不知道現在她再想起來那時候會不會羞恥自盡。反正羞恥的日子大家都有，我可能比較嚴重就是了。」

譚瑞瑞嘆了口氣：「也是，妳現在中二病都還沒好呢。」

許星洲笑得眼睛彎彎，像個小月牙，不再回答了。然後那個女孩半身鍍著陽光，一手拎著吉他，坐在了公園長凳上。

許星洲手指一動，撥動了琴弦。

晚春和風吹過湖泊，女孩手下琴弦一振的瞬間，猶如黑夜之中燒起了燎原的火。

那個公園另一側，樹梢閃爍著金光，堇花槐投下濃密影子。

「老陳，」肖然在陳博濤肩上一點，道：「你能不能再表演一下那個？」

陳博濤抑揚頓挫道：「妳回宿舍沒有？」

肖然幾乎笑斷氣：「哈哈哈哈哈哈哈哈哈──」

「媽的，」肖然擦著眼角快樂的淚花，說：「老秦我認識你這麼多年，你從小學的時候就是個狗玩意，還一年比一年狗，我還以為你要自戀地過一輩子呢，誰知道你會在這裡栽這麼大一個跟頭！」

陳博濤樂呵道：「笑死我了，那天晚上我看著他一通接一通的打電話給那個女生，沒有一通打通，人家女生直接關機！呵，然然妳是沒見老秦當時那個愁雲慘澹──」

秦渡：「……」

秦渡瞪著陳博濤，凶道：「放你媽屁，我說我要挽回她了嗎？」

肖然幸災樂禍地問：「行，不挽回，恭喜那個女生錯過嫁入豪門的機會。」

「……」

秦渡從牙縫裡擠出一句話：「我都求她了，哀求。妳知道她怎麼對我說的嗎？」

肖然饒有趣味地問：「帶上你家的A股上市公司滾出我的世界？」

秦渡說：「帶上你的數理統計，別來蹭我們的課。」

陳博濤：「……」

秦渡難受地問：「我都做到這分上了，我再去追她是不是就不要臉了？」

「和狗都沒兩樣。」肖然評價道：「這種話連我這種賤人都不敢拿來嗆前男友，何況人家還不是我這種 Bitch。她就是想和你一刀兩斷，根本不在乎自己是不是傷人了。」

肖然一百七十的高個，大紅唇，穿著 Burberry 黑風衣戴著墨鏡，踩著十公分的高跟鞋，身高足有一百八十，走在林間小道上，一看就是個攻氣爆棚白富美。

秦渡道：「……我都不知道為什麼。」

肖然：「你好好想想吧。」

「沒見你這麼認真過，」肖然道：「老秦，好好想想，到底是為什麼。」

陳博濤正要說話，肖然突然豎起了一根指頭，示意他們安靜。在不遠處傳來一陣澄澈回轉的吉他聲。

陳博濤：「……？」

肖然瞇起眼睛，道：「公園路演。」

「公園路演有什麼稀奇的？」陳博濤難以理解地問他這個十多年的青梅竹馬——在維也納學小提琴的，從小就相當有音樂天分的肖女士。

陳博濤又想了想，奇怪地問：「這個人吉他彈得很好嗎？」

肖然連想都不想就道：「放屁。很爛，手法都黏著呢，半點天分都沒有。」

陳博濤咋舌：「您老嘴上留點口德吧……」

「口德不能當飯吃，這人最多學了一年半，路演水準還行，」肖然分析道：「但是，我驚訝的是，這個彈奏的人，我覺得很特別。」

——的確是特別的。

那吉他聲猶如在燃燒一般，帶著難言的浪漫、自由，猶如湖面枯萎的睡蓮，檯燈下相依偎的塵埃，卻又像是宇宙中、無盡時間中旋轉靠攏的原子核與電子，帶著一種生澀而絕望的味道。

肖然心裡一動，說：「我其實有點想見見……」

然而，肖然話音尚未落下，秦渡就見到了那個抱著吉他的人。

——那女生坐在不遠處的公園長凳上，穿著火般的紅裙，翹著腿彈吉他。樹葉清透，陽光落在她的身上。

那女生面前一頂倒放的鴨舌帽，有個小孩子往裡面放了一塊錢，她就笑咪咪地和每個來往的小孩大人微笑致謝。

——「她看起來自由而羅曼蒂克。」

許星洲身邊圍著一圈人，秦渡看到了譚瑞瑞的影子。

她應該是跟著譚瑞瑞來的，秦渡想，譚瑞瑞似乎每個週一都有個吉他班。

怎麼辦才好？

日光猶如被稜鏡分裂了一般，遠山飄渺，湖光十色。

浣沙湖畔，許星洲抱著吉他坐在風裡，眼睫纖長，笑著按住琴弦。

她沒有意識到秦渡就在這，也沒有看到他們所處的這個角落，有小女孩往她的帽子裡放了五毛錢，許星洲笑咪咪地對那個小女孩點了點頭，說了一聲：「謝謝」。

許星洲笑起來的模樣非常好看，那個五六歲的小女孩都紅了臉，小聲道：「姐姐，不用謝。」

那溫暖的琴弦聲中，透出了一種稱得上溫柔的絕望。

肖然伸手在秦渡面前一晃：「老秦怎麼了，又一見鍾情？」

秦渡喉結一動，沒說話。

「真的不打算挽回那個了？」肖然樂道：「真神奇，一個多月一見鍾情了兩個，真是春天來了擋都擋不住。」

而秦渡看著那個女孩，幾乎連眼睛都移不開。

那個女孩子身上都閃著陽光似的，耀得人睜不開眼。她身邊圍著一群朝氣蓬勃的、同樣背著吉他的年輕人。許星洲笑咪咪地和他們說了幾句話，然後盤腿坐在了長凳上。

「下面彈的這首曲子，」許星洲溫暖地對著他們笑道：「可能老了一點，不過我挺喜歡的。」

然後，她將琴弦一撥。

那一瞬間，陽光落在了許星洲的身上，帶著一種讓人目眩神迷的、猶如燃燒一般的生命的味道。

肖然看著那個女孩，由衷道：「你別說，確實好看得不食人間煙火，老秦栽得不冤。」

「我們這一群人，」肖然瞇起眼睛道：「也就是泡妞泡漢子的時候不挑而已，可要想正經談場戀愛的話，誰都想找一個比起錢，更愛自己的人的。」

陳博濤猶豫道：「道理確實是這個道理。不過吧，那個，然兒啊，這不是第二個，這就是老秦去酒吧的那天晚上……」

這邊陳博濤還沒說完呢，秦渡就踩著陽光，毫不猶豫地走上前去。

第七章　未讀的簡訊

陽光落在樹葉的縫隙裡，小孩子吹的七彩肥皂泡飛向天空。有穿著花裙子的小女孩哈哈笑著揮舞絲巾，他們的祖父母拄著拐杖，遙遙地、慈祥地望著他們。

許星洲許久沒彈過吉他，指法生澀而黏連，音準都不對，但是在那個吉他老師的鼓勵下還是堅持彈完了一首曲子。

和煦暖風吹過許星洲的面孔時，她只覺得心裡終於又被填滿了。

許星洲盤腿坐在人來人往的公園裡，彈自己近十年都沒碰過的吉他。她面前一頂小破帽子，裡面不過十幾二十塊錢，帽子裡硬幣多到風都吹不動——但是這種有點瘋狂的行為裡面，卻又有著難以言說的自由奔放。

許星洲突然發現失戀也並不難熬，畢竟人生處處有著滋生瘋狂的土壤。

秦渡在她心裡所占的半壁江山簡直猶如潰爛一般，可是她心裡面的另外半壁江山卻仍準備了一個燦爛奪目的世界給自己——令她自由探索，令她無畏勇敢，令她永為赤子。

許星洲眉眼彎彎地盤坐在公園路邊，在眾人的目光裡，毫不在意別人目光地彈著吉他。

然後，她的小破帽子前面出現了一雙籃球鞋。

許星洲看著那雙鞋笑容僵硬了一下，心想這款AJ1居然這麼多人穿嗎……這還真是讓人心情鑾吃屎的，話說回來上次好像還看到秦渡穿這雙……

秦渡到底有幾雙AJ，認識他這麼久好像至少見到了四雙同款不同色，他到底是有多喜歡這鞋型啊。

許星洲也不抬頭，手指頭一扒拉琴弦，裝沒看見那個人。

下一秒，那個人彎下了腰，在許星洲的帽子裡放了三千五百塊錢。

許星洲：「……」

吉他班的其他同學：「……」

吉他老師：「……」

「我身上只有這些了，」秦渡站直身子，漫不經心地說：「不夠和我說。」

許星洲傻看著帽子裡那三千五百塊錢，怎麼都沒想明白，這個人腦子裡都裝著什麼。現在掃碼支付這麼發達，這個辣雞居然還會帶這麼多現金？這就是高富帥的力量嗎？不對他把這麼多錢放進來幹嘛，來支持同校同學街頭賣藝？根本不可能好吧！這個老吝嗇鬼到底想幹什麼，是不是打算拐走誰賣器官？

拐誰都別拐我，許星洲心虛地嘀咕，我可寶貝著我這一肚子心肝脾胃腎呢。

那頭，秦渡散漫道：「小屁孩給一兩塊都道謝，我這種金主妳打算怎麼辦？」

許星洲：「……」

秦渡皮完這一下，又怕許星洲又不理人，只得想辦法幫自己解圍：「其實不用妳怎麼辦……」

然而，許星洲遲疑道：「給、給您磕個頭……？」

秦渡的話立即被堵了回去：「……」

譚瑞瑞：「哈哈哈哈哈哈——！」

許星洲抱著吉他盤腿坐在長凳上，表情愣愣的，簡直不知道人生剛剛發生了什麼。

小氣鬼突然大方成這樣，簡直如同天上下紅雨一般，一看就知道別有所圖。

許星洲思考了一下，大義凜然地問：「我是現在磕還是等等磕？」

秦渡：「……」

秦渡窒息地問：「我給妳留了什麼印象？」

許星洲仍抱著吉他，滿懷惡意地道：「小氣鬼。」

秦渡：「可能是有一點，但是——」

許星洲想起高中時背的元曲，說：「奪泥燕口，削鐵針頭，刮金佛面細搜求，無中覓有。」

秦渡：「……」

「鵪鶉嗉裡尋豌豆，」許星洲盯著秦渡，憑一口惡氣撐著繼續背誦：「鷺鷥腿上劈精肉。蚊子腹內刳脂油，虧老先生下手。」

譚瑞瑞落井下石般大笑，笑得幾乎昏過去：「哈哈哈哈哈哈——」

許星洲在心裡幫自己的好記性和高中背的課外文言文點了十萬個讚，然後平靜地問秦渡：「你看夠了嗎？」

秦渡連想都不想地說：「沒有。」

許星洲特別有骨氣地學著總裁文女主的口氣，說：「拿走你的臭錢！你自己去玩吧！別看我了。」

秦渡嗤嗤地笑了起來，半天沙啞地問：「別看妳了？這是不是不生我的氣了？」

許星洲一愣：「……」

白雲淡薄，暖陽穿過其中的縫隙，落在人間。秦渡伸手在許星洲的頭上揉了揉。

——這女生的頭髮柔軟又毛茸茸的，摸起來猶如某種無法飼養的鳥類。

「不生氣了？」秦渡簡直忍不住笑意：「我這是哄好了？」

許星洲：「……」

許星洲沉默了很久，終於嗯了一聲。

——好像是拗不過他的，許星洲那一瞬間，這樣想。

秦渡實在是沒做什麼壞事，他的嘴巴壞是壞了點，卻總歸是將許星洲視為平等的成年人的。他尊重並且平等地對待這個比他小兩歲的女孩，連不合時宜的玩笑都少有。

而且連僅有的那點不尊重，秦渡都努力彌補了——他凌晨打來的電話，在電話裡難堪的道歉，他守在週一第一節課門前的身影，課桌上放著摘下來的小毛桃。

秦渡在許星洲的頭上揉了揉，沙啞地說：「以後不開那種玩笑了，也不做壞事了。」

他停頓了一下，道：「——我保證。」

怎麼樣才能不原諒這種人呢？

他遊刃有餘到甚至都挑不出錯處來。許星洲酸澀地想。

她實在是太怕這種人了——許星洲想。秦渡什麼都不需要，他什麼都有，一生順風順水，和面前的許星洲是雲泥之別。

但是，許星洲難過地想，自己控制不住原諒他，控制不住對他跳動的心，卻總能控制自己不要邁出這一步。

秦渡不是個能承受許星洲的人，他甚至連承受的念頭都不會有。

誰會想和一個不定時發作的憂鬱症患者相處？更不用說是他這種被父母和社會悉心養育的人。

這分明是連許星洲的父母都不願意的事情，是這輩子只有她奶奶承受過的事。大多數幼年發病的憂鬱症都會反覆發作，而且至今無人知道任何一個憂鬱症患者發病的誘因。

一旦重度發作，就是成日成週地坐在床上，面無表情地盯著精神病院為了防止跳樓而設計的窄小鐵窗。大多數病人身邊連一把指甲刀都不能放，因為不知道什麼時候他們就會卸了那把指甲刀，劃自己的手腕。

許星洲只覺得有種難言的窒息與難過在心中膨脹，那瞬間簡直是心如刀割。

她只覺得自卑又難過，為什麼必須要把自己的病放在天平上呢？為什麼它會像個定時炸彈一樣反覆發作呢——友誼還好，如果想開始一段愛情的話，就必須反覆衡量對方能否承受發病的自己。

這個念頭許星洲有過無數次，可每次她都找不到答案，這次亦然。

「——好。」

許星洲在陽光下抬起頭，認真地看著秦渡，正要正式告訴他自己要原諒他的時候，秦渡脫口而出：「妳如果原諒師兄了，頭就不用磕了。」

許星洲：「……」

許星洲氣不打一處來：「你滾吧，我不原諒你了！」

後面立時傳來一陣囂張的大笑，許星洲好奇是誰笑得這麼外露，半摟著吉他，莫名地往秦渡身後看了一眼。

秦渡直接護犢子地將許星洲擋住了。

「他們有什麼好看的，」秦渡不爽地道：「是我沒他們好看嗎？」

許星洲：「……哈？？？」

許星洲簡直都不知道怎麼吐槽，卻還是看清了他試圖擋住的那兩個人。

秦渡身後站著兩個非富即貴的年輕人，那個男的許星洲在酒吧那天晚上見過，當時和另一個女生拉拉扯扯，直接導致許星洲上去英雄救美，另一個則是個戴著墨鏡、紅唇精緻的女孩，這兩個人都饒有趣味地望向他們的方向。

那個女孩個子比許星洲高了至少五公分，將 Burberry 風衣敞著懷穿，裡面絲綢花襯衫煙管牛仔褲，踩著十公分高跟鞋，穿衣氣場都照著 ELLE 封面來，簡直是個天生的衣架子。一看，就和秦渡是一路人。

許星洲簡直心情複雜。

這是連聽都沒聽過的新人物！有可能是新勾搭上的，之前怎麼不知道他還有這種女性朋友呢！許星洲不無心塞地想，會不會是豪門式狗血，什麼未婚妻什麼童養媳的……或者是家裡幫他定的女朋友？這個懷疑不是沒有道理，秦渡是什麼身分啊，他家裡開的那個公司市值都不知幾個零呢……上市公司的市值到底是什麼概念……

絕不能摻和他們圈子的感情線，許星洲在心裡告訴自己。

「如果想開始一段感情的話，一定要評估對方能不能接受發病的許星洲」——這個問題，在秦渡這裡，答案是「不能」。

他身上沒有任何能讓許星洲產生信心的地方，他年輕而氣盛，他的人生是錦繡前程，總是志得意滿勢在必得，是春風得意，是一條康莊坦途。

況且……

許星洲小小地覺得難過。

……況且，他也不喜歡自己吧。

那天下午，許星洲是跟著秦渡的這個朋友——陳博濤——的車回去的。

其實她一開始沒打算蹭這個人的車，畢竟地鐵十號線就能直達大學，而且陳博濤也算和許星洲有搶女人之仇……但是陳博濤執意拉她一起走，說開車一定會路過F大，就當讓她搭個順風車了。

許星洲想了想，認為秦渡不會這麼迂回地取自己狗命，如果車主想殺自己的話秦渡多半還是會假惺惺地攔一下的，就沒有再推辭。

高富帥的朋友自然也是高富帥，許星洲一看到那車牌子就覺得多半挺貴——畢竟沒見過，看牌子是個盾牌，有點像凱迪拉克，可她爬上車後座之後仔細分辨，才發現車標上拼著Porsche。

許星洲終於發現，自己居然能孤陋寡聞到連車標都不認識。

斜陽如火，遠山在風中燃燒，四個人上了車，秦渡坐在後座上，就在許星洲旁邊。

這個青年套著一件刺繡虎頭夾克，挽起的袖口下一截結實修長的手臂，許星洲眼角餘光掠過他時，突然意識到，秦渡的眼神看起來極其孤獨。

他的眼神極其迷茫痛苦，猶如孤獨漂流的、沒有方向的宇宙中的流浪者。

許星洲停頓了好一陣子，方猶豫道：「秦渡……」

可她還沒說完，就被一個聲音打斷了。

「星洲是吧？」同行的那個姐姐坐在副駕上，回過頭，友好地伸出手，道：「我叫肖然，應該比妳大幾歲，妳叫我然姐就好。」

許星洲笑了起來，禮貌地與肖然握手，說：「然姐好。」

秦渡注意到她握手的動作，威脅地瞥了肖然一眼。

肖然絲毫不輸陣，剜了秦渡一眼，甚至故意多握了一下，許星洲手又軟又纖細，還有練吉他留下的繭子，猶如春天生出的花骨朵一般。

接著，肖然上下打量了一下許星洲，問：「星洲，妳的吉他學了多久？」

許星洲一愣：「一年半吧？很小的時候學的……怎麼了嗎？」

「沒什麼。」

夕陽璀璨奪目，肖然擺了擺手道：「只是覺得妳彈得很特別，我是學小提琴的，對弦樂器演奏和演奏者比較敏感。」

許星洲不明白她為什麼會覺得特別——大概是彈得太爛了吧。

赤紅斜陽點燃了整座城市，路邊的路燈次第亮起，馬路被歸家的人堵得水泄不通。這世上至少可以確定至少有兩件事是公平的，一是生死，二是上下班尖峰時刻的交通幹線。

許星洲看著窗外紅霞漫天，半天把腦袋磕在了窗戶玻璃上。

陳博濤握著方向盤，笑咪咪地問：「小妹妹，把妳放在哪裡好？順便說一下秦渡晚上上課的教室在西輔樓三〇八教室，他們老師很歡迎去蹭課喔。」

秦渡摸了摸脖頸，道：「胡扯，在三〇九。而且不允許蹭課，除非是家屬。」

許星洲尷尬地心想誰要去聽數學系的課，說：「我不回學校，不過是順路，等等在萬達那邊把我放下就好了。」

秦渡不爽地哼了一聲。

「我家雁雁勞動節假期要回家，」許星洲看了看錶，解釋道：「我去萬達那邊買點東西給我奶奶，讓雁雁幫我順便帶回去。」

秦渡擰著眉頭看了她片刻，說：「那行，老陳妳把她丟在萬達。」

陳博濤怒打方向盤：「我他媽是你的司機嗎！」

許星洲笑了起來，他們路演的公園離F大相當近，車程不過十分鐘，加上交通堵塞也不過二十幾分鐘而已。陳博濤將許星洲放在了萬達門口，然後許星洲笑得眉眼彎彎地與車上的三人道了別。

秦渡開了點車窗，道：「許星洲。」

許星洲仍背著自己的小帆布包，秦渡散漫道：「買完東西，傳訊息和我說一聲。」

夜晚的步行街之中漫起春夜雨霧，黑暗中的霓虹燈看板猶如碎開的細瓣花。

秦渡目送著許星洲背著包穿進黑咕隆咚的、車水馬龍的人群，轉眼跑沒了影。

肖然摸了支女士香菸，漫不經心地說：「老秦。」

秦渡終於回過神，嗯了一聲。

肖然將那支細長捲菸一點，黑暗中霎時燃起一點螢火蟲般的火光。

「關於這個女孩——」肖然靠在副駕上，慢吞吞地抽了一口菸，一雙眼睛映著火光，她說：「我有事想和你溝通一下。」

秦渡嗯了一聲，看進了肖然的眼睛裡。

黑夜之中，遠處燈盞稀疏，霓虹燈將肖然的眼睛映得清醒又冷淡。

「我完全理解你為什麼會對這個女生動心。她不只是漂亮，你看上的哪能這麼簡單？」肖然滿不在乎地道：「你挑對象應該不是看顏值，畢竟老娘這麼好看，你從小到大對我都沒心動過。」

秦渡簡直想打人：「您能滾？」

肖然咬著菸，笑道：「話糙理不糙嘛，我覺得我就長得挺好看的。連老陳十五六的時候都暗戀過我呢，不是嗎？」

陳博濤羞憤欲死，暴怒道：「我操你媽肖然！什麼時候！」

「老陳，我在你房間裡翻出過你寫給我的情書，」肖然呼地吐出雲霧似的白煙，瞇著眼，對陳博濤豎起一根手指道：「你再抵賴，我就把那封信從頭到尾背一遍給你聽。」

陳博濤：「……」

陳博濤絕望又羞恥，砰地撞在了方向盤上，車反抗似的嗶叭喊了一聲。

「──但是老秦不是，人家自戀著呢，和你這種不一樣。」肖然咳嗽了一聲，說：「可這個女生──我完全理解老秦為什麼不喜歡我喜歡她了，那精氣神太動人，要不是我不喜歡女的，我也想追她。」

秦渡對肖然嗤之以鼻。

肖然也不惱，咬著菸悶笑道：「但是老秦，我有個很不成熟的推測，必須和你說說。」

肖然這菸一抽，秦渡也有點犯癮，忍不住去摸菸，他一邊摸一邊道：「妳說。」

「我要是你──」肖然漫不經心地吸了一口菸，道：「我就關注一下她的精神狀況。」

秦渡一怔，摸菸的手停在了半空。

車窗上啪嗒一聲落下滴雨水，春雨濺在車窗玻璃上，將霓虹燈暈開。

「我也不能說我就知道點什麼，」肖然降下點車窗，染著丹蔻的指尖夾著菸管，在外面磕了下菸灰，「但是你們這些狗男人感覺不出來的東西，我作為女人，尤其是心思纖細敏感的那一種，還是勉強能感受到一點的。」

秦渡眼睛一瞇，護食般咬牙道：「肖然，妳給我把話說清楚。」

他那一瞬間簡直像是要和什麼人撕咬一般，幾乎是一條狼的眼神。

肖然笑了笑，說：「好。」

「我能感覺到，」肖然不以為意地說：「那個女生在無意識地求救。」

「救救我吧，那個女生在對每個人說。」肖然閉上眼睛：「她說，誰都好，來救救我。我被困在這個軀殼裡，就像被困在杏核裡的宇宙，又像是被困在花蕊裡的蝴蝶。」

「她說，好想死啊……」

「……但她還說，可我更想活著。」

肖然跟著許星洲的脈絡，在黑暗中，唱歌般地道：「所以，誰來救救我吧。」

許星洲提了兩個禮盒出來時，商場外面漆黑一片，已經在下雨了。

黃梅雨季即將來臨，這江南的城市沒有一寸地方是爽利的。雨淅淅瀝瀝，砸得那月季花和繡球猶如花瀑一般，漆黑石板上全是蜿蜒流淌的五色燈光。

許星洲站在購物商場門口，看了看手裡的兩盒五芳齋粽子，內心盤算著，不知道這個東西是不是買得早了一點。但是奶奶一向喜歡吃肉粽，尤其喜歡吃加了鹹蛋黃的，應該也算投其所好。

許星洲想起奶奶每年端午節包的粽子，每個都青翠欲滴四角尖尖，高壓鍋煮半個小時，再一開鍋蓋，滿鍋圓頭圓腦汗津津的小白粽子，有股難言的箬葉香氣。

那時候還得去胡同裡阿姨家討葉子來包呢，許星洲笑著想，那個給她粽葉的阿姨特別疼她，每次都還多抓一把蜜棗給她。現在這個年代，別說粽葉，連粽子都可以直接買真空包裝的了。

許星洲想起奶奶和粽子就覺得心裡暖暖的，特別開心，忍不住對每個往商場裡走的人都甜甜一笑。

但是笑終究換不來雨傘，誰會幫在購物商場門口的傻子撐傘啊！該雨裡日劇跑還是得雨裡日劇跑。

許星洲連想都不想，立刻用兩個大禮盒頂在腦袋上，跑進了雨裡。

畢竟學校也不遠，就在步行街同一條街上，她從大一到大二來回跑了不知幾次了。跑個十來分鐘就能到——本地計程車起步費十六元，許星洲月底不夠富裕。

許星洲跑到步行街口，正艱難地站在雨夜裡等紅綠燈時，肩膀被重重的一拍。

秦渡撐著傘，站在許星洲身後，漫不經心地問：「妳手機呢？」

許星洲：「……」

許星洲後知後覺地道：「我忘了！」

「手機關機兩天了啊。」秦渡瞇起眼睛道：「是忘了還是在躲我？我不是讓妳買完東西傳訊息給我嗎？」

許星洲心虛至極，小聲撒謊說：「……我真的忘了。」

秦渡接過許星洲買的那兩個大禮盒，單手拎著，屈指在她的腦袋上一彈。

叭地一聲，那一下簡直半分情面都沒留。許星洲被彈得眼淚都要出來了。

「開機，」秦渡冷冷道：「這幾天打給妳的電話都有幾百通了，他媽的一個都不接。把妳腦袋打壞。」

許星洲在雨裡捂住腦袋，委委屈屈地道：「……可我怕痛，別打。」

那個女孩子的聲音裡帶著點暄軟的哀求，猶如融化的梅子糖一般。

秦渡沉默了足足三秒鐘，許星洲幾乎委屈地以為秦渡又要拍她一下的時候——

秦渡倒抽了一口氣。

然後秦渡把雨傘罩在了她的頭上，伸手在女孩額頭上被彈紅的地方揉了揉，聲音沙啞地道：「好。」

他又怕尷尬似的補充說：「我不打了。」

許星洲：「……」

「上車吧，」秦渡單手插口袋道：「我送妳回宿舍。」

許星洲鑽進秦渡的車裡時，車裡還開著點冷氣。

秦渡將兩個大禮盒丟進後座，然後打開了駕駛座的門，長腿一邁上了車。許星洲今天坐了陳博濤的保時捷——那可是保時捷啊！許星洲總覺得自己整個人身價都上去了，不願意再對秦渡稅前一百八十萬的奧迪表示任何驚訝之情。

秦渡指了指後面兩個紅禮品盒：「妳買那個做什麼？是送禮嗎？」

「一份給雁寶爸媽，」許星洲笑咪咪地道：「託雁寶送一份給我奶奶。」

秦渡發動了車，好奇地問：「那妳父母呢？」

「他們離婚，和我沒有關係了。」許星洲痛快地說：「我不願意帶任何東西給他們……我只顧著我奶奶就夠累了。」

秦渡莞爾道：「妳的想法真奇怪。離婚也不會和孩子沒有關係啊……而且這麼黏妳奶奶？」

許星洲眼睛彎成小月牙，道：「嗯，我最喜歡我奶奶啦。」

「嗯，」秦渡也莫名地想笑：「是個很慈祥的老太太吧。」

許星洲沉思片刻，中肯地說：「不算很慈祥。我經常被我奶奶拿著雞毛撢子追著滿街跑……每次我奶奶被叫到學校我都會被揍一頓！雞毛撢子到衣架，我都被揍過……」

然後許星洲樂道：「不過沒關係！我跑得很快，奶奶很少打到我。」

秦渡嗤地笑了出來，只覺得她太甜了。

雨刷將玻璃刮了乾淨，外面雨夜靜謐，許星洲一身紅裙子，頭髮還濕淋淋的，抱著自己的帆布包坐在秦渡的副駕駛座上。

秦渡試了試空調，將空調擰大了點，狀似不經意地開了口。

「小師妹，我問妳一個問題。」

許星洲看著秦渡。

他那個提問的樣子實在是太普通了，像是要問她「妳今晚吃了什麼」一般平淡。可是秦渡抬起眼睛時卻帶著一種難以形容的銳利。

秦渡看著許星洲的眼睛，問：「妳是不是瞞了我什麼？」

下雨的夜，窗外靜謐，只依稀有雨砸玻璃之聲。

秦渡問完那個問題後，許星洲微微駭了一下，問：「瞞你什麼？」

秦渡探究地看了她片刻，他的眼神其實非常銳利，許星洲一瞬間，甚至以為秦渡像X光掃描一般把自己從頭看穿到了尾。

「妳說呢？」秦渡慢條斯理地道：「許星洲，妳說說看，妳瞞了什麼？」

許星洲：「……」

許星洲心虛地說：「我的GPA真的只有三，沒有騙你。」

秦渡：「……」

秦渡瞇起了眼睛。

這個青年長得非常英俊，在黑暗中眼神卻透徹得可怕，一看就相當難騙。

許星洲一看發現自己瞞不過，只得委屈道：「……好、好吧，二點九四，四捨五入三點零……」

秦渡：「……」

許星洲立即大聲爭辯：「我大一曠課太多！大二才幡然醒悟！這個學期我就能刷到三點二了！」

秦渡連想都不想：「期末考試跟我泡圖書館。」

許星洲：「……」

「虧妳還好意思四捨五入，」秦渡漫不經心道，「別逼我用學你們必修課的方式羞辱妳。」

許星洲：「？？？」

你羞辱的還少嗎，許星洲腹誹，腦子好了不起啊！

有本事你來學……學什麼？我們有什麼必修課？許星洲回想了一下自己的必修課，好像還真沒有比數學系那幾座大山更難的，哪一門都不存在任何秦渡學不好的可能性。

頓時，許星洲陷入了極深的自我厭棄之中。

明明當年在高中也是資優生啊。

但是資優生行列也分三六九等，許星洲自認只算有點普通小聰明的、資優生食物鏈的底端，秦渡卻是實打實的食物鏈頂端生物，傳說中的金牌保送大神。

所以到底什麼時候才能贏過秦渡？

許星洲一有這個念頭，頓時覺得心裡發堵，有點想暴打秦渡狗頭。

但是打不過秦渡的，這輩子都不可能打過，許星洲一想這點就覺得心更塞了。

秦渡隨口問：「沒有別的了？」

「還能有什麼？」許星洲不開心道：「我瞞你幹嘛，我頂多就是沒告訴你而已。」

秦渡：「……」

秦渡聞言，探究地看向許星洲，許星洲立即堂堂正正地回望。

「我不是在好奇那些妳沒告訴我的事情，妳不可能把從小到大的經歷都告訴我，我知道。」秦渡道。

「可我問這個問題，是因為我有一種感覺……」

「……妳在和我相處的過程中，刻意瞞著什麼。」

秦渡說完，瞇著眼看了她一瞬，終於斷定許星洲所說的都是事實，而且她良心半點不疼，顯然是理直氣壯的。

然後他伸手在許星洲頭上安撫地揉了揉，甚至故意揉了揉髮旋。車裡燈光溫暖地落了下來，秦渡的手心溫暖。

可是，許星洲莫名地有種錯覺，彷彿秦渡那一瞬間是想親她似的。

車裡安靜了很久，雨刷吱嘎一聲劃過寂靜，許星洲才心虛地說出了那句話：「……我才沒有。」

其實，從秦渡一開始問那個問題時，許星洲心裡就是咯噔一沉。

許星洲絕不會否認自己是個撒謊精的事實，她對秦渡撒過的謊何止一兩個？可是每一個謊言都是又假又玩笑的，撒出來好玩的，一眼就能看穿的謊話。

這麼多半真半假的故事裡，只有一個是許星洲刻意瞞著他的。

秦渡是怎麼知道的？是已經知道了真相來求證的嗎？這和他又有什麼關係？秦渡會歧視我嗎，還是會從此區別對待我？許星洲腦子裡一時間劈里啪啦的簡直像是短路的電線，但是下一秒，許星洲斷定了這是不可能的事情。

許星洲的那點病史，放眼整個上海，只有兩個人知道。

第一個人是從國中就跟她一路走過來的程雁，第二個人是入學時許星洲彙報過自己情況的輔導員。

程雁的嘴許星洲信得過，畢竟整個高中三年，程雁都沒對任何一個人提過哪怕一句許星洲有時反覆發作的病情，是許星洲絕對的白名單。而輔導員更不可能，畢竟秦渡怕是根本意識不到，這個世界上還有一種了解所有新生情況的人叫做輔導員。

於是許星洲立刻探了下秦渡的口風，並且很輕易地證實了自己的猜想——

秦渡確實什麼都不知道。

他沒問過程雁，也沒問過新聞學院這屆的輔導員，於是非常輕易地就被糊弄了過去。

而且他確實沒有關注這件事的動機，許星洲在他面前從未崩塌。許星洲思及至此，鬆了口氣。

黑暗中，許星洲將腦袋磕在車窗玻璃上，發出輕輕的「咚」一聲。

天穹下，如同捅漏了雨，連綿雨水沙沙地落在這個空間外，暖黃車燈映亮了前路，雨簾外是一個燈紅酒綠的城市。

一片幽幽黑暗中，秦渡突然道：「妳前面那個格子，打開有零食。自己拿來吃。」

許星洲：「……嗯？」

秦渡哼了一聲，語氣相當不爽：「嗯什麼嗯？不吃拉倒。」

許星洲納悶道：「你居然還會在車裡放吃的？」

秦渡不解地問：「小師妹，妳不是愛吃嗎？我是帶給妳的。」

許星洲聽完，頓時，連耳尖都有點紅。

接著許星洲從格子裡面拿出了兩小包山核桃。秦渡挑零食頗為精準，也不知道為什麼全都是許星洲最喜歡的口味——又甜又鹹，有時候還帶點辣，走心又走腎，完美辦公室解饞零食。

許星洲最愛吃山核桃，在裡面看到了一大包，眼睛都笑成了兩彎小月牙：「謝謝你呀。」

秦渡漫不經心道：「嗯，不用謝我了，是我應該做的。」

一顆顆小山核桃在路燈下晶瑩透亮，香酥撲鼻，許星洲撕開小包裝，捏了一小把，剛要吃呢，秦渡就補充了一句：「不過別吃太多，畢竟快過期了。」

許星洲：「……」

許星洲差點把核桃噴出來，氣得用核桃打他，秦渡嗤嗤地笑著躲了兩下，許星洲怎麼打都打不到，簡直氣人。然後許星洲氣鼓鼓地把頭別了過去。

秦渡說：「妳打算幫我擦車嗎？這車清理皮具很貴的。」

許星洲悲憤大喊：「清你個頭！你吃屎吧！」

然後許星洲蒙上了頭，讓秦渡去吃屎，自己則插上耳機聽音樂，聽了一下又覺得哪裡不太對勁，就把剩下的一袋小山核桃翻了過來在燈下一看。

——生產日期是上週。

許星洲：「……」

秦渡信口胡謅的結果，就是他開著車，猝不及防，又被山核桃砸了一下腦門。

秦渡揉了揉頭，威脅般問：「許星洲妳丟了幾顆核桃？我去保養車內皮具的時候妳準備來出錢嗎？」

許星洲說：「呵呵。」

「很貴的，」秦渡使壞道：「小師妹，妳想好了再丟。」

許師妹連想都不想，拿山核桃啪嘰啪嘰就是兩下。

秦渡：「妳——」

許星洲說：「你就是在敲詐我。」

「有錢有屁用啊，」許星洲惡意地道：「洗車還不是要訛小師妹，連山核桃都要騙，辣雞。」

秦渡眯起眼睛：「嗯？辣雞？妳什麼意思？」

許星洲故意道：「攻擊你的意思。車貴有屁用，再說你朋友的車比你貴多了吧，人家一句話都沒說，到你這裡你就會拿這個壓我。」

秦渡：「你說陳博濤那個傻子？」

他嗤之以鼻：「那傻子天天開保時捷上學，招搖過市他校頭條，現在休學回國打職業賽還他媽一輛保時捷——妳拿他跟我比？」

「隨便你怎麼說，反正我在叫車軟體叫到奧迪過，」許星洲惡毒地道：「可我沒叫到保時捷過，你弄明白這一點。」

秦渡：「……」

和這個混蛋相處這麼久，許星洲終於出了一口惡氣，心裡幫陳博濤和他那輛騷雞盾牌車點了十萬個讚。

秦渡說：「我比他有錢。」

許星洲連想都不想：「計程車。」

秦渡這次，沉默了很久很久……

然後秦渡一開車鎖，說：「妳給我下去。」

許星洲：「……」

許星洲立即拽住秦渡的車椅，委屈地大聲喊道：「你這下連計程車都不如了！計程車都知道接了人要送到目的地！」

秦渡把車門鎖了，不爽道：「計程車妳個頭，安全帶繫上。」

許星洲點頭，抽了抽鼻子：「嗯。」

外面仍在下雨，秦渡居然將車開得出奇地慢，二十多分鐘都沒到她宿舍樓下。許星洲注意到秦渡車裡居然放著一把小雨傘，是白底小紅碎花的——特別眼熟，似乎是她第一次見面時，留在理學教學大樓的那一把。

許星洲伸手去拿。

秦渡眉峰一挑：「那把傘……」

「……是我掉在教學大樓的那把欸，」許星洲愣愣地道：「居然在你這？」

這個女孩看人的時候眼裡有光，那黑亮的眼睛，令秦渡想起水中燃燒的蓮花。

秦渡喉結一動。

他將來該如何對許星洲說起他自己？秦渡想。

如果有朝一日，許星洲終於能接受這麼潦草荒唐的秦渡，他該怎麼對這個女孩說起這滿腔溫柔的情緒？

秦渡將如何講述他的一見鍾情？

秦渡以後將如何描述，他從地上撿起許星洲那把雨傘的瞬間。

——他不知道怎麼描述，秦渡想。

「誰說是妳的了，」秦渡漫不經心地說：「寫妳的名字了嗎？我撿了就是我的。」

許星洲坐在座位上，不爽地動了動，覺得秦渡吝嗇死了，連把女式雨傘都想搶，一時之間簡直想拿計程車再嗆嗆他。

然後，許星洲摸出手機，按下了開機鍵。

螢幕亮起，關機了足足三天的手機電量仍是滿格，許星洲看到螢幕顯示的歡迎畫面，接著螢幕左下方的電話和簡訊砰地炸了，未接來電多到直接用「……」顯示，光是未讀簡訊就有五十六則之多。

許星洲簡直難以置信——簡訊怎麼會有這麼多？都是誰傳的啊？

該不會是林邵凡吧……許星洲納悶地想，三天沒回，老林是不是已經炸了？

於是，她當著秦渡的面，好奇地，點開了簡訊。

那五十六則簡訊，根據許星洲的推測，應該是來自各大APP推廣的居多，畢竟馬上就要勞動節假期，通訊公司應該也發了不少假期網路流量的廣告。

但是許星洲連點都還沒點開呢，秦渡那邊眼皮一跳，眼疾手快地一把將她的手機撈了過去。

許星洲：「……」

秦渡甚至一手還握著方向盤，這樣一搶手機，車身都是一晃！

這他媽哪裡來的飆車狗……許星洲嚇都嚇死了。

秦渡將車在路邊一停，手指頭在她螢幕上抹了兩下，讓螢幕保持亮著的狀態。

許星洲被嚇出了一身冷汗，怒道：「你怎麼拿到的駕照啊！」

秦渡說：「我沒有駕照。」

「說謊精。」許星洲瞇起眼睛：「你貼文裡說你十九歲那天就考了。」

秦渡：「……」

秦渡似乎有點高興，手指推著自己的下巴，饒有興趣地問：「妳翻我貼文了？」

「我……」許星洲糾結而茫然地道：「沒事做的時候翻過吧，覺得你活得挺精彩的。」

秦渡讚許道：「嗯，是挺精彩，我比較喜歡我去西班牙的那一組照片，妳多看看。」

許星洲都不知道他到底在說什麼，也不知道秦渡為什麼情緒突然高昂了起來，更不知道秦渡為什麼劈手把自己的手機搶了過去——靠！

許星洲立刻意識到，他是準備刪他自己傳給她的簡訊！

卑鄙的狗東西！

許星洲一把攥住秦渡的手腕，拚命地去搆自己的手機，秦渡立刻將手機往高處一舉！

許星洲喊道：「秦渡你拿來！那是我的手機！我生氣了！」

「妳生吧，」秦渡故意道：「妳生氣了我再哄妳。」

許星洲立刻急了，爬到座位上，整個人撲在秦渡的身上撈自己的手機——這些簡訊許星洲還準備截圖了裱在貼文嘲笑他的，怎麼能被刪！

秦渡仍舉著手機，他的手臂比許星洲長不少，許星洲拚命構都構不到。

秦渡：「……」

許星洲趴在秦渡身上，艱難道：「你拿來，那是我的，你這是侵犯我的隱私權……」

然後下一秒鐘，許星洲意識到自己整個人都趴在了秦渡身上。

她一搶起東西來就滿腦子都是目標，直到秦渡溫熱的吐息噴上許星洲的側臉，許星洲才意識到這個姿勢哪裡不對。

許星洲一手捉著秦渡的手腕，他手腕上戴著木頭串珠，遮住一圈刺青。她的脖頸抵在秦渡頸間時，她甚至能聞到秦渡香水的後調，那味道相當迷人，猶如大麻與黑色苔蘚。

而那個姿勢帶著難以言說的曖昧，許星洲幾乎是立刻就臉紅到了耳尖。

秦渡沙啞地道：「……許星洲。」

許星洲渾身僵住了，連手機都忘了去撈，趴在秦渡身上，半天才結結巴巴地嗯了一聲。

「小師妹，」他停頓了很久，才愜意地瞇著眼睛道：「妳再不起來，我就舉報妳性騷擾我。」

許星洲：「……」

許星洲臉紅得都要哭了，顫抖道：「鬼、鬼才要性騷擾你啊……」

「我可說過了，小師妹。」秦渡眼睛微瞇，饜足道：「再趴下去，我會報警的。」

許星洲立即縮了回去，小聲道：「……對不起。」

外面雨水覆蓋天地，車裡燈光溫暖。許星洲抱著自己的小包，耳尖都是紅得猶如春天般的顏色，簡直要滴出血一般。

車停靠在華言樓的路邊，雨刷吱吱地刮著擋風玻璃，雨水溫柔地落下。

許星洲說：「我、我不是故意……」

秦渡咄咄逼人道：「不是故意的，是有意的是吧？」

「師兄身材是好，」秦渡又壞壞地道：「但不是給妳亂摸亂吃豆腐的。」

許星洲眼睛盡是水光，悶悶地看著秦渡，也不好意思去搶手機了。秦渡被看得心裡一陣酸軟，只覺得自己一顆心猶如春天裡墜地的櫻桃一般。

然後秦渡打開了自己傳的那堆簡訊，上面備註是「秦會長」。

秦渡：「……」

接著，秦渡將手機螢幕一鎖，示意自己不會再碰，盯著許星洲道：「這是什麼備註？秦會長？」

那是許星洲幫秦渡存的備註。

那天存備註時其實她就有點報復秦渡的意思，秦渡拿官位壓許星洲，許星洲就拿官位幫他存了名字。

許星洲理直氣壯地點了點頭道：「名字加官職，不就是你想要的嗎。」

秦渡：「……」

秦渡說：「可以。妳換不換？」

許星洲：「……」

許星洲接過手機，一邊把他的備註改成「秦渡」，一邊嘀咕道：「小心眼。」

「通訊錄要存名字，」秦渡漫不經心地說道：「這是原則。別按著人物關係存，無論是父母還是男朋友，無論關係親密到什麼程度，都只能存姓名。這是保護自己也是保護他們。」

許星洲小聲說：「……又沒爸媽給我存，他們也不會真的擔心我。」

是了，她父母離異，這種家庭的孩子對父母抵觸實屬正常。

秦渡又想起她與她奶奶的親情，安撫地摸了摸她的頭，溫和道：「奶奶也不要直接存奶奶，盡量存真名。」

許星洲聞言怔惚了好一陣子，才點了點頭。

奶奶沒有手機，她想。

許星洲好久都沒再說話，她在一片沉默中看了看自己的手機——秦渡只將他自己傳的簡訊刪了，未讀簡訊頓時只剩十幾則，許星洲不知道他傳過什麼給自己，簡訊框也被刪得精光，從此在她這裡，他究竟傳過什麼，就無從得知了。

他怕自己看到的東西到底是什麼？

應該不是道歉——那些道歉秦渡早就說過一遍，以他的性格，也不會在意原諒了自己的許星洲看到那些已經達到目的的簡訊。

所以，秦渡是不是說過很過分的話？許星洲懷著一絲懷疑想。所以在和好之後怕這些話再影響他們的關係，於是現在執意要將它刪掉呢？

畢竟簡訊和別的工具不同，是無法收回的。

而這件事是不是可以證明，秦渡在人際關係裡，還是看重自己的呢？

許星洲心裡終於懷揣起一點小小的、猶如火苗般的希望。

許星洲忍不住好奇，小聲問：「……你到底刪了什麼？」

秦渡從眼角餘光看了許星洲一眼。

「沒什麼。」

秦渡尾調上揚地道。

許星洲回到宿舍，一翻郵件，發現ＨＲ一早就傳了郵件給她，說她的面試過了。

至此週六那天發生的一切事情都得到了順利的解決，許星洲只覺得世界都非常美好，四處充滿希望。暑假兩個月進帳六千以上，許星洲樂呵地躺在床上盤算了半天要怎麼花——去日本玩有點不夠，日本得有兩萬以上，但是應該能去個新馬泰。

這個世界真的太好啦，許星洲笑得眉眼彎彎，探出頭對程雁道：「我打算期末考試結束出去旅遊啦！」

程雁臉上貼著面膜，像尊佛一般坐在床上，問：「面試結果出來了？」

許星洲笑咪咪地點了點頭，道：「暑假不回去了。」

程雁聽完，複雜地睜開了眼睛。

「粥寶，」她問：「妳真的不回去了？」

許星洲嗯了一聲：「沒必要回去，妳這次回去幫我把東西帶給我奶奶就好。」

程雁面膜頂在臉上，活像個怪獸，拍著臉讓面膜吸收，一邊拍一邊道：「……妳真的，現在買回去的票還來得及，我怕妳承受不了妳不回去的後果。」

許星洲：「嗯？」

「我有什麼承受不起的？」許星洲莞爾道：「他們忘了我多久了？法治社會，她自己放棄的撫養權，都已經十多年了，被放棄的孩子都成年了。她能拿我怎麼樣？」

程雁猶豫道：「可是妳媽……」

許星洲連想都不想地說：「我聽不得我媽的名字，最近最好不要和我提她。」

程雁嘆了口氣，道：「——行吧。」

許星洲點了點頭，輕聲道：「她如果煩妳，妳可以直接封鎖，麻煩妳了。」

程雁：「……嗯。」

然後許星洲往床上一躺。一隻飛蛾繞著燈管飛舞，程雁看著許星洲的床——她的床簾半拉開著，上面滿是小星星，寢室裡一股程雁晚上吃燒烤的孜然辣椒味。

「我靠！」許星洲拿著手機，突然喊道：「林邵凡又約我！」

程雁撕了一下面膜，問：「這不是挺正常的？」

「正常？」許星洲半撐起身，詫異道：「我都已經這麼躲著他走了啊，他還不知道我是什麼意思嗎？」

程雁：「妳太高估男人。」

許星洲：「……」

程雁將臉上的面膜拉拉扯扯，一邊扯一邊不正經道：「其實我覺得老林真的蠻優秀的，從高中的時候我就覺得他很喜歡妳。那個學長如果不能接受妳，林邵凡也是個很好的選擇。」

程雁：「他約妳什麼時候見面？妳打算去嗎？」

許星洲：「……」

飛蛾劈啪一聲撞上了燈管，程雁和許星洲都怕蛾，下意識地瑟縮。

許星洲嘆了口氣，不說話，半天才道：「……我得去。我週四和林邵凡見一面吧。」

「就當作親眼看一下，」許星洲自嘲道：「對我有好感的人能接受我到什麼程度了。」

那隻飛蛾在三一二盤旋整晚，把程雁女士嚇得四處流竄，作惡多端，終於在十點多時被下了自習回宿舍的李青青用報紙拍死了。

寢室裡沒了煩人的飛蛾撞燈，程雁正在和李青青討論假期大促銷要買什麼東西，許星洲聽她們從生鮮食品一路聊到日常用品、保養品大促銷，非常心動，點開餘額看了一眼。

……這個促銷活動和自己沒關係。許星洲肉痛地算了算錢，下個月還要還貸款，下下個月還要出去旅遊……

真羨慕秦渡啊。許星洲算完了錢，咬著被角就想哭，他們真的不是同個階級，讓許星洲在公園賣藝的人的帽子裡有三千五百塊錢——除非是她錢包掉了。

當有錢人真好，下輩子我也想當秦渡，許星洲抱著自己的熊胡思亂想，話說他是不是還有黑卡……

程雁突然道：「星洲，妳有什麼要買的嗎？」

許星洲肉疼地說：「沒有，我這個月要赤字了，別帶我。」

程雁使壞道：「妳那個學長不幫妳買買買嗎？」

許星洲：「哈？？」

程雁說：「他不是很有錢嗎，都沒買過什麼東西給妳？」

許星洲毫不猶豫：「買東西？我覺得他會放高利貸給我。」

程雁：「……」

「利率超高驢打滾的那種。」

許星洲想了想，又補充道：「找他借錢？這輩子都不可能的，那個師兄絕對會逼著我簽借據，摁手印，我指不定這輩子都得幫他打工還債呢。」

程雁咋舌：「……這麼慘的嗎。」

許星洲擺擺手：「資本家公子哥啊這可是！血汗工廠妳都忘了嗎！不藉機發一筆財怎麼能叫資本家！」

程雁：「……」

然後許星洲回顧了一下今天用計程車嗆他的記憶，簡直覺得可以做一晚上美夢——然而下一秒，許星洲想起了一件事。

——他會不會記仇了？

第八章　囂張與自卑

週三的傍晚。

「下週的課……」新聞學概論的老師看了看日程表道：「下週的課就不上了。我請了年假，大家假期回來見。」

許星洲打了個哈欠，階梯教室外天色漸晚，夕陽沉入大廈與樹之間，天際昏沉而有風。

程雁說：「過了五月就得開始準備期末考試了。」

許星洲懶洋洋道：「……然後就大三了。」

「大三就要開始考慮出國，」許星洲望著窗外，沒什麼活力道：「或者是工作考研，從大三上學期開始就得早做打算。然後大四畢業，大家各自奔向自己的前程，過幾年大家各自結婚生孩子，請帖到處都是，然後就開始操勞孩子的事。」

程雁說：「……妳是槓精吧，不想複習就不想複習唄，怎麼這麼多破事。」

許星洲懨懨道：「也許吧。」

「我就是覺得很沒意思……」許星洲撐著腮幫說：「大多數人都是庸庸碌碌一生，就跟那個放羊孩子的故事一樣。放羊幹什麼？娶老婆生孩子。生了孩子幹什麼？繼續放羊……我們也不過就是高級一點點，不放羊了而已。不知道他們到底想要什麼。」

程雁：「……」

程雁納悶地問：「平時活力四射的許星洲呢？」

許星洲連想都不想地說：「思考人生的時候通常不活力四射，尤其是在思考人類的命運的時候。」

下課鈴響起，許星洲將新聞學概論塞進了包裡，打算去外面吃飯。

程雁篤定地道：「妳這樣，是因為妳媽。」

許星洲：「……」

「過了這麼久，」程雁肯定地說：「妳還是不想她再婚。」

溫暖的風呼地吹過亮燈的教室，人聲嘈雜，同學們各自散去，都去吃飯了。

許星洲瞇起眼睛，打量了程雁片刻，說：「妳放屁。」

程雁說：「是不是妳心裡清楚。粥寶，我們這麼多年的朋友了，妳想什麼我還是知道的。」

許星洲：「……」

「從我幾天前和妳提起妳媽開始，妳就有點反常。妳怨恨她拋棄妳，寧可不停地再婚，」程雁瞇著眼睛道：「都不願——」

許星洲連聽都不聽完，就背上包，直接走了。

新聞學院的大樓外草地廣袤，剛被師傅們修建過，傍晚的空氣清澈至極。

許星洲走下最後一層樓梯，斜陽深紫，外面的梧桐樹之間拴著「預祝挑戰杯決賽舉辦成功」，然後許星洲才後知後覺地意識到林邵凡是真的要走了。

那明明不是什麼大事，可許星洲那一瞬間，覺得自己心底的深淵又睜開了眼睛，簡直不受控制。

那感覺非常可怕，像是地球都融化了，要把許星洲吞進去，她簡直措手不及，幾乎腳一軟就從樓梯上摔下去。

但是接著，許星洲就在樓下看到了一個熟悉的身影。

秦渡在外面的人群裡，昏暗天光鍍在他的身上。他一腳踩著輛共享單車，低頭看了看自己的錶，又望向新聞學院教學大樓的門口。

他看起來實在有點傻，而且許星洲是第一次看到這位老先生騎共享單車，只覺得這個場景太蠢了——尤其是和他平時的臭屁樣子比起來。許星洲忍不住笑，在他身後偷偷摸出手機，幫他咔嚓拍了一張。

然後許星洲把手機往口袋裡一塞，笑著跑了下去。

心中的深淵閉上了眼睛，在闔上的深淵縫隙之上，長出了一片姹紫嫣紅的春花。

許星洲喊道：「師兄！」

秦渡：「……」

許星洲笑咪咪地跑到他身邊，問：「師兄在等誰呀？」

「找妳有事，」秦渡看著許星洲道：「晚上有時間嗎？整晚的那種，可能要一兩點才回來。」

許星洲想了想：「你想幹嘛？」

秦渡只道：「今晚的事妳來了不會後悔，我保證妳十九年人生沒遇到過。」

許星洲似乎感應到了什麼，狐疑地瞇起了眼睛。

秦渡：「……」

秦渡莞爾道：「具體做什麼我不能說，不是什麼糟糕的場合，肖然也去。妳如果不放心可以找她。」

許星洲終於認真地說：「師兄，你說的很誘人，但是我先說好，我是不會和你開房的。」

秦渡：「……」

秦渡簡直要被氣死了。

許星洲氣完可憐的秦師兄，又好奇地問：「到底是什麼呀？」

天色漸沉，天際烏雲被染得鮮紅，籠罩世界，猶如大片的末日現場。

秦渡伸手揉了揉許星洲的頭：「不告訴妳。實在不放心先跟妳家雁雁說聲。就說妳今晚去長寧，然後每半個小時報備一次。」

許星洲頭上冒出個問號：「什麼？我們去長寧那裡幹嘛？」

「妳不是要嘗試一切新鮮事物嗎？」秦渡問。

許星洲：「……這倒是。」

「我都好幾年不參與這傻活動了，」秦渡敲了敲自行車把手：「為了妳這個目標我還去求了老陳。妳去不去？妳不去我也不去了。」

然後秦渡看著許星洲不確定的眼睛，揶揄道：「要去的話就去騎輛自行車，我先帶妳去吃飯。」

許星洲：「哈？去也行……話說回來你居然會騎自行車……」

秦渡反問：「什麼我會騎自行車？妳不是說我開車載妳妳不舒服嗎？」

許星洲一愣，完全沒想到秦渡居然會記得那句半開玩笑半認真的話。

「放心──」

下午五點五十五分，濕潤的風呼地吹過許星洲的裙角。

她站在來來往往的、下課的人群之中，遠方雨雲被染作血紅，而對面青年人不馴的眉眼中，居然透出了一種難言的、溫和柔軟的味道。

「我不可能讓妳出事。」他說。

許星洲在那一瞬間，心裡都開了一朵花。

他是不是這樣說的呢？他說了「我不可能讓妳出事」嗎？

我沒聽錯吧？許星洲騎在自行車上，跟著秦渡穿過校園時，都覺得自己如墜雲端。

那個臨床的女生，和僅在許星洲腦洞裡存在過的、秦渡可能會有的未婚妻，在那一刻之後，都不再重要了。

重要的是，許星洲所喜歡的，這個嘴很壞、有點吝嗇的，家裡公司在國中時就上市了的，從高中到現在斬獲他參與的每一場競賽的金牌的，天之驕子一般的師兄——可能，也對許星洲這個人，有那麼一絲好感。她滿懷希冀地想。

誰不想喜歡人呢？誰會想得這種病呢？

許星洲反問自己。

說不定秦渡能接受這樣的自己，說不定他可以理解，而就算他不能接受，又能怎樣呢？

好想對他表白啊，許星洲腦海中突然出現了大膽的想法，接著就忍不住問自己，要表白嗎？

秦師兄沒有女朋友，就那個臨床的女生，也好久沒聽他提起了！說不定表白了能成功的！至於他對自己的喜歡有多深……畢竟喜歡都可以後天培養……改天問問瑞瑞姐怎麼調教男人好了。

許星洲想到這個，耳尖立時一紅，唾棄起了自己。

——許星洲，妳這個垃圾人。什麼調教不調教的，真黃。

黑夜中，路燈次第遠去。秦渡猶如一個普通的男大學生，踩著自行車，一頭微捲的頭髮被風吹到腦後。

而許星洲笑咪咪的，和秦渡並肩騎著車。

夜幕下的校園都是情侶在約會，年輕的男女們在黑暗中接吻，有學校的老教授挽著老伴的手，慢吞吞地散步。橘黃路燈穿過梧桐葉，穿過這些人們，這些燈光落在地上時，猶如某種鳥類的羽毛。

在溫暖的路燈下，許星洲從行人中辨認出教自己應統的那位老教授，笑咪咪地和老教授一點頭：「老師好呀。」

秦渡騎著自行車，聞言也對著老師微一點頭，微笑道：「容教授好。」

老教授辨認了一下他們兩個人，半天笑了起來，握著自己妻子的手，對自己這兩個學生點頭致意。

✧

秦渡夾了一筷子紅燒肉給許星洲。

許星洲簡直都要被餵撐了，艱難地道：「我……」

秦渡說：「妳不用感動，是師兄應該做的，就是點的有點多，妳多吃點。」

秦渡帶許星洲來吃上海菜，許星洲連價格都沒看到，他就劈里啪啦點了一桌子，滿滿當當的一大桌，在燈光下油光錚亮，濃油醬赤，散發著一股勾人肉香。

許星洲一看就暗叫要死，一個小氣鬼這麼慷慨的理由，十有八九是……

許星洲顫抖道：「……你該不會是想讓我把這些都吃完吧？」

「哪能這麼說呢，」秦渡扒了一下白灼菜心，又夾了一筷子給許星洲，善意地說：「我們只是不提倡浪費罷了。」

許星洲：「……」

許星洲被秦渡塞了一肚子紅燒肉、松鼠桂魚、油醬毛蟹、油爆蝦，只覺自己今晚可以長個五公斤——上海菜好吃沒錯，確實是比林邵凡帶著吃的日料好吃多了，但是這個小氣鬼真的太能點了。

「多吃點，」秦渡似乎感應到了許星洲在想什麼，用公筷夾了一筷子蔥烤豬大排給許星洲，善良而慷慨地道：「小師妹，小氣鬼難得請妳吃飯。」

許星洲：「……」

秦渡：「怎麼了？」

許星洲小聲問：「今晚你到底打算帶我幹什麼？是打算餵飽了把我送去屠宰場嗎？」

秦渡揶揄地問：「妳想去嗎？」

許星洲心想你真的是個垃圾，就算我非常喜歡你也不能改變你是個垃圾的事實——她艱難地扒拉碗裡的豬大排，秦渡看了她的動作一下，半天又憋笑道：「飽了就別吃了，吃了難受。師兄看妳瘦才餵妳的，沒想讓妳撐死在這。」

原來沒打算讓自己撐死在這。許星洲鬆了口氣，不用朝秦渡頭上扣碗了。接著她點了點頭，無意識地摸了摸自己被餵圓的肚子。

秦渡果然還是個壞蛋，她咬著筷子想，還是吃多了，好撐。

秦渡不再逼許星洲吃東西，而是坐在她對面，解決桌上的剩菜。

「妳飆過車嗎？」

秦渡突然這麼問，許星洲訝異地抬起了頭。

「我是說——」秦渡又盯著許星洲的眼睛，道：「時速超過兩百三，改裝車，引擎轟鳴，生死彎道。」

我想邀請妳來我的世界。

秦渡想。

面前的女孩子看起來年輕而青春，生命如火般燃燒，還帶著成長的溫暖，與頹唐潦草的秦渡截然相反。

我讓妳看一眼，秦渡卑微地想，只一眼。

——下一秒，許星洲噗哧笑出了聲。

她笑得幾乎斷氣，秦渡都不知道她在笑什麼，但是直覺覺得，許星洲是在找揍。

然後，許星洲半天憋出了一句：「這位計程車司機——」許星洲抹著快樂的淚花道：「你又拓展新業務了？」

秦渡：「……」

許星洲說：「看不出來啊，你居然還有這種心思，現在服務越來越周全了。」

秦渡冷漠地哼了一聲。

許星洲覺得嘴裡寂寞，又伸筷子去夾糯米糕，秦渡眼疾手快，啪地打了下她的筷子。

許星洲氣悶地說：「打我幹嘛，我要吃。」

秦渡冷漠道：「呵呵。」

許星洲揉了揉可憐的筷子，嘀咕道：「你這麼在意計程車這梗幹嘛，你該不會真的在意你朋友的車比你貴吧？」

秦渡漫不經心道：「妳直接叫他陳博濤就行，或者叫老陳都可以——我在意這個幹嘛？」

「可你看起來就是很在意……」許星洲小聲說：「話說你那個朋友年紀比我大吧，我直呼姓名不合適……是不是應該加個哥哥之類的？」

秦渡瞇起眼睛：「我還比他大三個月呢，那妳叫我什麼？」

許星洲心想我叫你老狗比。

但是許星洲心裡敢這麼想，卻絕不敢說出來，只得心不甘情不願地喊了一聲：「……秦師兄。」

秦渡這才不看她，應道：「哎。」

許星洲腹誹了他半天。

燈光溫暖地灑了下來，秦渡心滿意足地夾了一筷子甜糯米糕給許星洲，開口問：「還想吃點什麼？」

許星洲一愣：「嗯？」

「我吃飽了。」許星洲說：「就是嘴有點饞……想啃兩口清淡的，不用再點了。」

秦渡說：「那行。」

於是秦渡起身，許星洲以為他要離開，也跟著去拿自己的包。

秦渡制止了許星洲，說：「在這等我，我等等來接妳。」

然後他就拿起外套，走了。

餐廳內軟裝金碧輝煌，面前就是一幅紅牡丹壁畫，朱紅燈籠懸在上空。落地玻璃窗外，聚光燈照著濃厚雲層。

許星洲托著腮幫望著外面，面前放著杯碧螺春，思考秦渡所提及的飆車。

許星洲對飆車僅有的印象就是《玩命關頭》——確切來說，就連這部電影她也不算太了解，只記得在電影的最後，保羅．沃克在廣袤山野之間馳離他的朋友，和最後的那句「See you again」。

——飆車從來都是危險和刺激的代名詞。

許星洲看了看錶，秦渡已經離開了二十多分鐘，心中頓覺有事即將發生，終於抬手召喚了離她最近的服務生。

服務生跑了過來，問：「小姐，有什麼我可以幫您的嗎？」

許星洲問：「這桌的帳結了嗎？」

服務生：「……」

許星洲對著愣怔的服務生，認真解釋道：「和我來吃飯的男人人品比較存疑，他有可能是打算坑我，讓我買單。」

服務生：「……」

「結了，」那服務生尷尬道：「那位男士十幾分鐘前去前臺刷的卡，您要看下帳單嗎？」

許星洲其實挺想知道這裡的人均消費，但是在打量了一下裝潢後，又覺得還是不知道的好，遂認真地搖了搖頭。

看起來好像挺貴的，希望他別打算和自己ＡＡ。

服務生寬慰道：「那位先生不像會做這種事的人，您放心吧。」

許星洲笑了起來：「你根本不懂雁過拔毛的資本家。」

服務生噗哧一聲笑了，又幫許星洲添了點茶。

這個女孩一看就是附近大學的學生，是個纖細柔軟的好相貌，眉眼間卻猶如明月清風，那種美感無關性別也無關風月，勾人，卻像一隻難以碰觸、難以被馴服的飛鳥。

到底是什麼樣的男人，連帶這種女孩吃飯，都有賴帳的可能性啊？服務生大惑不解。

外面天陰，似乎在昭告著凌晨時即將落下的暴雨。

下一秒，一陣響亮的、屬於改裝跑車的引擎聲響起。

在這種靠近內環高架道路的老街上出現跑車沒什麼不正常的，傻子富二代哪裡都有，但是這種引擎聲……這個人，也太能玩了。

服務生朝外看了過去。

為什麼說許星洲是個遵紀守法的公民？

答案有很多種，比如她生活費一個月也就那麼點，再比如因為沒有案底。但是正確答案是——遵紀守法的公民，都是默認上海限號[15]的。

許星洲：「……」

許星洲看著黑漆漆的外面那輛流線型的、改裝了輪框的碳纖維超跑映著路燈。那輛超跑

15 限號，中華人民共和國的一種交通政策。為了避免交通擁擠，每天每時段有規定的車牌號碼允許出行，不同城市有不同的規定。

車門一動，騷包地掀開了半輛車。

許星洲捧著茶，看著那輛車佛系地心想，這世上富二代真多，而且一個比一個騷，看來騷雞也不只有秦渡一個。

接著，路燈下，秦渡在路人的注目禮中下了車。

這個人簡直是天生的人群焦點，一百八十六的高個，眉眼猶如刀刻一般，長腿公狗腰，秦渡將那車一鎖，雙手插口袋，朝餐廳走來。

許星洲：「……」

許星洲連茶都倒在桌子上了。

服務生慌張道：「小姐？衛生紙在這……」

許星洲手裡那杯碧螺春倒了大半桌子，連自己身上都倒了不少，心想自己簡直倒楣透頂，只希望秦渡趕緊忘記自己年少不經事時的那句「計程車司機」……

許星洲手機一亮，秦渡傳來訊息。

『出來，計程車在外面等妳。』

許星洲：「……」

這是許星洲人生第一次坐超跑。

她之前只在上下學時的公車上見過，那些超跑穿過街道，猶如另一個世界的生物。

秦渡帶著她穿過燈紅酒綠的商業街，又穿過寂寥的長街，一路奔上高架道路。天色相當晚了，偏僻的路段人越來越少，高速沿途的反光板發著光。許星洲甚至看到小村莊在夜色中亮著溫暖的光。

秦渡看了看手機導航，指著前方道：「前面就是了。」

許星洲瞇起眼睛，在黑暗中看見高架道路中停著十餘輛形形色色的跑車——她對車牌沒半點敏銳，看不出什麼名堂。

秦渡將車一停，車門向上掀起，又來這邊紳士地幫許星洲開了門。

「和這裡大多數人不算朋友，」秦渡在開門時低聲對她道：「妳對他們保持禮貌就行，有事找我，或者找肖然。」

許星洲一愣，然後秦渡握住了她的手，將她拉了出來。

「秦哥，」一個人笑道：「幾個月沒見你了吧。」

肖然在一旁叼著菸，靠在自己的血紅跑車上，火光明滅，一雙眼睛望向秦渡的方向。

秦渡說：「我帶師妹來玩玩，好久不見。」

「喲。」那人瞇起眼睛，用一種令人不太舒服的眼神打量許星洲：「這個就是你小師妹？確實是挺新鮮的面孔。」

許星洲那一瞬間就覺得極為不適，秦渡牢牢握住許星洲的手腕，不動聲色地將她往自己的方向拉了拉。

許星洲說：「你好。」

那個人看了秦渡一眼，半天嘲弄地哼笑了一聲。

許星洲幾乎是立即就意識到了——這個和秦渡打招呼，並且願意稱呼他為「秦哥」的人，看不起她。

夜風蕭索，螢火蟲從田埂裡飛起，映亮路燈下的一群跑車。

就在那一瞬間，秦渡鬆開了握著許星洲的手。

是不是挺沒意思的呢？許星洲看著自己的手想。

秦渡明顯是這群人裡的主心骨，就算不是主心骨，至少也有很高的地位，每個人都會聽他說話。

許星洲也是那時候才意識到，秦渡並非只是她認識的那個壞蛋師兄，他還有許多層身分——每一個身分許星洲都不了解，可每個身分都舉足輕重，每個身分都彷彿有光環。然而許星洲只是「許星洲」。

肖然走了過來，問：「妳在看秦渡？」

許星洲認真地點了點頭。

「哎喲……」肖然咬著菸，笑著摸了摸許星洲的頭：「可愛哦，我們星洲這麼誠實？」

許星洲想了想認真道：「沒有什麼好隱瞞的呀，我從來不騙我自己，也沒有必要騙妳。」

肖然聞言沉默了一下，說：「星洲，老秦是我青梅竹馬。」

許星洲一愣。

「秦渡比我小幾週吧，」肖然道：「我猜我們是抓周的時候第一次見面。他從小脾氣就壞得要命，人生自帶光環，一路順風順水，我練琴練到哭的時候他在旁邊大聲嘲笑我，我八歲的時候就想拿琴弦勒死這個狗娘養的。」

許星洲聞言，噗哧笑了出來。

肖然又道：「介意我抽菸嗎？我菸癮大。」

許星洲笑咪咪：「然姐妳抽吧，我沒事。」

肖然於是一掰打火機，將菸點了，夜風之中，女士香菸的煙霧撕扯成縷。她抽菸的樣子落寞而孤獨，有種特別的、辛辣的薄荷香在她身邊散開。

「反正，老秦就是這樣的人。」

肖然漫不經心地說。

「老秦對什麼都沒有興趣，卻只要一沾手就能學會。他家裡又不普通，比我家比老陳家厲害多了，沒人敢不買他的帳，到哪裡都有人捧。」

許星洲莞爾道：「天之驕子嘛。」

「妳這麼說也行，我本來是想說紈褲二世祖的。」肖然銜著香菸悶聲笑道：「但是這種狗比東西……」

許星洲看著秦渡的背影。

他正在那群公子哥中間，背對著許星洲，不知在說些什麼，整個人顯得遊刃有餘又囂張，哪怕直接罵人都有人打哈哈。

「這種狗比東西，也是他媽的有劫數的。」肖然嘆息般地說。

然後肖然望向了許星洲。

螢火蟲飛舞於天際，這個女孩的眼睫毛纖長，鼻尖還有點微微的發紅，認真而有點難過地看著秦渡的背影。

肖然簡直看不得這種小女生難過，說：「星洲，我認識他二十年了，可從來沒見過他……」

可是她還沒說完，就被許星洲打斷了。

「然姐。」許星洲似乎根本沒聽到肖然說的話，難以啟齒地說：「我們說的這些話，別告訴他可以嗎？」

許星洲沒聽到肖然說的話，肖然正好也覺得這話不適合她來說，便轉了話題，失笑道：「怎麼了？這些話我告訴他做什麼？妳又為什麼不讓我說？」

許星洲：「也……沒別的啦。」

許星洲揉了揉眼睛，像是揉掉了要哭的水氣，小聲說：「表白這種事情，還是要我自己來才行。」

「不能有中間商賺差價的。」

江畔湧上白霧，路燈在霧中暈開，遠處一群人在交談。

許星洲打量了一下那輛車，秦渡的那輛超跑實在是非常騷包，車身是個完美的流線型，碳纖維的車身流轉著層層疊疊的流光，葉型的後照鏡騷得要命——更不用提一開車門就掀開半輛車的鷗翼門。

許星洲並不認識秦渡的車的牌子，他那輛超跑後面嵌著字，Huayra——她連讀都不會讀，在路燈下辨認了半天，抬起頭時恰好與秦渡目光相遇。

許星洲：「……」

秦渡揶揄地看了她一眼，又別開了眼睛，回到了那群人裡面，伸手在一個人肩上拍了拍，與他說了些什麼。

許星洲小小地嘆了口氣。

肖然也不說話，一根菸抽了三分之二，直接把菸頭摁在了秦渡的車上。

許星洲不曉得什麼車技不車技，看著她在秦渡的超跑上摁菸頭，不解地問：「然姐，直接摁在他車上嗎？」

肖然又使勁摁了摁，平靜道：「不好意思，我仇富。」

許星洲有點納悶這輛車到底多少錢。

肖然把菸頭扔了，又對許星洲道：「他們這幫人經常晚上來這，監視攝影機少，人也少，八車道。老秦高中沒駕照的時候晚上就開著他家藍寶堅尼來飆，撞過一次護欄——藍寶堅尼畢竟跑彎道不行。也虧他命大，車撞得稀巴爛，手臂上也只縫了八針。」

許星洲一怔：「啊？」

肖然點了點那輛車：「十七八歲的時候他沒有沒做過的事，妳想得到的想不到的爛事，秦渡都做過。」

然後她又自嘲道：「但是，我猜他不想讓妳知道。」

許星洲不理解地望向肖然。

「他為什麼會不想讓我知道？可是我也會做很神奇的事情——」許星洲不解道：「我高三畢業的暑假和朋友一起騎行去了四川，大一的冬天報了俄羅斯的冰川漂流，會在街頭賣藝，拉著我朋友在街邊乞討。我的座右銘就是人生永遠自由，一定要嘗試完了所有的東西再去死。」

「所以，在這種層面上……」許星洲小聲說：「我和他是一樣的呀。」

肖然沉默了一下，看了許星洲一眼。

這個女孩脊背挺直，夜風中紅裙如火飛揚，猶如正在燃燒的、不屈的火焰。

許星洲看起來命如琴弦，猶如明天就會死去，卻會全身心地過好每一個當下。

「老秦和妳不一樣，也不可能想讓妳知道。」

肖然微微一頓，漫不經心道：「他不敢。」

秦渡在那群人的簇擁裡面，明顯是個說什麼話都有人捧的主心骨，許星洲看著他熟悉的、頭髮捲茸茸的背影，只覺得他們彷彿不是同個世界的人。

肖然與許星洲靠在一起，許星洲心裡難受，酸酸脹脹的，像是被一隻手用力捏了一般。

她來的時候是怎麼想的？

——他對自己也有好感。

橫豎不過是喜歡，而喜歡都是可以培養的。

可是現在看來，他們之間，好像不是只有喜歡是需要培養的——他們之間是真真切切地存在著天塹般的鴻溝，許星洲看到了一個天平，那天平上放著這個壞蛋師兄的一切優點和缺點，而他們無論怎樣都達不到平衡。

許星洲攥緊了自己的裙角，低下了頭去。

夜風驟然而起，阡陌間螢火蟲吹向天際，猶如葉芝詩中被吹得四散的繁星。

肖然問：「星洲，妳想讓他回來？」

許星洲幾不可察地、不太自信地點了點頭。

肖然嗤地一笑，高聲喊道：「老秦！你師妹快被凍死了！還他媽聊天呢？」

「我……」許星洲難堪地拽了拽肖然的袖子道：「我其實也沒這麼冷……」

然而許星洲話都還沒說完，秦渡就把自己的外套脫了，大步流星地走了回來。

肖然故意俯下身，在許星洲耳邊吹了口氣，輕佻道：「下次——」

這個行為由踩了高跟鞋一百八十公分高的御姐來做簡直是犯規，許星洲感受到那氣息噴在自己耳旁時就紅透了臉。她覺得肖然根本是故意的，秦渡還拿著外套朝這裡走過來呢。

秦渡瞇起眼睛，看向她們的方向。

「我只幫妳這一次，下次妳想讓老秦回來，」她咬耳朵般地對許星洲說：「妳就自己叫他。」

許星洲還沒來得及做出任何反應，秦渡就無情道：「肖然，滾蛋。」

然後秦渡把外套朝許星洲一扔，開了車門，示意許星洲上車。

許星洲臉還紅著呢，心裡也有點小彆扭，道：「不用管我，你去和他們說話就行……」

然而秦渡打斷了許星洲，不爽道：「不是說妳冷嗎？」

許星洲一愣，秦渡直接摁住了許星洲的頭，將她摁進了車裡。

許星洲掙扎不已：「你——」

秦渡直接把車門砰地關上，許星洲像是被摁進籠子的小狗，掙扎著拍了拍門。

秦渡單手撐在車上，狠狠地瞪了肖然一眼，許星洲只能看到他挽起的袖子下若隱若現的一截刺青。

——他有刺青？

許星洲瞇起眼睛要去看，可是還沒等她看清，秦渡就把手臂移開了。

車窗外是連綿的江水與海面，馬路在上面延伸。

秦渡一開始開得並不快，許星洲看了儀表板，不過就開了個一百多而已。

跑車底盤低，在路上跑時有種難言的暈眩感，什麼速度都覺得脊背發麻，尤其這個跑車還被秦渡改了，風往裡灌，簡直格外刺激。

秦渡望著前方的目光彷彿散著。

許星洲只覺得哪裡不同尋常，好像這是一個她從未見過的秦渡。

「怎麼？」秦渡似乎感受到了許星洲的焦慮，漫不經心地問：「不放心嗎？」

許星洲說：「有、有點……」

秦渡一手揉了揉太陽穴，散漫道：「放心就是。我玩車好幾年了，今晚帶著妳也不會開太快。車技不差。」

不是這個，許星洲在心裡說。

我覺得不安的原因不是這個，她想。

這輛車很好，許星洲幾乎愛上了這種令人脊背發麻的速度，轟鳴的引擎，公路上連綿又堅實的起伏，以及席捲天地的狂風。

生命彷彿在火焰中燃燒，在天際狂舞。

秦渡問：「喜歡？」

許星洲被灌了滿嘴的風，刺激得眼淚都要出來了，顫抖著點了點頭。

秦渡看了許星洲一眼，玩味道：「我還沒開快呢，這才八十。」

許星洲哆嗦著道：「別、別開太快了……」

「嗯？許星洲？」秦渡握著方向盤，壞壞地問：「開快了妳會不會在我車上哭出來？」

許星洲還沒來得及回答，秦渡就一腳踩下了油門。

那跑車從零加速到一百大概連四秒都不到，那一瞬間世界猛地拉長，路燈呼地掠過，許星洲幾乎覺得命懸一線，有種在崖邊高空彈跳的刺激。

許星洲手指都在發抖，接著意識到——

秦渡就是在享受這種在死亡邊緣的、新鮮刺激的感覺。

天淅淅瀝瀝地飄起了細雨，細雨如織，遠處海岸被路燈溫暖照亮。

許星洲坐在副駕上，死死地拽住秦渡的衣袖，把他的衣服都拉變形了。秦渡不爽地問：「妳還扯個沒完了？」

許星洲抹著眼淚道：「我不扯你就開得特別快！」

秦渡：「……」

「真納悶了，」秦渡伸手一戳許星洲額頭，道：「我覺得妳很爽啊？」

許星洲怒道：「爽是一回事！你都開到兩百三了！撞車絕對就是車毀人亡！我明天還要交作業！後天還有報告！你做個人吧！！」

秦渡：「……」

秦渡不以為意：「兩百三怎麼了，我還能開到三百呢——我最多允許妳再扯我十分鐘，再多我就要找妳算帳。」

許星洲不依不饒地討價還價道：「十五分鐘。」

秦渡：「七分鐘。」

許星洲正要爭辯，秦渡就威脅道：「否則把妳丟在路邊。」

許星洲一怔，點了點頭，然後鬆開了他的袖子，抱住了自己的小包。

秦渡：「……」

秦渡說：「生氣了？」

路燈迭忽遠去，橙紅燈光落在女孩的眉眼上，許星洲搖了搖頭。

……今晚似乎有點逗不得，隨便一逗就生氣了。

「十五分鐘就十五分鐘。」秦渡嘆了口氣。

「二十也行。牽手不行。開車，怕出事。」

許星洲悶悶地嗯了一聲。

接著許星洲這才小心翼翼地把爪子伸了回去，拽住了秦渡原本被她拉皺的袖口。

太他媽甜了，真好哄，她自己都不知道自己在做什麼嗎？秦渡簡直忍不住地想笑。

秦渡把車開回了原本集合的高架。他菸癮犯了，不便在許星洲面前抽菸，怕熏到她——正好許星洲想下車隨便走走，吹個風。

路面上零零星星停著幾輛車，秦渡微微瞇著眼睛，在煙霧繚繞中，望向了許星洲撐著傘的火紅的裙角，還有纖細柔嫩的小腿，那女孩身上還披著秦渡的外套。

小混蛋。

秦渡眼睛愜意地瞇起。

許星洲並不願意在車上悶著，便下車去呼吸外面的空氣。

海邊的高架橋上風還是頗為可怕，她靠在欄杆上往下看，下面猶如萬丈深淵，風雨如針，漆黑樹葉被風撕扯。

——許星洲相當喜歡雨夜。

確切來說，她什麼天都喜歡——晴天喜歡陽光，陰天喜歡陣風，雨天喜歡色彩斑斕的雨傘和小腿上沾的雨水，大風的天氣她甚至喜歡呼在她臉上的頭髮。

許星洲笑咪咪地摸摸自己剛剛拽過秦渡的手指，把自己的頭髮向後撥了撥，踮腳往橋下看去。

然後她聽見了細碎的、被風切割破碎的聲音。

「老秦……」那聲音在呼呼的大風裡說：「……秦渡……今天那個……女生……」

許星洲頭上冒出個問號，拽了拽身上秦渡的外套，忍不住走近了。

那聲音逐漸清晰起來。

「——是吧，」一個人說：「我也覺得老秦帶來的那妞巒漂亮。」

另一個人意味深長地道：「——不知砸了多少錢呢。」

許星洲撐著傘，微微一愣。

風雨如晦，那幾個人年紀不算大，也就是二十多歲的青年人，衣服一看就價值不菲，其中一個穿黑色休閒衣的人靠在他的布加迪上，撐著傘，和另一群人說話。

「是F大新聞系大二的學生是吧？之前秦哥貼文不是發過嗎，要找他們班的聯絡表。」那個穿黑色休閒衣的人道：「我早知道他們學院裡有小美人。你算一下，包這種女生的話……大概多少錢？」

另一個人道：「誰知道，你去問秦哥啊，我猜十幾萬？秦哥應該捨得一些。」

「捨得個屁。」黑衣人嘲道：「那個女生背的包看到沒有？秦哥看起來也不寵她嘛。」

有人試探地問：「說不定真是師妹？」

黑衣人冷笑一聲：「真師妹，帶來這個場合？逗傻子呢，他來泡妞的。」

許星洲那一瞬間，覺得胃裡翻江倒海。

可是並非不能忍受。

「而且秦渡——」黑色休閒衣的青年拖了長腔道：「他那個脾性，你們誰不知道啊。」周圍的人立刻嘰嘰喳喳地表示贊同。

「他對什麼東西真的放在心上過？」一個人道：「秦哥千把萬買了輛 Pagani 說落灰就落灰，這還只是個女大學生而已。」

又有人道：「他這輛車落灰一年多了吧，秦渡是真的厲害……」

許星洲無意識地掐住了自己的手心。

「那小丫頭漂亮倒是真漂亮，」那人道：「但是漂亮有什麼用？我們這群人想找漂亮的哪裡沒有？」

許星洲被說得眼眶通紅，幾乎想上去打人。

「老秦沒別的，」一個人哂道：「就是喜新厭舊快，喜歡的時候喜歡得捧天捧地，轉眼沒興趣了，說丟就丟。之前肖然不是說過嗎，他甩他國中時第一個校花女朋友用的理由居然是妳和我太像了。」

風雨飄搖，人群哄堂大笑，許星洲撐著傘，愣在了當場。

「第二個好像還是個校花吧？」

「沒錯，還是校花，和第一個只隔了幾個星期……」

「……當時老陳跟我們八卦，說他可疼第二個女朋友了。要什麼買什麼，談了三週花了四五萬呢，那可是十年前的國中生。轉頭翻臉甩人的時候嫌她太娘兒們，有這樣的嗎？」

「哈哈哈哈哈哈哈……」

另一個人笑到打嗝：「他媽的嫌一個女的娘兒們！秦渡這人真的可怕哈哈哈哈哈哈——」

「當時談的時候可他媽放在心上了。」黑衣青年嘲道：「甩人的時候，連理由都懶得找。」

驟雨傾盆，漆黑的夜裡，刀刃般的雨劈里啪啦地落在了許星洲的傘上。

這是她這個學期買的第三把傘了，傘面上印著綠色的小恐龍，小恐龍圓滾滾的，卻被雨水打成了黑色。許星洲眼眶通紅地站在車後，撐著那把變黑的傘，聽他們像評價一件貨物一樣評價幾個素不相識的女孩和她自己。

「——他不總是這樣嗎。」

那個人說。

「不可能熱衷一件事超過三個月，偏偏每件事都做得好，翻了臉了連媽都不認。」

「靠，」另一個人感慨道：「真羨慕啊媽的，我也想要這種人生。」

許星洲茫然地望向遠方。

是真的嗎？不對，他們說的這一切，是真的嗎？

——那個遊刃有餘的、彷彿一切盡在掌握中的秦渡，真的是這樣放肆地對待他曾經願意付出心血的東西的嗎？

許星洲並不願意相信。

可是不願意相信有什麼用呢？秦渡無數的行為——那些隨意的、將一切都視作草芥糞土的、有時甚至毫無尊重可言的行為，那一舉一動，都將他們說的話佐證得淋漓盡致。

秦渡的確是這樣的人，許星洲清楚地知道這一點。

他顛沛流離地虛度光陰，他對一切都沒有半點珍惜之意。

畢竟那位年輕的公爵腳下封地千里，榮光加身，他的長袍上綴滿珠寶，他的花園中開滿姹紫嫣紅的玫瑰。

年輕公爵的城堡大門外百獸來朝。他的黃金鳥架之上群鳥喧鬧。

某一年，有一隻被老鷹撕扯過的鳳尾綠咬鵑跨過風暴與汪洋，停留在了擁有一切的年輕公爵的窗臺上。

秦渡可能會為那隻鳳尾綠咬鵑駐足，甚至愛撫那隻鳥的喙。

但是，他會珍愛這隻並無什麼特殊之處的野鳥嗎？

這個問題，甚至都不需要回答。

因為答案本身都帶著羞辱的意味。

晚春雨夜，雨將許星洲的裙子下襬打得透濕，她身上甚至還披著秦渡的夾克，那件夾克頗為溫暖，裡面襯著一圈毛絨。

許星洲眼角都紅了，強撐著笑了一下。但是那個笑容比哭還難看，她回頭看向秦渡的車，那裡有一點火光。

那些人仍在雨裡交談。

有人提及自己包了個模特，話裡話外都是那模特人美水多。那是許星洲最討厭的、典型的「men's talk」。

「要我說——」那人一揮手道：「大學生最好了。而且要去大一大二的裡面挑，大一大二的好上手，又嫩，就是分手的時候麻煩……」

一個人又嘲道：「你他媽什麼口味，大一大二的小嫩雞有什麼意思，除非長得跟秦哥帶來的那個一樣。」

那個黑色休閒衣青年說：「那個F大大二的是吧？」

他們還沒來得及回答，一個清亮的女聲就響了起來。

「——對。」

許星洲說完那句話，耳邊只餘天地間唰然的雨和吞沒天地的狂風。

「F大大二新聞一五〇三班，沒錯，」許星洲充滿嘲諷地道：「是不是挺有意思的？」

那群人簡直驚到說不出話，似乎從來沒見過 diss 人時本人跳出來嗆他們的。

但是在許星洲這裡，這件事的脈絡格外簡單——一是她不可能忍受這種侮辱，二是她不可能等待天上掉下的男主角來幫她打臉。

她從小就見慣了侮辱——那些來自同齡的孩子的，那些來自惡劣的大人的。他們有嘲笑她父母離異的，有嘲笑她沒人要的，嘲笑她奶奶腿腳的，許星洲一一嗆了回去。

而這，不過是另一次嘲諷罷了。

許星洲嘲道：「你們眼裡是不是什麼都能包？」

狂風將她濕漉漉的紅裙子吹得啪啦作響，許星洲將自己的頭髮往後一捋，如同白楊般，堂堂正正地站在了他們面前。

「真可憐啊。」

許星洲一步一腳印地往前走，嘲道：「見到短袖就想起白臂膊，見到白臂膊就想到色情，看到長得好看的女學生就想到包養，怎麼了？打算用生命闡釋什麼叫人與海綿體位置互換的可能性？」

「還包養呢——如果我不是被包養你們誰跪下道歉？」

為首的那個，一開始看不起許星洲的人不認真地辯解道：「那個，妹妹，我們就是閒聊，妳沒必要較真——」

那辯解，簡直是放屁一般。

許星洲瞇起眼睛，劈手一指高架下面，道：「我把秦渡從車裡拽出來，當著我的面和你們閒聊。我收過他一分錢我從這裡跳下去，沒收過的話我也不要你們的命，你們就把剛剛攻擊我的話一字一句說給秦渡聽聽看。」

這群人霎時靜了，連那個人都沒膽量將話說完。

——居然連這種時候，都得把秦渡拉出來。

許星洲望著所有人，突然感到一種深深的無力。

——這裡的這一群人，沒有一個是她得罪得起的，許星洲想。

在座的無論哪個人動動手指頭，都能讓許星洲的日子極其不好過。他們有可能會卡住她來之不易的實習機會，也有可能卡學位證書，如果以後許星洲想留在本地發展，更是絕不能繼續嗆下去了。

只能進行到這裡為止，多了絕對不行了。

許星洲下決定的瞬間，從未如此深刻地意識到自己與他們、與秦渡的階級差距。

這些人能肆無忌憚地用「拜金」和「包養」侮辱許星洲，卻天然地擁有著煊赫的家世與地位，他們用這兩樣可怕的、山嶽一樣無法反抗的東西死死剋住她，讓她連下一句話都無法說出口。

可是，他們都怕秦渡。

許星洲一個月兩千多塊的生活費，住在學校宿舍，目前最大的苦惱是下個月九號還貸款。她一人吃飽全家不餓，沒有家，同理沒有後盾，只有定時炸彈般的心理疾病。

她和這些公子哥如同雲泥，與秦渡的地位可能是如隔天地。

許星洲想得出神，一不小心鬆開了手，那把小傘猶如個破爛漏斗，瞬間被吹向了漆黑的、驚濤翻湧的汪洋。

豆大的雨點劈里啪啦地落了下來。

頃刻之間，沒了傘的許星洲就被淋得透濕，茸茸的頭髮垂了下去，像一隻被從水裡撈出的、蔫蔫的貓咪。

許星洲開車門進來時，秦渡正在嚼口香糖，車裡面換過氣，菸味很淡，幾不可聞。

許星洲淋成了一隻落湯雞，哆嗦著鑽進了車裡。

「妳傘呢？」秦渡將口香糖吐了，不解地問：「怎麼淋成這樣？」

許星洲帶著一點輕微的鼻音，輕聲說：「……風太大，把我的傘吹跑了，抱歉弄濕了你的外套。」

秦渡哼了一聲。

「妳弄髒了妳洗，」他故意說：「我不穿雨淋過的衣服。」

許星洲點了點頭，順從地將外套脫了，抱在了懷裡。

秦渡：「……」

總之她進來之後就坐在了副駕上，外面風夾著暴雨劈里啪啦地砸在擋風玻璃。

秦渡問：「……凍感冒了？」

許星洲搖了搖頭。

「睏了是不是？太晚了，我送妳回宿舍，」秦渡嘆了口氣，道：「怕的話可以抓我的袖子。」

那個女孩想著年輕公爵的自由與浪蕩，想著他腳下的一切，想著他與生俱來的光環。她想著荒涼山崖上的鳳尾鵑，想著狂風暴雨與拂過面孔的、春夜的風。

她想起墜在石板上的山櫻。

可是美好的歲月下，隱藏著難以調和的、尖銳的矛盾。

這些矛盾沉睡許久，卻在這個夜裡被猛地撕開，血淋淋地擺在了許星洲的面前。

空調緩慢的氣流聲中，許星洲冷淡地說——

「不了，我不要抓了。」

許星洲一句話也不說，秦渡只當她是睏了。

女孩半閉著眼睛靠在他的車裡，頭髮絲一根一根地往她的裙子裡滴著水。秦渡伸手試了一下空調，擔心她感冒，然後將暖風擰大了一些。

許星洲微微動了動，秦渡注意到她十指凍得發青，仍抱著他濕淋淋的外套。

秦渡說：「外套放在後面。」

許星洲順從地把外套放在了後面，仍不說話。

「別急，」秦渡看了看錶，寬慰道：「十二點半之前我一定把妳送到，妳們宿舍不是沒有門禁嗎？」

許星洲點了點頭，表示沒有門禁，茫然地望著窗外。

秦渡便不再說話，讓許星洲在車上先小憩一下。

車裡只餘夾道的路燈飛速掠過時的光影，和呼呼的引擎轟鳴聲。他們穿過郊區，車窗外靜謐的雨夜裡，開始出現燈紅酒綠的顏色。

紫光之中，許星洲突然道：「秦渡，你站在懸崖旁邊過嗎？」

秦渡一愣：「……懸崖沒有，去過高空彈跳。」

「高空彈跳我也去過。」許星洲輕聲道：「我說的是懸崖，下有深淵的那種，站在旁邊往下看，甚至會覺得有一股吸力。」

秦渡說：「沒去過，對這種景點沒有興趣。」

許星洲笑了笑，道：「不要去也好。」

「人的情緒是無法自控的，」許星洲茫然道：「你可能覺得站在深淵旁邊就想跳下去是件蠢事，但是在我看來不是。」

秦渡一怔，望向許星洲。

許星洲自嘲地笑了笑：「我是那種，真的受到深淵勾引，就會跳下去的那種人。」

那其實是許星洲一生為數不多的、願意直面自己的時刻，可她用最模糊的語言糊弄了她每天都會有的衝動，猶如一場策劃已久可最終成為臨時起意的求救。

秦渡：「……」

秦渡沉默了許久，許星洲說出那些話時也沒想讓他回覆——她這一席話說得極為無厘頭，甚至帶著點中二的味道，她都沒指望秦渡聽懂。

他應該會當醉話吧，許星洲茫然地想，或者當夢話也行。

可是秦渡終於慢吞吞地嗯了一聲。

「……懸崖有什麼好怕的，」秦渡瞇起眼睛：「以後大不了不帶妳去。」

秦渡沒將他那輛騷包超跑開進校園。

晚春的雨落在繡球花上，劍蘭四處生長，秦渡步行送許星洲回了宿舍——她們宿舍區總有個朝馬路打開的門，秦渡將車停在了那個小門門口。

那時雨已經小了不少，整個宿舍南區籠罩在一片濛濛的細雨裡。

秦渡看著周遭的環境說：「南區這裡，確實還是破。」

許星洲點了點頭。

「……是不是很睏？」秦渡莞爾道：「明早有課嗎？」

許星洲慢慢地說：「第二節。」

秦渡與許星洲撐著同一把傘，金黃的雨滴落在傘面上，那個女孩子走在他的身側，眼睫毛長長地垂著，她的嘴唇猶如月季花瓣一般，是個非常適合親吻的模樣。

秦渡說：「淋濕了，記得洗個澡再睡。」

「……我們澡堂關門了。」許星洲不無嘲諷地道：「秦渡，你果然是沒住過宿舍的大少爺。」

秦渡噎了一下。

許星洲慢條斯理地說：「我大一入校的時候學姐就告訴我們，澡堂下午開門，晚上十一點關門，要洗的話最好是下午三點到五點之間去。我猜沒人告訴你吧？」

秦渡說：「我報到的時候……」

他想起他報到時連宿舍都沒去，直接去見了院長，連各類卡和校園網路都是輔導員和後勤老師親自帶去插隊辦下來的。

「大一的時候是我第一次去公共澡堂，」許星洲看著秦渡，說：「然後我在那個澡堂洗了兩年澡。」

這就是明面上我們之間的差別，許星洲想。

說話間許星洲到了她的宿舍樓下，她從包裡摸出自己的卡，刷了門禁。

「謝謝你，師兄。」許星洲看著秦渡，說：「謝謝你今天帶我兜風，帶我吃好吃的，這兩樣我都很開心。」

兜風很開心，油爆毛蟹也很好吃，她想。

秦渡從車上走下來的瞬間也很帥，許星洲喜歡秦渡踩著共享單車的身影，就像她喜歡秦渡從車上走下來的模樣一般。

我喜歡你的囂張與銳利，正如我喜歡你的不完美。許星洲想。

可是我自卑又害怕，她想。

——我自卑我的一無所有，自卑我的無家可歸，自卑我身上深淵一般的悲哀；我害怕你的遊刃有餘，害怕你的喜新厭舊，害怕一切我認為你會做出來的事。

許星洲不等秦渡回答，就走進了宿舍。

——《我還沒摁住她》01完——

高寶書版集團
gobooks.com.tw

YH 175
我還沒摁住她（01）
作　　者　星球酥
封面繪圖　虫羊氏
封面設計　虫羊氏
責任編輯　楊宜臻
內頁排版　賴姵均
企　　劃　何嘉雯

發 行 人　朱凱蕾
出　　版　英屬維京群島商高寶國際有限公司台灣分公司
　　　　　Global Group Holdings, Ltd.
地　　址　台北市內湖區洲子街88號3樓
網　　址　gobooks.com.tw
電　　話　(02) 27992788
電　　郵　readers@gobooks.com.tw（讀者服務部）
傳　　真　出版部(02) 27990909　行銷部 (02) 27993088
郵政劃撥　19394552
戶　　名　英屬維京群島商高寶國際有限公司台灣分公司
發　　行　英屬維京群島商高寶國際有限公司台灣分公司
法律顧問　永然聯合法律事務所
初版日期　2024年11月

原著書名：《我還沒摁住她》由北京晉江原創網絡科技有限公司授權出版。

國家圖書館出版品預行編目(CIP)資料

我還沒摁住她/星球酥著. -- 初版. -- 臺北市：英屬維京群島商高寶國際有限公司臺灣分公司, 2024.11
冊；　公分. --

ISBN 978-626-402-123-4(第1冊：平裝). --
ISBN 978-626-402-124-1(第2冊：平裝)

857.7　　113016523

GOBOOKS
& SITAK
GROUP ©